# 紅樓夢

原著 曹雪芹 高鶚

編撰 侯桂新

圖說 Classic 經典

06

A Dream of Red Mansions

好讀出版

## 六 諸芳流散

【圖說經典】

# 紅樓夢

## 諸芳流散

## 導讀

### 千古文章紅樓夢

主編 侯桂新

《紅樓夢》一書，膾炙人口的章節甚多，著名的第二十三回「西廂記妙詞通戲語，牡丹亭艷曲警芳心」裏，有一段對於賈寶玉和林黛玉在陽春三月於桃花叢中共讀《西廂記》的細膩描寫，即是全書最經典的場景之一。書中寫道：

寶玉道：「好妹妹，若論你，我是不怕的。你看了，好歹別告訴人去。真真這是好文章！你看了，連飯也不想吃呢。」一面說，一面遞了過去。黛玉把花具且都放下，接書來瞧，從頭看去，越看越愛看，不過一頓飯工夫，將十六齣俱已看完。自覺詞藻警人，餘香滿口。雖看完了書，卻只管出神，心內還默默的記誦。

這種盡情陶醉渾然忘我的閱讀體驗，相信很多人在讀《紅樓夢》本身時已經享受過。說《紅樓夢》對千萬讀者具有令人無從抗拒的魅力乃至魔力，一點都不誇張。早在此書問世不久，「開談不說《紅樓夢》，讀盡詩書也枉然」

的美譽即在民間廣爲流傳，直至今日，兩百五十年來，閱讀《紅樓夢》的熱潮從未消退。可以說，一個沒有讀過《紅樓夢》，沒有曾經在某一個時期和賈寶玉、林黛玉、薛寶釵、史湘雲、晴雯、香菱……心心相印、同甘共苦過的現代中國人，不能算是接受過中國古典文學的啓蒙。

在家喻戶曉的中國四大古典小說名著裏，《水滸傳》、《三國演義》、《西遊記》都各有各的精彩，並因此在讀者群中擄獲著各自的擁躉；但毋庸置疑，無論就藝術性、思想性，還是作品在社會上產生的廣泛影響來看，《紅樓夢》都首屈一指。它常被譽爲中國古典小說的高峰，和莎士比亞《哈姆雷特》、但丁《神曲》、歌德《浮士德》、雨果《悲慘世界》等並立於世界文學之林。在全球範圍內，如果非要找出一部中文作品去競逐世界文學經典名著，這個名額非《紅樓夢》莫屬。

魯迅嘗言：「偉大也要有人懂。」儘管《紅樓夢》的超凡出衆早經公認，但要說出它到底好在哪裏，在哪些方面卓爾不群、獨一無二，卻是見仁見智，人言人殊。僅以其主題而言，被學者總結出來的據說就有三十多個。主題的豐富多義性常常是偉大作品的共性，因爲它決定了作品是永遠「說不完」的。不同的讀者可以讀出不同的《紅樓夢》，正如「有一千個讀者就有一千個哈姆雷特」，這話改用來形容《紅樓夢》或賈寶玉也不爲過。

在我看來，這部巨著最震撼人心之處，莫過於淋漓盡致地抒寫了青春的飛揚以及它的毀滅或喪失。這是一部不折不扣的「青春之歌」，字裏行間蕩漾著濃郁的詩情畫意和熱烈的少年情懷，然而書的結局卻是悲劇性的。而且，寶、黛、釵的愛情和人生悲劇與其說是肇因於封建禮教或經濟決定論的壓抑，不如說具有一種超越時代、地域和階級的必然性和永恆性。作爲全書的第一主人公，被賈府上下視若珍寶的賈寶玉尚且無法就人生道路和婚姻實現自由選擇，這凸顯出個人和社會規範之間永遠無法擺脫的衝突。對此，賈寶玉宣稱「女兒是水作的骨肉，男人是泥作的骨肉。我見了女兒，我便清爽；見了男子，便覺濁臭逼人」（第二回），從根本上否定在社會上占統治地位的男權文化，而把希望寄託於女性、確切地說是「正在混沌世界、天眞爛熳之時」的「女孩兒」即少女的身上。然而他悲哀地發現——

女孩兒未出嫁，是顆無價之寶珠；出了嫁，不知怎麼就變出許多的不好的毛病來，雖是顆珠子，卻沒有光彩寶色，是顆死珠了；再老了，更變得不是珠子，竟是魚眼睛了！分明一個人，怎麼變出三樣來？（第五十九回）

隨著人的成長以及社會化程度不斷加深，賈寶玉理想中的女性形象變得

越來越不純潔、不可愛。人不能不長大，不能不社會化，也就不能不滑入這種「一生三變」的悲劇性存在境況——這才是永恆的悲劇。對此，我們無能為力。試看看我們身邊，曾經令《紅樓夢》作者痛心疾首、惆悵萬分的「成長變異」，難道不是每天都在上演、活生生的現實？因此，《紅樓夢》千年萬年之後，仍永遠不會過時。

然而，曹雪芹畢竟為我們留下了一部《紅樓夢》，儘管殘缺，仍無與倫比，因為我們借此得知，曾經有過一個大觀園，一個少男少女的理想家園，一個能夠安放青春夢幻的世外桃源。在洞悉了無比高潔純眞的少男少女情懷必將「無可奈何花落去」的殘酷現實後，曹雪芹以其卓越的想像力和生花妙筆，將青春的激情和美好凝固成永恆。

作為一部長篇白話小說，《紅樓夢》的語言異常生動，尤其是人物對話，千載之下，如見其人，如聞其聲。由於《紅樓夢》涉及的中國傳統文化包羅萬象，加之時代的演變，今天的讀者要完全把它讀通，也並非易事。有鑑於此，為了讓這部經典作品變得「好讀」，我們為原文配上注釋、評點和插圖。注釋用於疏通文義，排除字面理解障礙；評點主要用來引導讀者從文學性的角度更好地欣賞作品；插圖則使閱讀形象化，可以拓展想像空間。本書注釋和評點吸收了眾多前輩學者的研究成果，插圖方面，更得到眾多優秀畫家慷慨授權，大力襄助，在此深表感謝！

最近幾十年來，單是《紅樓夢》原文各地就出版了上百個版本，然而像我們這樣融原典、注釋、評論、相關照片和名家繪圖於一爐的，似乎尚無先例。我們期待此典藏本能夠眞正成爲値得讀者珍藏的版本，讓他們一卷在手，盡覽《紅樓》精華！

本書對原典的選擇，前八十回以完整性最佳、較接近曹雪芹原著的抄本庚辰本《脂硯齋重評石頭記》爲底本，其中所缺第六十四回、第六十七回，以及後四十回，則以程偉元、高鶚所刻程甲本爲底本；以其他抄本和刻本爲參校本。底本不通處，酌情採用校本文字。關於前八十回與後四十回的兩分問題，個人以爲，只要一個人有著正常的文學鑑賞力並且忠實於自己的閱讀感受，不難發現其中確實存在著兩個作者、兩副筆墨，高鶚續寫的後四十回，與曹雪芹留下的前八十回，總體看來，是形似而神不似，相去甚遠。點出這一分別，留待讀者進入文本時細細體味。

最後，本書在編輯過程中得到王暢女士的幫助，她並撰寫了部分圖片說明，謹表謝意。

# 如何閱讀本書

**精緻彩圖：**

名家繪圖、相關照片等精緻彩圖，使讀者融入小說情境

**詳細注釋：**

解釋艱難字詞，隨文直書於奇數頁最左側，並於文中以※記號標號，以供對照

**列出各回回目便於索引翻閱**

第三回 金陵城起復賈雨村　榮國府收養林黛玉

卻說雨村忙回頭看時，不是別人，乃是當日同僚一案參革的號張如圭者。◎1他本係此地人，革後家居，今打聽得都中奏准起復舊員之信，他便四下裏尋情找門路，忽遇見雨村，故忙道喜。二人見了禮，張如圭便將此信告訴雨村，雨村自是歡喜，忙忙的敘了兩句，遂作別各自回家。冷子興聽得此言，便忙獻計，令雨村央煩林如海，轉向都中去央煩賈政。雨村領其意，作別回至館中，忙尋邸報※1看眞確了。◎2

次日，面謀之如海。如海道：「天緣湊巧，因賤荊去世，都中家岳母念及小女無人依傍教育，前已遣了男女船隻來接，因小女未曾大痊，故未及行。此刻正思向蒙訓教之恩未經酬報，遇此機會，豈有不盡心圖報之理！但請放心，弟已預爲籌畫至此，已修下薦書一封，轉托內兄務爲周全協佐，方可稍盡弟之鄙誠。即有所費用之例，弟於內兄信中已注明白，亦不勞尊兄多慮矣。」雨村一面打恭，謝不釋口，一面又問：「不知令親大人現居何職？◎3只怕晚生草率，不敢驟然入都干瀆※2。」如海笑道：「若論舍親，與尊兄猶係同譜，乃榮公之孫。大內兄現襲一等將軍，名赦，字恩侯；二內兄名政，字存周，◎4現任工部員外郎，其爲人謙恭厚道，大有祖父遺風，非膏粱輕薄仕宦之流，故弟方致書煩托。否則，不但有污尊兄之清操，即弟亦不屑爲矣。」◎5雨村聽了，心下方信了昨日子興之言，於是又謝了林如海。如海乃說：「已擇了出月初二日小女入都，尊兄即同路而往豈不兩便？」雨村唯唯聽命，心中十分得意。如海遂打點禮物並餞行之事，雨村一一領了。

那女學生黛玉身體方愈，原不忍棄父而往，無奈他外祖母致意務去，且兼如海說：「汝父年將半百，

✣《增評補圖石頭記》第三回繪畫。（fotoe提供）

✣ 賈雨村依附林黛玉進京，依靠林如海和賈政的推薦，很快地進入官場，飛黃騰達起來。（朱士芳繪）

註

※1：我國最早的一種報紙，起於漢代，後世也用以稱政府官報，內容包括傳抄京都詔令、奏章和宮廷及政治新聞文件。

※2：冒犯。

◎1.蓋言如鬼如蜮也，亦非正人正言。（脂硯齋）

◎2.曹雪芹寫賈雨村性格，可分兩個階段，一是野心勃勃，目空一切的少年時代，一是善於鑽營的官僚時代。（李辰冬）

◎3.奸險小人欺人語。（脂硯齋）

◎4.二名二字皆頌德而來，與子興口中作證。（脂硯齋）

◎5.寫如海實寫政老，所謂此書有「不寫之寫」是也。（脂硯齋）

45　44

**名家評點：**

選收不同名家之評點，隨文橫書於頁面的下方欄位，並於文中以◎記號標號，以供對照

**詳細圖說：**

說明性和評點性的圖說，提供讓讀者理解

**閱讀性高的原典：**

將一百二十回原典分爲六大分冊，版面美觀流暢、閱讀性強

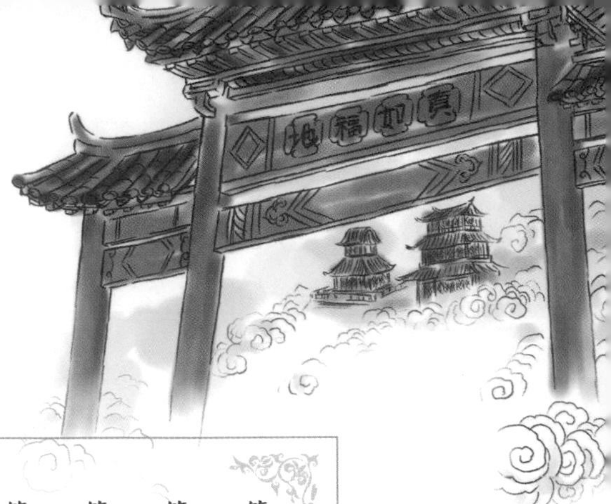

# 目錄

# 第一百一回

## 大觀園月夜感幽魂　散花寺神籤驚異兆

卻說鳳姐回至房中，見賈璉尚未回來，便分派那管辦探春行裝奩事的一干人。那天已有黃昏以後，因忽然想起探春來，要瞧瞧他去，便叫豐兒與兩個丫頭跟著，頭裏一個丫頭打著燈籠。走出門來，見月光已上，照耀如水。鳳姐便命打燈籠的「回去罷」。因而走至茶房窗下，聽見裏面有人嘁嘁喳喳的，又似哭，又似笑，又似議論什麼的。鳳姐知道不過是家下婆子們又不知搬什麼是非，心內大不受用，便命小紅進去，裝作無心的樣子細細打聽著，用話套出原委來。小紅答應著去了。鳳姐只帶著豐兒來至園門前，門尚未關，只虛虛的掩著。於是主僕二人方推門進去，只見園中月色比著外面更覺明朗，滿地下重重樹影，杳無人聲，甚是淒涼寂靜。剛欲往秋爽齋這條路來，只聽唿的一聲風過，吹的那樹枝上落葉滿園中唰喇喇的

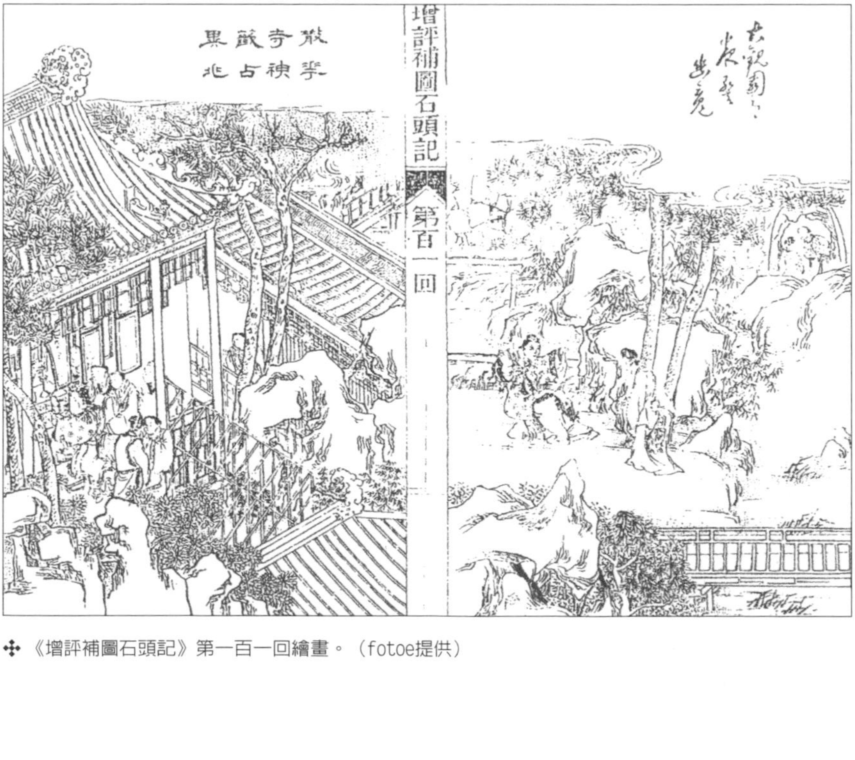


✣《增評補圖石頭記》第一百一回繪畫。（fotoe提供）

作響，枝梢上吱嘍嘍發哨，將那些寒鴉宿鳥都驚飛起來。鳳姐吃了酒，被風一吹，只覺身上發噤起來。那豐兒也把頭一縮說：「好冷！」鳳姐也撐不住，便叫豐兒：「快回去把那件銀鼠坎肩兒拿來，我在三姑娘那裏等著。」豐兒巴不得一聲，也要回去穿衣裳來，答應了一聲回頭就跑了。

小紅口齒伶俐，或許正因此得到賈府口才最好的鳳姐青睞。（《紅樓夢煙標精華》杜春耕編著，北京圖書館出版社提供）

鳳姐剛舉步走了不遠，只覺身後咈咈哧哧，似有聞嗅之聲，不覺頭髮森然豎了起來。由不得回頭一看，只見黑油油一個東西在後面伸著鼻子聞他呢，那兩隻眼睛恰似燈光一般。鳳姐嚇的魂不附體，不覺失聲的咳了一聲。卻是一隻大狗。◎1那狗抽頭回身，拖著一個掃帚尾巴，一氣跑上大土山上方站住了，回身猶向鳳姐拱爪兒。◎2鳳姐兒此時心跳神移，急急的向秋爽齋來。已將來至門口，方轉過山子，只見迎面有一個人影兒一恍。鳳姐心中疑惑，心裏想著必是那一房裏的丫頭，便問：「是誰？」問了兩聲，並沒有人出來，已經嚇得神魂飄蕩。恍恍惚惚的似乎背後有人說道：「嬸娘連我也不認得了？」鳳姐忙回頭一看，只見這人形容俊俏，衣履風流，十分眼熟，只是想不起是那房那屋裏的媳婦來。◎3只聽那人又說道：「嬸娘只管享榮華受富貴的心盛，把我那年說的立萬年永遠之基都付於東洋大海了。」鳳姐聽說，低頭尋思，

評點

◎1.先寫形，後點出物，此法得之《水滸傳》。（姚燮）
◎2.未寫鬼，先寫狗，有聲有色。（張新之）
◎3.主婢四人同行，礙難見鬼。一個一個以次遣去，止剩鳳姐一人，秦氏幽魂才可出現。一路寫來，令人毛髮森然。（王希廉）

總想不起。那人冷笑道：「嬸娘那時怎樣疼我了，如今就忘在九霄雲外了。」鳳姐聽了，此時方想起來是賈蓉的先妻秦氏，◎[4]便說道：「嗳呀，你是死了的人哪，怎麼跑到這裏來了呢！」啐了一口，方轉回身，腳下不防一塊石頭絆了一跤，猶如夢醒一般，◎[5]渾身汗如雨下。雖然毛髮悚然，心中卻也明白，只見小紅豐兒影影綽綽的來了。鳳姐恐怕落人的褒貶，連忙爬起來說道：「你們作什麼呢，去了這半天？快拿來我穿上罷。」一面豐兒走至跟前伏侍穿上，小紅過來攙扶。鳳姐道：「我才到那裏，他們都睡了。咱們回去罷。」一面說，一面帶了兩個丫頭急急忙忙回到家中。賈璉已回來了，只是見他臉上神色更變，不似往常，待要問他，又知他素日性格，不敢突然相問，只得睡了。

至次日五更，賈璉就起來要往總理內庭都檢點太監裘世安家來打聽事務。因太早了，見桌上有昨日送來的抄報，便拿起來閑看。第一件是雲南節度使王忠一本，新獲

✣《黃粱一炊圖》，渡邊華山（1793年～1841年）繪。盧生在邯鄲旅店遇見道士呂翁，盧生自嘆窮困，道士借給他一個枕頭，要他枕著睡覺。盧生在夢中享盡榮華富貴，一覺睡來店家煮的小米飯還沒熟。於是他才知道，這一切都是夢。享受榮華富貴亦是多數世人的理想。（渡邊華山繪）

✣ 鳳姐在大觀園內碰見可卿的幽魂，責她忘了當年的囑託，只顧貪圖享受，不求長盛不衰。（張羽琳繪）

了一起私帶神槍※1火藥出邊事，共有十八名人犯。頭一名鮑音，口稱係太師※2鎮國公賈化家人。第二件蘇州刺史李孝一本，參劾縱放家奴，倚勢凌辱軍民，以致因奸不遂殺死節婦一家人命三口事。兇犯姓時名福，自稱係世襲三等職銜賈範家人。賈璉看見這兩件，心中早又不自在起來，待要看第三件，又恐遲了不能見裘世安的面，因此急急的穿了衣服，也等不得吃東西，恰好平兒端上茶來，喝了兩口，便出來騎馬走了。

平兒在房內收拾換下的衣服。此時鳳姐尚未起來，平兒因說道：「今兒夜裏我聽著奶奶沒睡什麼覺，我這會子替奶奶捶著，好生打個盹兒罷。」鳳姐半日不言語。平兒料著這意思是了，便爬上炕來坐在身邊輕輕的捶著。才捶了幾拳，那鳳姐剛有要睡

註

※1：用火藥發射的槍。

※2：官名。三公之最尊者。三公爲太師、太傅、太保。

評點

◎4.陰魂出現，一以見大觀園陽氣之衰，一以見鳳姐之死期將近也。（姚燮）

◎5.《石頭記》了，《紅樓夢》醒。（張新之）

之意，只聽那邊大姐兒哭了。鳳姐又將眼睜開，平兒連向那邊叫道：「李媽，你到底是怎麼著？姐兒哭了，你到底拍著他些。◎[6]你也忒好睡了。」那邊李媽從夢中驚醒，聽得平兒如此說，心中沒好氣，只得狠命拍了幾下，口裏嘟嘟噥噥的罵道：「眞眞的小短命鬼兒，放著屍不挺，三更半夜嚎你娘的喪！」一面說，一面咬牙便向那孩子身上擰了一把。那孩子哇的一聲大哭起來了。鳳姐聽見，說：「了不得！你聽聽，他該挫磨孩子了。你過去把那黑心的養漢老婆下死勁的打他幾下子，把妞妞抱過來。」平兒笑道：「奶奶別生氣，他那裏敢挫磨姐兒，只怕是不隄防錯碰了一下子也是有的。這會子打他幾下子沒要緊，明兒叫他們背地裏嚼舌根，倒說三更半夜打人。」鳳姐聽了，半日不言語，長嘆一聲說道：「你瞧瞧，這會子不是我十旺八旺的呢！明兒我要是死了，剩下這小孽障，還不知怎麼樣呢！」平兒笑道：「奶奶這怎麼說！大五更的，何苦來呢！」鳳姐冷笑道：「你那裏知道，我是早已明白了。我也不久了。雖然活了二十五歲，人家沒見的也見了，沒吃的也吃了，也算全了。所有世上有的也都有了。氣也算賭盡了，強也算爭足了，就是壽字兒上頭缺一點兒，也罷了。」平兒聽說，由不的滾下淚來。鳳姐笑道：「你這會子不用假慈悲，我死了你們只有歡喜的。你們一心一計和和氣氣的，省得我是你們眼裏的刺似的。只有一件，你們知好歹只疼我那孩子就是了。」◎[7]平兒聽說這話，越發哭的淚人似的。鳳姐笑道：「別扯你娘的臊了，那裏就死了呢。哭的那麼痛！我不死還叫你哭死了呢。」平兒聽說連忙止住

哭，道：「奶奶說得這麼傷心。」一面說一面又捶，半日不言語，鳳姐又朦朧睡去。

平兒方下炕來要去，只聽外面腳步響。誰知賈璉去遲了，那裘世安已經上朝去了，不遇而回，心中正沒好氣，進來就問平兒道：「那些人還沒起來呢麼？」平兒回說：「沒有呢。」賈璉一路摔簾子進來，◎8冷笑道：「好，好，這會子還都不起來，安心打擂臺打撒手兒！」一疊聲又要吃茶。平兒忙倒了一碗茶來。原來那些丫頭、老婆見賈璉出了門又復睡了，不打諒這會子回來，原不曾預備。平兒便把溫過的拿了來。賈璉生氣，舉起碗來，嘩啷一聲摔了個粉碎。◎9

鳳姐驚醒，唬了一身冷汗，噯喲一聲，睜開眼，只見賈璉氣狠狠的坐在旁邊，平兒彎著腰拾碗片子呢。鳳姐道：「你怎麼就回來了？」問了一聲，半日不答應，只得又問一聲。賈璉嚷道：「你不要我回來，叫我死在外頭罷！」鳳姐笑道：「這又是何苦來呢！常時我見你不像今兒回來的快，問你一聲，也沒什麼生氣的。」賈璉又嚷道：「又沒遇見，怎麼不快回來呢！」鳳姐笑道：「沒有遇見，少不得耐煩些，明兒再去早些兒，自然遇見了。」賈璉嚷道：「我可不吃著自己的飯替人家趕獐子呢。我這裏一大堆的事沒個動秤兒的※3，沒來由為人家的事，瞎鬧了這些日子，當什麼呢！正經那有事的人還在家裏受用，死活不知，還聽見說要鑼鼓喧天的擺酒唱戲作生日呢。我可瞎跑他娘的腿子！」一面說，一面往地下啐了一口，又罵平兒。

註

※3：實際作事、對工作有幫助的。

評點

◎6.巧姐前已識字讀書矣，今又要拍著睡，似是兩三歲孩子矣。（黃小田）
◎7.人之將死，其言也善。（姚燮）
◎8.與前半部之賈璉竟如兩人。（陳其泰）
◎9.寶玉摔茶碗一夢起，賈璉摔碗一夢滅。（張新之）

鳳姐聽了，氣的乾咽，要和他分證，想了一想，又忍住了，勉強陪笑道：◎10「何苦來生這麼大氣，大清早起和我叫喊什麼。誰叫你應了人家的事？你既應了，就得耐煩些，少不得替人家辦辦。也沒見這個人自己有爲難的事還有心腸唱戲擺酒的鬧！」賈璉道：「你可說麼，你明兒倒也問問他！」鳳姐詫異道：「問誰？」賈璉道：「問誰！問你哥哥。」鳳姐道：「是他嗎？」賈璉道：「可不是他，還有誰呢！」鳳姐忙問道：「他又有什麼事叫你替他跑？」賈璉道：「你還在鑼子裏※4呢。」鳳姐道：「眞眞這就奇了，我連一個字兒也不知道。」賈璉道：「你怎麼能知道呢，這個事連太太和姨太太還不知道呢。頭一件怕太太和姨太太不放心，二則你身上又常嚷不好，所以我在外頭壓住了，不叫裏頭知道的。說起來眞眞可人惱！你今兒不問我，我也不便告訴你。你打諒你哥哥行事像個人呢，你知道外頭人都叫他什麼？」鳳姐道：「叫他什麼？」賈璉道：「叫他什麼，叫他『忘仁』！」鳳姐噗哧的一笑：「他可不叫王仁叫什麼呢？」賈璉道：「你打諒那個王仁嗎？是忘了仁義禮智信的那個『忘仁』哪！」鳳姐道：「這是什麼人這麼刻薄嘴兒糟蹋人。」賈璉道：「不是糟蹋他嗎，今兒索性告訴你，你也不知道知道你那哥哥的好處，到底知道他給他二叔作生日呵！」鳳姐想了一想道：「嗳喲，可是呵，我還忘了問你，二叔不是冬天的生日嗎？我記得年年都是寶玉去。前者老爺陞了，二叔那邊送過戲來，我還偷偷兒的說，二叔爲人是最嗇刻的，比不得大舅太爺。他們各自家裏還烏眼雞似的。不麼，昨兒大舅太爺

沒了，你瞧他是個兄弟，他還出了個頭兒攬了個事兒嗎！所以那一天說，趕他的生日咱們還他一班子戲，省了親戚跟前落虧欠。如今這麼早就作生日，也不知道是什麼意思。」賈璉道：「你還作夢呢。他一到京，接著舅太爺的首尾就開了一個弔※5，他怕咱們知道攔他，所以沒告訴咱們，弄了好幾千銀子。後來二舅嗔著他，說他不該一網打盡。他吃不住了，變了個法子就指著你們二叔的生日撒了個網，想著再弄幾個錢好打點二舅太爺不生氣，也不管親戚朋友冬天夏天的，人家知道不知道，這麼丟臉！你知道我起早為什麼？這如今因海疆的事情御史參了一本，說是大舅太爺的虧空，本員已故，應著落其弟王子勝、侄王仁賠補。爺兒兩個急了，找了我給他們托人情。我見他們嚇的那麼個樣兒，再者又關係太太和你，我才應了。想著找找總理內庭都檢點老裘替辦辦，或者前任後任挪移挪移。偏又去晚了，他進裏頭去了，我白起來跑了一趟。他們家裏還那裏定戲擺酒呢。你說說，叫人生氣不生氣！」◎11

鳳姐聽了，才知王仁所行如此。但他素性要強護短，聽賈璉如此說，便道：「憑他怎麼樣，到底是你的親大舅兒。再者，這件事死的大太爺活的二叔都感激你。罷了，沒什麼說的，我們家的事，少不得我低三下四的求你了，省的帶累別人受氣，背地裏罵我。」說著，眼淚早流下來，掀開被窩一面坐起來，一面挽頭髮，一面披衣裳。賈璉道：「你倒不用這麼著，是你哥哥不是人，我並沒說你呀。況且我出去了，

註

※4：糊塗，義近「蒙在鼓裏」。

※5：喪家擇期接受親友弔唁。

評點

◎10.此段屢提陪笑、生氣、何苦來，都有微意。（張新之）

◎11.賈璉縱因心緒惡劣，氣質用事，亦何敢遽施狂暴於鳳姐之前。即云財盡交絕，色衰愛馳，而賈璉向日行徑，都不如此粗厲。總之與前半部不是一色筆墨也。（陳其泰）

你身上又不好，我都起來了，他們還睡覺。咱們老輩子有這個規矩麼！你如今作好好先生不管事了。我說了一句你就起來，明兒我要嫌這些人，難道你都替了他們麼。好沒意思啊！」鳳姐聽了這些話，才把淚止住了，說道：「天呢不早了，我也該起來了。你有這麼說的，你替他們家在心的辦辦，那就是你的情分了。再者也不光爲我，就是太太聽見也喜歡。」賈璉道：「是了，知道了。『大蘿蔔還用屎澆※6』。」平兒道：「奶奶這麼早起來作什麼，那一天奶奶不是起來有一定的時候兒呢。爺也不知是那裏的邪火，拿著我們出氣。何苦來呢，奶奶也算替爺掙夠了，那一點兒不是奶奶擋頭陣。不是我說，爺把現成兒的也不知吃了多少，◎12這會子替奶奶辦了一點子事，又關會著好幾層兒呢，就是這麼拿糖作醋※7的起來，也不怕人家寒心。況且這也不單是奶奶的事呀。我們起遲了，原該爺生氣，左右到底是奴才呀。奶奶跟前盡著身子累的成了個病包兒了，這是何苦來呢。」說著，自己的眼圈兒也紅了。那賈璉本是一肚子悶氣，那裏見得這一對嬌妻美妾又尖利又柔情的話呢，便笑道：「夠了，算了罷。他一個人就夠使的了，不用你幫著。左右我是外人，多早晚我死了，你們就清淨了。」鳳姐道：「你也別說那個話，誰知道誰怎麼樣呢。你不死我還死呢，早死一天早心淨。」說著，又哭起來。平兒只得又勸了一回。那時天已大亮。日影橫窗。賈璉也不便再說，站起來出去了。

這裏鳳姐自己起來，正在梳洗，忽見王夫人那邊小丫頭過來道：「太太說了，叫問二奶奶今日過舅太爺那邊去不去？要去，說叫二奶奶同著寶二奶奶一路去呢。」鳳姐因方才一段話，已經灰心喪意，恨娘家不給爭氣；又兼昨夜園中受了那一驚，也實在沒精神，便說道：「你先回太太去，我還有一兩件事沒辦清，今日不能去。況且他們那又不是什麼正經事。寶二奶奶要去各自去罷。」小丫頭答應著，回去回覆了。不在話下。

且說鳳姐梳了頭，換了衣服，想了想，雖然自己不去，也該帶個信兒。再者，寶釵還是新媳婦，出門子自然要過去照應照應的。於是見過王夫人，支吾了一件事，便過來到寶玉房中。只見寶玉穿著衣服歪在炕上，兩個眼睛呆呆的看寶釵梳頭。◎13鳳姐站在門口，還是寶釵一回頭看見了，連忙起身讓坐。寶玉也爬起來，鳳姐才笑嘻嘻的坐下。寶釵因說麝月道：「你們瞧著二奶奶進來也不言語聲兒。」麝月笑著道：「二奶奶頭裏進來就擺手兒不叫言語麼。」鳳姐因向寶玉道：「你還不走，等什麼呢。沒見這麼大人了還是這麼小孩子氣的。人家各自梳頭，你爬在旁邊看什麼？成日家一塊子在屋裏還看不夠？也不怕丫頭們笑話？」說著，哧的一笑，又瞅著他咂嘴兒。寶玉雖也有些不好意思，還不理會，把個寶釵直臊的滿臉飛紅，又不好聽著，又不好說什麼，只見襲人端過茶來，只得搭訕著自己遞了一袋煙。鳳姐兒笑著站起來接了，道：「二妹妹，你別管我們的事，你快穿衣服罷。」

註

※6：意謂自己用不著旁人指教。
※7：故意作態，亦作「拿腔作勢」。

評點

◎12.言下直說鳳姐養漢，令人失笑。（張新之）
◎13.初寫寶玉情移寶釵。（黃小田）

寶玉一面也搭訕著找這個，弄那個。◎[14]鳳姐道：「你先去罷，那裏有個爺們等著奶奶們一塊兒走的理呢？」寶玉道：「我只是嫌我這衣裳不大好，不如前年穿著老太太給的那件雀金呢好。」鳳姐因慪他道：「你爲什麼不穿？」寶玉道：「穿著太早些。」鳳姐忽然想起，自悔失言，幸虧寶釵也和王家是內親，只是那些丫頭們跟前已經不好意思了。襲人卻接著說道：「二奶奶還不知道呢，就是穿得，他也不穿了。」鳳姐兒道：「這是什麼原故？」襲人道：「告訴二奶奶，眞眞是我們這位爺的行事都是天外飛來的。那一年因二舅太爺的生日，老太太給了他這件衣裳，誰知那一天就燒了。我媽病重了，我沒在家。那時候還有晴雯妹妹呢，聽見說病著整給他補了一夜，第二天老太太才沒瞧出來呢。去年那一天上學天冷，我叫茗煙拿了去給他披披。誰知這位爺見了這件衣裳想起晴雯來了，說了總不穿了，叫我給他收一輩子呢。」鳳姐不等說完，便道：「你提晴雯，可惜了兒的，◎[15]那孩子模樣兒手兒都好，◎[16]就只嘴頭子利害些。偏偏兒的太太不知聽了那裏的謠言，活活兒的把個小命兒要了。還有一件事，那一天我瞧見廚房裏柳家的女人他女孩兒，叫什麼五兒，那丫頭長的和晴雯脫了個影兒似的。我心裏要叫他進來，後來我問他媽，他媽說是很願意。我想著寶二爺屋裏的小紅跟了我去，我還沒還他呢，就把五兒補過來。平兒說太太那一天說了，凡像那個樣兒的都不叫派到寶二爺屋裏呢。我所以也就擱下了。這如今寶二爺也成了家了，還怕什麼呢，不如我就叫他進來。可不知寶二爺願意不願意？要想著晴雯只瞧見

這五兒就是了。」寶玉本要走，聽見這些話已呆了。襲人道：「爲什麼不願意，早就要弄了來的，只是因爲太太的話說的結實罷了。」鳳姐道：「那麼著明兒我就叫他進來。太太的跟前有我呢。」寶玉聽了喜不自勝，才走到賈母那邊去了。這裏寶釵穿衣服。鳳姐兒看他兩口兒這般恩愛纏綿，想起賈璉方才那種光景，好不傷心，◎17坐不住，便起身向寶釵笑道：「我和你向老太太屋裏去罷。」笑著出了房門，一同來見賈母。

寶玉正在那裏回賈母往舅舅家去。賈母點頭說道：「去罷，只是少吃酒，早些回來。你身子才好些。」寶玉答應著出來，剛走到院內，又轉身回來向寶釵耳邊說了幾句不知什麼。◎18寶釵笑道：「是了，你快去罷。」將寶玉催著去了。這賈母和鳳姐寶釵說了沒三句話，只見秋紋進來傳說：「二爺打發茗煙轉來，說請二奶奶。」寶釵說道：「他又忘了什麼，又叫他回來？」秋紋道：「我叫小丫頭問了，茗煙說是『二爺忘了一句話，二爺叫我回來告訴二奶奶：若是去呢，快些來罷；若不去呢，別在風地裏站著。』」說的賈母鳳姐並地下站著的衆老婆子丫頭都笑了。寶釵飛紅了臉，把秋紋啐了一口，說道：「好個糊塗東西！這也值得這樣慌慌張張跑了來說。」秋紋也笑著回去叫小丫頭去罵茗煙。那茗煙一面跑著，一面回頭說道：「二爺把我巴巴的叫下馬來，叫回來說的。我若不說，回來對出來又罵我了。這會子說了，他們又罵我。」

評點

◎14.寫寶玉憐愛寶釵，妙在一團孩子氣。（王希廉）
◎15.非惜晴乃惜黛，非惜黛乃自惜。（張新之）
◎16.定論。（姚燮）
◎17.賈璉生氣，寶玉恩愛，兩相對照，鳳姐安得不傷心？（王希廉）
◎18.此時寶哥之心，於林妹妹已漸淡矣。（姚燮）

那丫頭笑著跑回來說了。賈母向寶釵道：「你去罷，省得他這麼記掛。」說的寶釵站不住，又被鳳姐慪他頑笑，沒好意思，才走了。◎19

只見散花寺的姑子大了來了，給賈母請安，見過了鳳姐，坐著吃茶。賈母因問他：「這一向怎麼不來？」大了道：「因這幾日廟中作好事，有幾位誥命夫人不時在廟裏起坐，所以不得空兒來。今日特來回老祖宗，明兒還有一家作好事，不知老祖宗高興不高興，若高興也去隨喜隨喜。」賈母便問：「作什麼好事？」大了道：「前月爲王大人府裏不乾淨，見神見鬼的，偏生那太太夜間又看見去世的老爺。因此昨日在我廟裏告訴我，要在散花菩薩跟前許願燒香，作四十九天的水陸道場，保佑家口安寧，亡者升天，生者獲福。所以我不得空兒來請老太太的安。」卻說鳳姐素日最厭惡這些事的，自從昨夜見鬼，心中總是疑疑惑惑的，如今聽了大了這些話，不覺把素日的心性改了一半，已有三分信意，便問大了道：「這散花菩薩是誰?他怎麼就能避邪除鬼呢？」大了見問，便知他有些信意，便說道：「奶奶今日問我，讓我告訴奶奶知道。這個散花菩薩來歷根基不淺，道行非常。生在西天大樹國中，父母打柴爲生。養下菩薩來，頭長三角，眼橫四目，身長三尺，兩手拖地。父母說這是妖精，便棄在冰山之後了。誰知這山上有一個得道的老猢猻出來打食，看見菩薩頂上白氣沖天，虎狼遠避，知道來歷非常，便抱回洞中撫養。誰知菩薩帶了來的聰慧，禪也會談，與猢猻天天談道參禪，說的天花散漫繽紛。至一千年後飛升了。至今山上猶見談經之處天

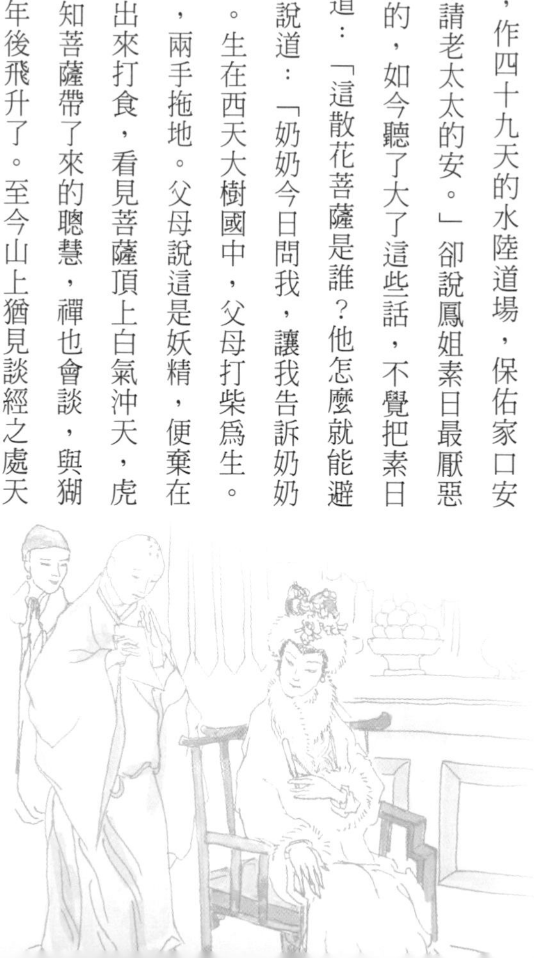

花散漫，所求必靈，時常顯聖，救人苦厄。因此世人才蓋了廟，塑了像供奉。」鳳姐道：「這有什麼憑據呢？」大了道：「奶奶又來搬駁了。一個佛爺可有什麼憑據呢？就是撒謊，也不過哄一兩個人罷咧，難道古往今來多少明白人都被他哄了不成。奶奶只想，惟有佛家香火歷來不絕，◎20他到底是祝國祝民，有些靈驗，人才信服。」鳳姐聽了大有道理，因道：「既這麼，我明兒去試試。你廟裏可有籤？我去求一籤，我心裏的事籤上批的出？批的出來我從此就信了。」大了道：「我們的籤最是靈的，明兒奶奶去求一籤就知道了。」賈母道：「既這麼著，索性等到後日初一你再去求。」說著，大了吃了茶，到王夫人各房裏去請了安，回去不提。

這裏鳳姐勉強扎掙著，到了初一清早，令人預備了車馬，帶著平兒並許多奴僕來至散花寺。大了帶了眾姑子接了進去。獻茶後，便洗手至大殿上焚香。那鳳姐兒也無心瞻仰聖像，一秉虔誠，磕了頭，舉起籤筒默默的將那見鬼之事並身體不安等故祝告了一回。才搖了三下，只聽唰的一聲，筒中攛出一支籤來。於是叩頭拾起一看，只見寫著「第三十三籤，上上大吉。」大了忙查籤薄看時，只見上面寫著「王熙鳳衣錦還鄉」。鳳姐一見這幾個字，吃一大驚，驚問大了道：「古人也有叫王熙鳳的麼？」大了笑道：「奶奶最是通今博古的，難道漢朝的王熙鳳求官的這一段事也不曉得？」周瑞家的在旁笑道：「前年李先兒還說這一回書的，我們還告訴他重著奶奶的名字不要叫呢。」鳳姐笑道：

評點

◎19.此回敘賈璉與寶玉夫婦間神情意理，都不肖其生平，顯與前半部兩樣筆墨。看後四十回書，只可節取其大段佳處，不必求其盡合也。（陳其泰）

◎20.說佛正是說儒也，書旨如此，則說佛正是哄人處。（張新之）

「可是呢，我倒忘了。」說著，又瞧底下的，寫的是：

去國離鄉二十年，於今衣錦返家園。

蜂採百花成蜜後，爲誰辛苦爲誰甜！◎21

行人至，音信遲，訟宜和，婚再議。

看完也不甚明白。大了道：「奶奶大喜。這一籤巧得很，奶奶自幼在這裏長大，何曾回南京去了。如今老爺放了外任，或者接家眷來，順便還家，奶奶可不是『衣錦還鄉』了？」一面說，一面抄了個籤經交與丫頭。鳳姐也半疑半信的。大了擺了齋來，鳳姐只動了一動，放下了要走，又給了香銀。大了苦留不住，只得讓他走了。鳳姐回至家中，見了賈母王夫人等，問起籤來，命人一解，都歡喜非常，「或者老爺果有此心，咱們走一趟也好。」鳳姐兒見人人這麼說，也就信了。不在話下。

卻說寶玉這一日正睡午覺，醒來不見寶釵，正要問時，只見寶釵進來。寶玉問道：「那裏去了？半日不見。」寶釵笑道：「我給鳳姐姐瞧一回籤。」寶玉聽說，便問是怎麼樣的。寶釵把籤帖念了一回，又道：「家中人人都說好的。據我看，這『衣錦還鄉』四字裏頭還有原故，後來再瞧罷了。」寶玉道：「你又多疑了，妄解聖意。『衣錦還鄉』四字從古至今都知道是好的，今兒你又偏生看出原故來了。依你說，這『衣錦還鄉』還有什麼別的解說？」寶釵正要解說，只見王夫人那邊打發丫頭過來請二奶奶。寶釵立刻過去。未知何事，下回分解。

評點

◎21.定評。（陳其泰）

✣ 王熙鳳抽到一支「衣錦還鄉」的「上上籤」，殊不知有不祥之意。（張羽琳繪）

# 第一百二回

# 寧國府骨肉病災祲　大觀園符水驅妖孽

話說王夫人打發人來喚寶釵，寶釵連忙過來，請了安。王夫人道：「你三妹妹如今要出嫁了，只得你們作嫂子的大家開導開導他，也是你們姐妹之情。況且他也是個明白孩子，我看你們兩個也很合的來。只是我聽見說寶玉聽見他三妹妹出門子，哭的了不的，你也該勸勸他。如今我的身子是十病九痛的，你二嫂子也是三日好兩日不好。你還心地明白些，諸事也別說只管吞著不肯得罪人，將來這一番家事，都是你的擔子。」◎[1]寶釵答應著。王夫人又說道：「還有一件事，你二嫂子昨兒帶了柳家媳婦的丫頭來，說補在你們屋裏。」寶釵道：「今日平兒才帶過來，說是太太和二奶奶的主意。」王夫人道：「是呦，你二嫂子和我說，我想也沒要緊，不便駁他的回。只是一件，我見那孩子眉眼兒上頭也不是個很安頓的。起先為寶

✣《增評補圖石頭記》第一百二回繪畫。（fotoe提供）

玉房裏的丫頭狐狸似的，我攆了幾個，那時候你也知道，不然你怎麼搬回家去了呢。如今有你，自然不比先前了。我告訴你，不過留點神兒就是了。你們屋裏就是襲人那孩子還可以使得。」寶釵答應了，又說了幾句話，便過來了。飯後到了探春那邊，自有一番殷勤勸慰之言，不必細說。

次日，探春將要起身，又來辭寶玉。寶玉自然難割難分。探春便將綱常大體的話，說的寶玉始而低頭不語，後來轉悲作喜，似有醒悟之意。於是探春放心，辭別眾人，竟上轎登程，水舟車陸而去。◎2

* * *

先前眾姐妹們都住在大觀園中，後來賈妃薨後，也不修葺。到了寶玉娶親，林黛玉一死，史湘雲回去，寶琴在家住著，園中人少，況兼天氣寒冷，李紈姐妹、探春、惜春等俱挪回舊所。到了花朝月夕，依舊相約頑耍。如今探春一去，寶玉病後不出屋門，◎3益發沒有高興的人了。所以園中寂寞，只有幾家看園的人住著，◎4那日尤氏過來送探春起身，因天晚省得套車，便從前年在園裏開通寧府的那個便門裏走過去了。覺得淒涼滿目，臺榭依然，

✣探春遠嫁，是她的不幸，或是大幸？（張羽琳繪）

評點

◎1.此篇歷敘種種不如意疾病、神鬼，無所不有，下便緊接抄沒家私矣。（東觀閣主人）

◎2.探春是一個讓人看來「顧盼神飛，文采精華，見之忘俗」的女性，她精明幹練，情趣高雅，頭腦清楚，眼光遠大。但是她「庶出」的身分，成爲了她的原罪，使她無由掙扎，在力爭上游時，顯得既自尊，又自卑，她的結局是遠嫁。她的薄命意義是兩層的，首先，在大家族中，姨太太生的女兒，便永遠無法翻身；其次，遠嫁的婚姻，表示將投入一個更不可知的未來，尤其當急需扶持時，也遠水不救近火。（皮述民）

◎3.探春一去，一部「大觀」止矣。（張新之）

◎4.人去園空，寫得黯慘荒涼之至，是園中前後一大轉關。（姚燮）

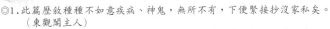

女牆一帶都種作園地一般，◎5心中悵然如有所失，因到家中，便有些身上發熱，扎掙一兩天，竟躺倒了。日間的發燒猶可，夜裏身熱異常，便譫語※1綿綿。賈珍連忙請了大夫看視。說感冒起的，如今纏經，入了足陽明胃經，所以譫語不清，如有所見，有了大穢※2，即可身安。尤氏服了兩劑，並不稍減，更加發起狂來。

賈珍著急，便叫賈蓉來打聽外頭有好醫生再請幾位來瞧瞧。賈蓉回道：「前兒這位太醫是最興時的了。只怕我母親的病不是藥治得好的。」賈珍道：「胡說，不吃藥難道由他去罷。」賈蓉道：「不是說不治。爲的是前日母親從西府去，回來是穿著園子裏走來家的，一到了家就身上發燒，別是撞客著了罷？外頭有個毛半仙，是南方人，卦起的很靈，不如請他來占卦占卦。看有信兒呢，就依著他，要是不中用，再請別的好大夫來。」賈珍聽了，即刻叫人請來。坐在書房內喝了茶，便說：「府上叫我，不知占什麼事？」賈蓉道：「家母有病，請教一卦。」毛半仙道：「既如此，取淨水洗手，設下香案。讓我起出一課來看就是了。」一時下人安排定了。他便懷裏掏出卦筒來，走到上頭恭恭敬敬的作了一個揖，手內搖著卦筒，口裏念道：「伏以太極兩儀，絪緼交感。圖書※3出而變化不窮，神聖作而誠求必應。茲有信官

✣ 尤氏夜間走過大觀園後便病倒在床。
（張羽琳繪）

賈某，爲因母病，虔請伏羲、文王、周公、孔子四大聖人，鑑臨在上，誠感則靈，有凶報凶，有吉報吉。先請內象三爻。」說著，將筒內的錢倒在盤內，說「有靈的頭一爻就是交。」拿起來又搖了一搖，倒出來說是單。第三爻又是交。檢起錢來，嘴裏說是：「內爻已示，更請外象三爻，完成一卦。」起出來是單拆單。那毛半仙收了卦筒和銅錢，便坐下問道：「請坐，請坐。讓我來細細的看看。這個卦乃是『未濟』之卦。世爻是第三爻，午火兄弟劫財，晦氣是一定該有的。如今尊駕爲母問病，用神是初爻，眞是父母爻動出官鬼來。五爻上又有一層官鬼，我看令堂太夫人的病是不輕的。還好，還好，如今子亥之水休囚，寅木動而生火。世爻上動出一個子孫來，倒是克鬼的。況且日月生身，再隔兩日子水官鬼落空，交到戌日就好了。但是父母爻上變鬼，恐怕令尊大人也有些關礙。就是本身世爻比劫過重，到了水旺土衰的日子也不好。」說完了，便撇著鬍子坐著。

賈蓉起先聽他搗鬼，心裏忍不住要笑，聽他講的卦理明白，又說生怕父親也不好，便說道：「卦是極高明的，但不知我母親到底是什麼病？」毛半仙道：「據這卦上世爻午火變水相克，必是寒火凝結。若要斷得清楚，揲蓍也不大明白，除非用大六壬※4才斷得準。」賈蓉道：「先生都高明的麼？」毛半仙道：「知道些。」賈蓉便要

註

※1：病中胡言亂語。
※2：大便。
※3：河圖洛書，「河圖」爲伏羲演畫八卦；「洛書」爲夏禹依出現在洛水的神龜背上圖畫排列而成。
※4：揲蓍、大六壬：兩種不同的占卜方法。

評點

◎5.大觀園冷落荒涼，是盛極必衰，氣數使然。其敘病祟、驅妖等事，所謂妖由人興，抄沒預兆。（王希廉）

請教，報了一個時辰。毛先生便畫了盤子，將神將排定。「算去是戌上白虎，這課叫作『魄化課』。大凡白虎乃是凶將，乘旺象氣受制，便不能爲害。如今乘著死神死煞及時令囚死，則爲餓虎，定是傷人。就如魄神受驚消散，故名『魄化』。這課象說是人身喪鬼，憂患相仍，病多喪死，訟有憂驚。按象有日暮虎臨，必定是傍晚得病的。象內說，凡占此課，必定舊宅有伏虎作怪，或有形響。如今尊駕爲大人而占，正合著虎在陽憂男，在陰憂女。此課十分凶險呢。」賈蓉沒有聽完，唬的面上失色道：「先生說得很是。但與那卦又不大相合，到底有妨礙麼？」毛半仙道：「你不用慌，待我慢慢的再看。」低著頭又咕噥了一會子，便說：「好了，有救星了！算出巳上有貴神救解，謂之『魄化魂歸』。先憂後喜，是不妨事的。只要小心些就是了。」

賈蓉奉上卦金，送了出去，回稟賈珍，說是：「母親的病是在舊宅傍晚得的，爲撞著什麼伏屍白虎。」賈珍道：「你說你母親前日從園裏走回來的，可不是那裏撞著的。你還記得你二嬸娘到園裏去，回來就病了。他雖沒有見什麼，後來那些丫頭老婆們都說是山子上一個毛烘烘的東西，眼睛有燈籠大，還會說話，把他二奶奶趕了回來，唬出一場病來。」賈蓉道：「怎麼不記得。我還聽見寶叔家的茗煙說，晴雯是作了園裏芙蓉花的神了，林姑娘死了半空裏有音樂，必定他也是管什麼花兒了。想這許多妖怪在園裏，還了得！頭裏人多陽氣重，常來常往不打緊。如今冷落的時候，母親打那裏走，還不知踹了什麼花兒呢，不然就是撞著那一個。那卦也還算是準的。」賈

✣大觀園內植被茂盛，奇花異草衆多。（攝於北京大觀園）

珍道：「到底說有妨礙沒有呢？」賈蓉道：「據他說，到了戌日就好了。只願早兩天好，或除兩天才好。」賈珍道：「這又是什麼意思？」賈蓉道：「那先生若是這樣準，生怕老爺也有些不自在。」

正說著，裏頭喊說：「奶奶要坐起到那邊園裏去，丫頭們都按捺不住。」賈珍等進去安慰定了。只聞尤氏嘴裏亂說：「穿紅的來叫我，穿綠的來趕我。」地下這些人又怕又好笑。賈珍便命人買些紙錢送到園裏燒化，果然那夜出了汗，便安靜些。到了戌日，也就漸漸的好起來。由是一人傳十，十人傳百，都說大觀園中有了妖怪。唬的那些看園的人也不修花補樹，灌溉果蔬。◎6起先晚上不敢行走，以致鳥獸逼人，甚至日裏也是約伴持械而行。過了些時，果然賈珍患病。竟不請醫調治，輕則到園化紙許願，重則詳星拜斗。賈珍方好，賈蓉等相繼而病。如此接連數月，鬧得兩府俱怕。從此風聲鶴唳，草木皆妖。園中出息，一概全蠲，各房月例重新添起，反弄得榮府中更加拮据。那些看園的沒有了想頭，個個要離此處，每每造言生事，便將花妖樹怪編派起來，各要搬出，將園門封固，再無人敢到園中。以致崇樓高閣，瓊館瑤臺，皆為禽獸所棲。

評點

◎6.色色都是衰敗之象。（姚燮）

卻說晴雯的表兄吳貴正住在園門口，他媳婦自從晴雯死後，聽見說作了花神，每日晚間便不敢出門。這一日吳貴出門買東西，回來晚了。那媳婦子本有些感冒著了，日間吃錯了藥，晚上吳貴到家，已死在炕上。外面的人因那媳婦子不妥當，便都說妖怪爬過牆吸了精去死的。於是老太太著急的了不得，替另派了好些人將寶玉的住房圍住，巡邏打更。這些小丫頭們還說，有的看見紅臉的，有的看見很俊的女人的，吵嚷不休。◎7唬的寶玉天天害怕。虧得寶釵有把持的，聽得丫頭們混說，便唬嚇著要打，所以那些謠言略好些。無奈各房的人都是疑人疑鬼的不安靜，也添了人坐更，於是更加了好些食用。

獨有賈赦不大很信，說：「好好園子，那裏有什麼鬼怪！」◎8挑了個風清日暖的日子，帶了好幾個家人，手內持著器械，到園踹看動靜。衆人勸他不依。到了園中，果然陰氣逼人。賈赦還扎掙前走，跟的人都探頭縮腦。內中有個年輕的家人，心內已經害怕，只聽呼的一聲，回過頭來，只見五色燦爛的一件東西跳過去了，唬的噯喲一聲，腿子發軟，便躺倒了。賈赦回身查問，那小子喘噓噓的回道：「親眼看見一個黃臉紅鬚綠衣青裳一個妖怪走到樹林子後頭山窟窿裏去了。」賈赦聽了，便也有些膽怯，問道：「你們都看見麼？」有幾個推順水船兒的回說：「怎麼沒瞧見，因老爺在頭裏，不敢驚動罷了。奴才們還撐得住。」說得賈赦害怕，也不敢再走，急急的回來，吩咐小子們：「不要提及，只說看遍了，沒有什麼東西。」心裏實也相信，要到

眞人府※5裏請法官驅邪。豈知那些家人無事還要生事，今見賈赦怕了，不但不瞞著，反添些穿鑿，說得人人吐舌。

賈赦沒法，只得請道士到園作法事驅邪逐妖。◎9擇吉日先在省親正殿上鋪排起壇場，上供三清聖像，旁設二十八宿並馬、趙、溫、周※6四大將，下排三十六天將圖像。香花燈燭設滿一堂，鐘鼓法器排兩邊，插著五方旗號。道紀司派定四十九位道衆的執事，淨了一天的壇。三位法官行香取水畢，然後擂起法鼓，法師們俱戴上七星冠，披上九宮八卦的法衣，踏著登雲履，手執牙笏，便拜表請聖。又念了一天的消災驅邪接福的《洞元經》，以後便出榜召將。榜上大書「太乙混元上清三境靈寶符錄演教大法師行文敕令本境諸神到壇聽用」。

那日兩府上下爺們仗著法師擒妖，都到園中觀看，都說：「好大法令！呼神遣將的鬧起來，不管有多少妖怪也唬跑了。」大家都擠到壇前。只見小道士們將旗幡舉起，按定五方站住，伺候法師號令。三位法師，一位手提寶劍拿著法水，一位捧著七星皂旗，一位舉著桃木打妖鞭，立在壇前。只聽法器一停，上頭令牌三下，口中念念有詞，那五方旗便團團散布。法師下壇，叫本家領著到各處樓閣殿亭房廊屋舍山崖水畔灑了法水，將劍指畫了一回，回來連擊牌令，將七星旗祭起，衆道士將旗幡一聚，接下打怪鞭望空打了三下。◎10本家衆人都道拿住妖怪，爭著要看，及到跟前，並不見

註

※5：道教「眞人」居住的府第。

※6：道教四大護法神將。

評點

◎7.國家將亡，必有妖孽。大觀園如此疑妖見鬼，賈政安得不被參？寧府安得不被查抄？（王希廉）

◎8.賈政矯枉，賈赦縱拗，雖有不同，其謬則一。（黃小田）

◎9.道士降妖作法，大觀園可復原耶？（黃小田）

◎10.寫道士壇場鋪排，形容如畫。（王希廉）

有什麼形響。◎[11]只見法師叫衆道士拿取瓶罐，將妖收下，加上封條。法師朱筆書符收禁，令人帶回在本觀塔下鎮住，一面撤壇謝將。

賈赦恭敬叩謝了法師。賈蓉等小弟兄背地都笑個不住，說：「這樣的大排場，我打諒拿著妖怪給我們瞧瞧到底是些什麼東西，那裏知道是這樣收羅，究竟妖怪拿去了沒有？」賈珍聽見罵道：「糊塗東西，妖怪原是聚則成形、散則成氣，如今多少神將在這裏，還敢現形嗎！無非把這妖氣收了，便不作祟，就是法力了。」衆人將信將疑，且等不見響動再說。那些下人只知妖怪被擒，疑心去了，便不大驚小怪，往後果然沒人提起了。賈珍等病愈復原，都道法師神力。獨有一個小子笑說道：「頭裏那些響動我也不知道，就是跟著大老爺進園這一日，明明是個大公野雞飛過去了，拴兒嚇離了眼，說得活像。我們都替他圓了個謊，大老爺就認眞起來。倒瞧了個很熱鬧的壇場。」衆人雖然聽見，那裏肯信，究無人住。

✣ 賈赦、賈珍等請了法師，在大觀園驅逐妖孽。（張羽琳繪）

一日，賈赦無事，正想要叫幾個家下人搬住園中，看守房屋，惟恐夜晚藏匿奸人。方欲傳出話去，只見賈璉進來，請了安，回說今日到他大舅家去聽見一個荒信，「說是二叔被節度使參進來，爲的是失察屬員，重徵糧米，請旨革職的事。」賈赦聽了吃驚道：「只怕是謠言罷。前兒你二叔帶書子來說，探春於某日到了任所，擇了某日吉時送了你妹子到了海疆，路上風恬浪靜，合家不必掛念。還說節度認親，倒設席賀喜，那裏有作了親戚倒提參起來的。且不必言語，快到吏部打聽明白就來回我。」

賈璉即刻出去，不到半日回來便說：「才到吏部打聽，果然二叔被參。題本上去，虧得皇上的恩典，沒有交部，便下旨意，說是失察屬員，重徵糧米，苛虐百姓，本應革職，姑念初膺外任，不諳吏治，被屬員蒙蔽，著降三級，加恩仍以工部員外上行走，並令即日回京。這信是準的。正在吏部說話的時候，來了一個江西引見知縣，說起我們二叔，是很感激的，但說是個好上司，只是用人不當，那些家人在外招搖撞騙，欺凌屬員，已經把好名聲都弄壞了。節度大人早已知道，也說我們二叔是個好人。不知怎麼樣這回又參了。想是忒鬧得不好，恐將來弄出大禍，所以借了一件失察的事情參的，倒是避重就輕的意思也未可知。」賈赦未聽說完，便叫賈璉：「先去告訴你嬸子知道，且不必告訴老太太就是了。」賈璉去回王夫人。未知有何話說，下回分解。

* * *

評點

◎11.寫得風翻雲起，卻冷冷收此二句，令人發笑。（姚燮）

# 第一百三回

## 施毒計金桂自焚身　昧真禪雨村空遇舊

話說賈璉到了王夫人那邊，一一的說了。次日到了部裏打點停妥，回來又到王夫人那邊，將打點吏部之事告知。王夫人便道：「打聽準了麼？果然這樣，老爺也願意，合家也放心。那外任是何嘗作得的！若不是那樣的參回來，只怕叫那些混賬東西把老爺的性命都坑了呢！」賈璉道：「太太那裏知道？」王夫人道：「自從你二叔放了外任，並沒有一個錢拿回來，把家裏的倒掏摸了好些去了。你瞧那些跟老爺去的人，他男人在外頭不多幾時，那些小老婆子們便金頭銀面的妝扮起來了，可不是在外頭瞞著老爺弄錢？你叔叔便由著他們鬧去，若弄出事來，不但自己的官作不成，只怕連祖上的官也要抹掉了呢。」賈璉道：「嬸子說得很是。方才我聽見參了，嚇的了不得，直等打聽明白才放心。也願意老爺作個京官，安安逸逸

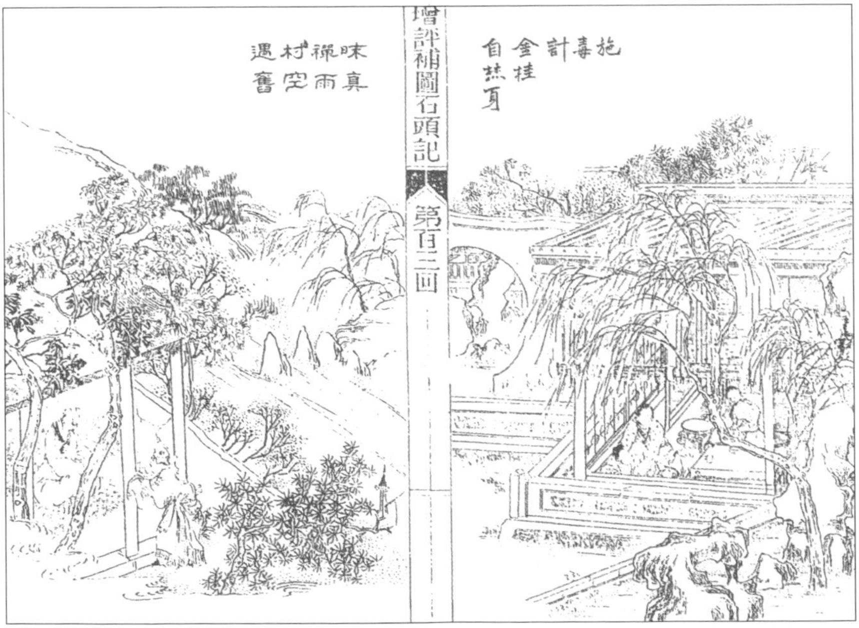


✣《增評補圖石頭記》第一百三回繪畫。（fotoe提供）

的作幾年，◎1才保得住一輩子的聲名。就是老太太知道了，倒也是放心的，只要太太說得寬緩些。」王夫人道：「我知道。你到底再去打聽打聽。」◎2

賈璉答應了，才要出來，只見薛姨媽家的老婆子慌慌張張的走來，到王夫人裏間屋內，也沒說請安，便道：「我們太太叫我來告訴這裏的姨太太，說我們家了不得了，又鬧出事來了。」王夫人聽了，便問：「鬧出什麼事來？」那婆子又說：「了不得，了不得！」王夫人哼道：「糊塗東西！有要緊事你到底說啊！」婆子便說：「我們家二爺不在家，一個男人也沒有。這件事情出來怎麼辦！要求太太打發幾位爺們去料理料理。」王夫人聽著不懂，便急著道：「究竟要爺們去幹什麼事？」婆子道：「我們大奶奶死了。」王夫人聽了，便啐道：「這種女人死，死了罷咧，也值得大驚小怪的！」婆子道：「不是好好兒死的，是混鬧死的。快求太太打發人去辦辦。」說著就要走。王夫人又生氣，又好笑，說：「這婆子好混賬。璉哥兒，倒不如你過去瞧瞧，別理那糊塗東西。」那婆子沒聽見打發人去，只聽見說別理他，他便賭氣跑回去了。這裏薛姨媽正在著急，再等不來，好容易見那婆子來了，便問：「姨太太打發誰來？」婆子嘆說道：「人最不要有急難事，什麼好親好眷，看來也不中用。姨太太不但不肯照應我們，倒罵我糊塗。」薛姨媽聽了，又氣又急道：「姨太太不管，你姑奶奶怎麼說了？」婆子道：「姨太太既不管，我們家的姑奶奶自然更不管了。沒有去告訴。」薛姨媽啐道：「姨太太是外人，姑娘是我養的，怎麼不管！」婆子一時省悟

評點

◎1.參官乃查抄之引……是一件事，非兩件事。（張新之）
◎2.賈政被參，是抄沒先聲。接寫金桂毒死，眞是六親同運。（王希廉）

道：「是啊，這麼著我還去。」

正說著，只見賈璉來了，給薛姨媽請了安，道了惱，回說：「我嬸子知道弟婦死了，問老婆子，再說不明，著急的很，打發我來問個明白，還叫我在這裏料理。該怎麼樣，姨太太只管說了辦去。」薛姨媽本來氣的乾哭，聽見賈璉的話，便笑著說：「倒要二爺費心。我說姨太太是待我最好的，都是這老貨說不清，幾乎誤了事。請二爺坐下，等我慢慢的告訴你。」便說：「不爲別的事，爲的是媳婦不是好死的。」賈璉道：「想是爲兄弟犯事怨命死的？」薛姨媽道：「若這樣倒好了。前幾個月頭裏，他天天蓬頭赤腳的瘋鬧。後來聽見你兄弟問了死罪，他雖哭了一場，以後倒擦脂抹粉的起來。我若說他，又要吵個了不得，我總不理他。有一天不知怎麼樣來要香菱去作伴，我說：『你放著寶蟾，還要香菱作什麼？況且香菱是你不愛的，何苦招氣生。』他必不依。我沒法兒，便叫香菱到他屋裏去。可憐這香菱不敢違我的話，帶著病就去了。誰知道他待香菱很好，我倒喜歡。你大妹妹知道了，說：『只怕不是好心罷。』我也不理會。頭幾天香菱病著，他倒親手去作湯給他吃，那知香菱沒福，剛端到跟前，他自己燙了手，連碗都砸了。我只說必要遷怒在香菱身上，他倒沒生氣，自己還拿笤帚掃了，拿水潑淨了地，仍舊兩個人很好。昨兒晚上，又叫寶蟾去作了兩碗湯來，自己說同香菱一塊兒喝。隔了一回，聽見他屋裏兩隻腳蹬響，寶蟾急的亂嚷，以後香菱也嚷著扶著牆出來叫人。我忙著看去，只見媳婦鼻子眼睛裏都流出血來，在地下亂滾，兩手在心口亂抓，兩腳亂蹬，把我就嚇死了，問他也說不出來，只管直嚷，鬧了一回就死了。我瞧那光景是服了毒的。寶蟾便哭著來揪香菱，說他把藥藥死了奶奶了。我看香菱也不是這麼樣的人，再者他病的起還起不來，怎麼能藥人呢？無奈寶蟾一口咬定。我的二爺，這叫我怎麼辦！只得硬著心腸叫老婆子們把香菱捆了，交給寶蟾，便把房門反扣了。我同你二妹妹守了一夜，等府裏的門開了才告訴去的。二爺你是明白人，這件事怎麼好？」賈璉道：「夏家知道了沒有？」薛姨媽道：「也得撕擄明白了才好報啊。」賈璉道：「據我看起來，必要經官才了得下來。我們自然疑在寶蟾身上，別人便說寶蟾爲什麼藥死他奶奶，也是沒答對的。若說在香菱身上，竟還裝得上。」

正說著，只見榮府女人們進來說：「我們二奶奶來了。」賈璉雖是大伯子，因從小兒見的，也不迴避。寶釵進來見了母親，又見了賈璉，便往裏間屋裏同寶琴坐下。薛姨媽也將前事告訴一遍。寶釵便說：「若把香菱捆了，可不是我們也說是香菱藥死的了麼？媽媽說這湯是寶蟾作的，就該捆起寶蟾來問他呀。一面便該打發人報夏家去，一面報官的是。」◎3薛姨媽聽見有理，便問賈璉。賈璉道：「二妹子說得很是。報官還得我去，托了刑部裏的人，相驗問口供的時候有照應得。只是要捆寶蟾放香菱倒怕難些。」薛姨媽道：「並不是我要捆香菱，我恐怕香菱病中受冤著急，一時尋死，又添了一條人命，才捆了交給寶蟾，也是一個主意。」賈璉道：「雖是這麼說，

評點

◎3.賈璉說必須經官才了得下來，所見固是。寶釵說湯是寶蟾作的，捆起寶蟾，一面報官，一面通信與夏家，更爲老到細密。才女見識過出賈璉幾倍。（王希廉）

我們倒幫了寶蟾了。若要放都放，要捆都捆，他們三個人是一處的，只要叫人安慰香菱就是了。」薛姨媽便叫人開門進去，寶釵就派了帶來幾個女人幫著捆寶蟾。只見香菱已哭得死去活來，寶蟾反得意洋洋，以後見人要捆他，便亂嚷起來。那禁得榮府的人吆喝著，也就捆了。竟開著門，好叫人看著。這裏報夏家的人已經去了。

那夏家先前不住在京裏，因近年消索，又記掛女兒，新近搬進京來。父親已沒，只有母親，又過繼了一個混賬兒子，把家業都花完了，不時的常到薛家。那金桂原是個水性人兒，那裏守得住空房，況兼天天心裏想念薛蝌，便有些飢不擇食的光景。無奈他這一乾兄弟又是個蠢貨，雖也有些知覺，只是尚未入港。所以金桂時常回去，也幫貼他些銀錢。這些時正盼金桂回家，只見薛家的人來，心裏就想又拿什麼東西來了。不料說這裏姑娘服毒死了，他便氣的亂嚷亂叫。金桂的母親聽見了，更哭喊起來，說：「好端端的女孩兒在他家，爲什麼服了毒呢！」哭著喊著的，帶了兒子，也等不得僱車，便要走來。那夏家本是買賣人家，如今沒了錢，那顧什麼臉面。兒子頭裏就走，他跟了一個破老婆子出了門，在街上啼啼哭哭的僱了一輛破車便跑到薛家。

進門也不打話，便兒一聲肉一聲的要討人命。那時賈璉到刑部托人，家裏只有薛姨媽、寶釵、寶琴，何曾見過個陣仗，都嚇得不敢則聲。便要與他講理，他們也不聽，只說：「我女孩兒在你家得過什麼好處，兩口朝打暮罵的。鬧了幾時，還不容他兩口子在一處，你們商量著把女婿弄在監裏，永不見面。你們娘兒們仗著好親戚受用

也罷了，還嫌他礙眼，叫人藥死了他，倒說是服毒！他爲什麼服毒！」說著，直奔著薛姨媽來。薛姨媽只得後退，說：「親家太太且請瞧瞧你女兒，問問寶蟾，再說歪話不遲。」那寶釵、寶琴因外面有夏家的兒子，難以出來攔護，只在裏邊著急。恰好王夫人打發周瑞家的照看，一進門來，見一個老婆子指著薛姨媽的臉哭罵。周瑞家的知道必是金桂的母親，便走上來說：「這位是親家太太麼？大奶奶自己服毒死的，與我們姨太太什麼相干，也不犯這麼糟蹋呀。」那金桂的母親問：「你是誰？」薛姨媽見有了人，膽子略壯了些，便說：「這就是我親戚賈府裏的。」金桂的母親便說道：「誰不知道，你們有仗腰子的親戚，才能夠叫姑爺坐在監裏。如今我的女孩兒倒白死了不成！」說著，便拉薛姨媽說：「你到底把我女兒怎樣弄殺了？給我瞧瞧！」周瑞家的一面勸說：「只管瞧瞧，用不著拉拉扯扯。」便把手一推。夏家的兒子便跑進來不依道：「你仗著府裏的勢頭兒來打我母親麼！」說著，便將椅子打去，卻沒有打著。◎4裏頭跟寶釵的人聽見外頭鬧起來，趕著來瞧，恐怕周瑞家的吃虧，齊打夥的上去半勸半喝。那夏家的母子索性撒起潑來，說：「知道你們榮府的勢頭兒。我們家的姑娘已經死了，如今也都不要命了！」說著，仍奔薛姨媽拚命。地下的人雖多，那裏擋得住，自古說的「一人拚命，萬夫莫當」。

正鬧到危急之際，賈璉帶了七八個家人進來，見是如此，便叫人先把夏家的兒子拉出去，便說：「你們不許鬧，有話好好兒的說。快將家裏收拾收拾，刑部裏頭的

評點

◎4.當署其名曰，夏婆子大鬧薛家莊。（姚燮）

老爺們就來相驗了。」金桂的母親正在撒潑，只見來了一位老爺，幾個在頭裏吆喝，那些人都垂手侍立。金桂的母親見這個光景，也不知是賈府何人，又見他兒子已被衆人揪住，又聽見說刑部來驗，他心裏原想看見女兒屍首先鬧了一個稀爛再去喊官去，不承望這裏先報了官，也便軟了些。薛姨媽已嚇糊塗了。還是周瑞家的回說：「他們來了，也沒有去瞧他姑娘，便作踐起姨太太來了。我們爲好勸他，那裏跑進一個野男人，在奶奶們裏頭混撒村混打，這可不是沒有王法了！」賈璉道：「這回子不用和他講理，等一會子打著問他，說：男人有男人的所在，裏頭都是些姑娘奶奶們，況且有他母親還瞧不見他們姑娘麼，他跑進來不是要打搶來了麼！」家人們作好作歹壓伏住了。周瑞家的仗著人多，便說：「夏太太，你不懂事，既來了，該問個青紅皂白。你們姑娘是自己服毒死了，不然便是寶蟾藥死他主子了，怎麼不問明白，又不看屍

✣ 金桂欲害香菱，卻毒死了自己。（張羽琳繪）

✣《天工開物》，這是燒取砒霜的過程。（fotoe提供）

首，就想訛人來了呢，我們就肯叫一個媳婦兒白死了不成！現在把寶蟾捆著，因爲你們姑娘必要點病兒，所以叫香菱陪著他，也在一個屋裏住，故此兩個人都看守在那裏，原等你們來眼看看刑部相驗，問出道理來才是啊。」

金桂的母親此時勢孤，也只得跟著周瑞家的到他女孩兒屋裏，只見滿臉黑血，直挺挺的躺在炕上，便叫哭起來。寶蟾見是他家的人來，便哭喊說：「我們姑娘好意待香菱，叫他在一塊兒住，他倒抽空兒藥死我們姑娘！」那時薛家上下人等俱在，便齊聲吆喝道：「胡說，昨日奶奶喝了湯才藥死的，這湯可不是你作的！」寶蟾道：「湯是我作的，端了來我有事走了，不知香菱起來放些什麼在裏頭藥死的。」金桂的母親聽未說完，就奔香菱。衆人攔住。薛姨媽便道：「這樣子是砒霜藥的，家裏決無此物。不管香菱寶蟾，終有替他買的，回來刑部少不得問出來，才賴不去。如今把媳婦權放平正，好等官來相驗。」衆婆子上來抬放。寶釵道：「都是男人進來，你們將女人動用的東西檢點檢點。」◎[5]只見炕褥底下有一個揉成團的紙包兒。金桂的母親瞧見便拾起，打開看時，並沒有什麼，便撩開了。寶蟾看見道：「可不是有了憑據了。這個紙包兒我認得，頭幾天耗子鬧得慌，奶奶家去與舅爺要的，拿回來擱在首飾匣內，必是香菱看見了拿來藥死奶奶的。若不信，你們看看首飾匣裏有沒有了。」

金桂的母親便依著寶蟾的所言取出匣子，只有幾支銀簪子。薛姨媽便說：「怎麼好些首飾都沒有了？」寶釵叫人打開箱櫃，俱是空的，便道：「嫂子這些東西被誰拿去，這可要問寶蟾。」金桂的母親心裏也虛了好些，見薛姨媽查問寶蟾，便說：「姑娘的東西他那裏知道。」周瑞家的道：「親家太太別這麼說呢。我知道寶姑娘是天天跟著大奶奶的，怎麼說不知！」這寶蟾見問得緊，又不好胡賴，只得說道：「奶奶自己每每帶回家去，我管得麼。」◎[6]衆人便說：「好個親家太太！哄著拿姑娘的東西，哄完了叫他尋死來訛我們。好罷了，回來相驗便是這麼說。」寶釵叫人：「到外頭告訴璉二爺說，別放了夏家的人。」

裏面金桂的母親忙了手腳，便罵寶蟾道：「小蹄子別嚼舌頭了！姑娘幾時拿東西到我家去。」寶蟾道：「如今東西是小，給姑娘償命是大。」寶琴道：「有了東西就有償命的人了。快請璉二哥哥問準了夏家的兒子買砒霜的話，回來好回刑部裏的話。」金桂的母親著了急道：「這寶蟾必是撞見鬼了，混說起來。我們姑娘何嘗買過

砒霜。若這麼說，必是寶蟾藥死了的。」寶蟾急的亂嚷，說：「別人賴我也罷了，怎麼你們也賴起我來呢！你們不是常和姑娘說，叫他別受委曲，鬧得他們家破人亡，那時將東西捲包兒一走，再配一個好姑爺。這個話是有的沒有？」金桂的母親還未及答言，周瑞家的便接口說道：「這是你們家的人說的，還賴什麼呢。」金桂的母親恨的咬牙切齒的罵寶蟾說：「我待你不錯呀，爲什麼你倒拿話來葬送我呢！回來見了官，我就說是你藥死姑娘的。」寶蟾氣的瞪著眼說：「請太太放了香菱罷，不犯著白害別人。我見官自有我的話。」

寶釵聽出這個話頭兒來了，便叫人反倒放開了寶蟾，說：「你原是個爽快人，何苦白冤在裏頭。你有話索性說了，大家明白，豈不完了事了呢？」◎7寶蟾也怕見官受苦，便說：「我們奶奶天天抱怨說：『我這樣人，爲什麼碰著這個瞎眼的娘，不配給二爺，偏給了這麼個混賬糊塗行子。要是能夠同二爺過一天，死了也是願意的。』說到那裏，便恨香菱。我起初不理會，後來看見與香菱好了，我只道是香菱教他什麼了，不承望昨兒的湯不是好意。」金桂的母親接說道：「益發胡說了，若是要藥香菱，爲什麼倒藥了自己呢？」寶釵便問道：「香菱，昨日你喝湯來著沒有？」香菱道：「頭幾天我病得抬不起頭來，奶奶叫我喝湯，我不敢說不喝，剛要扎掙起來，那碗湯已經洒了，倒叫奶奶收拾了個難，我心裏很過不去。昨兒聽見叫我喝湯，我喝不下去，沒有法兒正要喝的時候兒呢，偏又頭暈起來。只見寶蟾姐姐端了去，我正喜

評點

◎5.寶釵色色顧到，眞可謂事忙心不忙者。（姚燮）
◎6.不打自招。（姚燮）
◎7.寶釵先放寶蟾，開導實供。世間聽訟者若能如此，何患不得實情！（王希廉）

歡，剛合上眼，奶奶自己喝著湯，叫我嘗嘗，我便勉強也喝了。」寶蟾不待說完，便道：「是了，我老實說罷。昨兒奶奶叫我作兩碗湯，說是和香菱同喝。我氣不過，心裏想著香菱那裏配我作湯給他喝呢。我故意的一碗裏頭多抓了一把鹽，記了暗記兒，原想給香菱喝的。剛端進來，奶奶卻攔著我到外頭叫小子們僱車，說今日回家去。我出去說了，回來見鹽多的這碗湯在奶奶跟前呢，我恐怕奶奶喝著鹹，又要罵我。正沒法的時候，奶奶往後頭走動，我眼錯不見就把香菱這碗湯換了過來。也是合該如此，奶奶回來就拿了湯去到香菱床邊喝著，說：『你到底嘗嘗。』那香菱也不覺鹹。兩個人都喝完了。我正笑香菱沒嘴道兒※1，那裏知道這死鬼奶奶要藥香菱，必定趁我不在將砒霜撒上了，也不知道我換碗。這可就是天理昭彰，自害其身了。」於是眾人往前後一想，眞正一絲不錯，◎8便將香菱也放了，扶著他仍舊睡在床上。◎9

不說香菱得放，且說金桂母親心虛事實，還想辯賴。薛姨媽等你言我語，反要他兒子償還金桂之命。正然吵嚷，賈璉在外嚷說：「不用多說了，快收拾停當，刑部老爺就到了。」此時惟有夏家母子著忙，想來總要吃虧的，不得已反求薛姨媽道：「千不是萬不是，終是我死的女孩兒不長進，這也是自作自受。若是刑部相驗，到底府上臉面不好看。求親家太太息了這件事罷。」寶釵道：「那可使不得，已經報了，怎麼能息呢？」周瑞家的等人大家作好作歹的勸說：「若要息事，除非夏親家太太自己出去攔驗※2，我們不提長短罷了。」賈璉在外也將他兒子嚇住，他情願迎到刑部具結攔

✣賈雨村在知機縣急流津旁小廟偶遇甄士隱，士隱卻不相認。（張羽琳繪）

驗。衆人依允。薛姨媽命人買棺成殮。不提。

＊　＊　＊

且說賈雨村陞了京兆府尹兼管稅務。一日出都查勘開墾地畝，路過知機縣，到了急流津。正要渡過彼岸，因待人夫，暫且停轎。只見村旁有一座小廟，牆壁坍頹，露出幾株古松，倒也蒼老。雨村下轎，閑步進廟，但見廟內神像金身脫落，殿宇歪斜，旁有斷碣，字跡模糊，也看不明白。意欲行至後殿，只見一翠柏下蔭著一間茅廬，廬中有一個道士合眼打坐。◎10雨村走近看時，面貌甚熟，想著倒像在那裏見來的，一時再想不出來。從人便欲吆喝，雨村止住，徐步向前叫一聲：「老道。」那道士雙眼微啓，微微的笑道：「貴官何事？」雨村便道：「本府出都查勘事件，路過此地，見老道靜修

註

※1：嘗不出味道。

※2：由死者親屬出具保證文書，攔阻官府驗屍。

評點

◎8.此乃百廿回總一注語。（張新之）

◎9.此回是香菱傳中文字，爲後來扶正張本……遙應首回，預伏末回也。（陳其泰）

◎10.小小一段，重演首回。（張新之）

自得，想來道行深通，意欲冒昧請教。」那道人說：「來自有地，去自有方。」雨村知是有些來歷的，便長揖請問：「老道從何處修來，在此結廬？此廟何名？廟中共有幾人？或欲眞修，豈無名山；或欲結緣[※3]，何不通衢？」那道人道：「葫蘆尙可安身，何必名山結舍。廟名久隱，斷碣猶存，形影相隨，何須修募。豈似那『玉在匵中求善價，釵於奩內待時飛』之輩耶！」[◎11]

雨村原是個穎悟人，初聽見「葫蘆」兩字，後聞「玉釵」一對，忽然想起甄士隱的事來。重復將那道士端詳一回，見他容貌依然，便屏退從人，問道：「君家莫非甄老先生麼？」那道人從容笑道：「什麼眞，什麼假！要知道眞即是假，假即是眞。」[◎12]雨村聽說出賈字來，益發無

✣ 賈雨村。（崔君沛繪）

✣甄士隱。他出家後可能已知道女兒香菱的下落，但終究沒有去見她一面。（《紅樓夢煙標精華》杜春耕編著，北京圖書館出版社提供）

疑，便從新施禮道：「學生自蒙慨贈到都，托庇獲雋公車※4，受任貴鄉，始知老先生超悟塵凡，飄舉仙境。學生雖溯洄思切，自念風塵俗吏，未由再覲仙顏。今何幸於此處相遇，求老仙翁指示愚蒙。倘荷不棄，京寓甚近，學生當得供奉，得以朝夕聆教。」那道人也站起來回禮道：「我於蒲團之外，不知天地間尚有何物。適才尊官所言，貧道一概不解。」說畢，依舊坐下。雨村復又心疑：「想去若非士隱，何貌言相似若此？離別來十九載，面色如舊，必是修煉有成，未肯將前身說破。但我既遇恩公，又不可當面錯過。看來不能以富貴動之，那妻女之私更不必說了。」想罷又道：「仙師既不肯說破前因，弟子於心何忍！」正要下禮，只見從人進來，稟說天色將晚，快請渡河。雨村正無主意，那道人道：「請尊官速登彼岸，見面有期，遲則風浪頓起。果蒙不棄，貧道他日尚在渡頭候教。」說畢，仍合眼打坐。雨村無奈，只得辭了道人出廟。◎13正要過渡，只見一人飛奔而來。未知何事，下回分解。

註

※3：佛家語。建立關係，或世人布施給寺廟也叫結緣。

※4：漢代官署名稱，後清代舉人入京會試叫「上公車」。

評點

◎11.「葫蘆」兩字，「釵玉」一聯，直刺人心。（姚燮）

◎12.大旨已揭，無假無眞。一部書皆有此意，今又重提一句，以便作結。（黃小田）

◎13.作者含著深刻的憎恨而寫賈雨村，也罵盡天下以仁義道德爲幌子，居心險詐的那批自命爲讀書的僞君子！（陸沖嵐）

# 第一百四回

## 醉金剛小鰍生大浪　痴公子餘痛觸前情

話說賈雨村剛欲過渡，見有人飛奔而來，跑到跟前，口稱：「老爺，方才進的那廟火起了！」雨村回首看時，只見烈炎燒天，飛灰蔽目。◎1雨村心想，「這也奇怪，我才出來，走不多遠，這火從何而來？莫非士隱遭劫於此？」欲待回去，又恐誤了過河；若不回去，心下又不安。想了一想，便問道：「你方才見這老道士出來了沒有？」那人道：「小的原隨老爺出來，因腹內疼痛，略走了一走。回頭看見一片火光，原來就是那廟中火起，特趕來稟知老爺。並沒有見有人出來。」雨村雖則心裏狐疑，究竟是名利關心的人，那肯回去看視，◎2便叫那人：「你在這裏等火滅了進去瞧那老道在與不在，即來回稟。」那人只得答應了伺候。

雨村過河，仍自去查看，查了幾處，遇公館便自歇下。明日又行一程，進了都門，衆衙役接著，前呼

❖《增評補圖石頭記》第一百四回繪畫。（fotoe提供）

後擁的走著。雨村坐在轎內，聽見轎前開路的人吵嚷。雨村問是何事。那開路的拉了一個人過來跪在轎前稟道：「那人酒醉不知迴避，反衝突過來。小的吆喝他，他倒恃酒撒賴，躺在街心，說小的打了他了。」雨村便道：「我是管理這裏地方的。你們都是我的子民，知道本府經過，喝了酒不知退避，還敢撒賴！」那人道：「我喝酒是自己的錢，醉了躺的是皇上的地，便是大人老爺也管不得。」雨村怒道：「這人目無法紀，問他叫什麼名字。」那人回道：「我叫醉金剛倪二。」雨村聽了生氣，叫人：「打這金剛，瞧他是金剛不是！」手下把倪二按倒，著實的打了幾鞭。倪二負痛，酒醒求饒。雨村在轎內笑道：「原來是這麼個金剛麼。我且不打你，叫人帶進衙門慢慢的問你。」眾衙役答應，拴了倪二，拉著便走。倪二哀求，也不中用。

雨村進內復旨回曹※1，那裏把這件事放在心上。那街上看熱鬧的三三兩兩傳說：「倪二仗著有些力氣，恃酒訛人，今兒碰在賈大人手裏，只怕不輕饒的。」這話已傳到他妻女耳邊。那夜果等倪二不見回家，他女兒便到各處賭場尋覓，那賭博的都是這麼說，他女兒急的哭了。眾人都道：「你不用著急。那賈大人是榮府的一家。榮府裏的一個什麼二爺和你父親相好，你同你母親去找他說個情，就放出來了。」倪二的女兒聽了，想了一想，「果然我父親常說間壁賈二爺和他好，為什麼不找他去。」趕著回來，即和母親說了。

註

※1：回衙。

評點

◎1. 仁清巷裏一火，士隱出家，知機縣前一火，士隱得道……世界皆成灰燼。（姚燮）

◎2. 雨村學識超絕，觀其論正邪兩賦一段，包孕至理，深可敬異。然斥逐沙彌，計陷石呆子，知英蓮之淪落而不爲設法，見士隱之被焚而不救，何其忍也！此蓋作者自托於假語村言，將以寫鍾情之禍，孽果之慘，不能不忍耳。（陳蛻）

娘兒兩個去找賈芸。那日賈芸恰在家，見他母女兩個過來，便讓坐。賈芸的母親便倒茶。倪家母女即將倪二被賈大人拿去的話說了一遍，「求二爺說情放出來。」賈芸一口應承，說：「這算不得什麼，我到西府裏說一聲就放了。那賈大人　仗我家的西府裏才得作了這麼大官，只要打發個人去一說就完了。」倪家母女歡喜，回來便到府裏告訴了倪二，叫他不用忙，已經求了賈二爺，他滿口應承，討個情便放出來的。倪二聽了也喜歡。

不料賈芸自從那日給鳳姐送禮不收，◎[3]不好意思進來，也不常到榮府。那榮府的門上原看著主子的行事，叫誰走動才有些體面，一時來了他便進去通報；若主子不大理了，不論本家親戚，他一概不回，支了去就完事。那日賈芸到府上說「給璉二爺請安」。門上的說：「二爺不在家，等回來我們替回罷。」賈芸欲要說「請二奶奶的安」，生恐門上厭煩，只得回家。又被倪家母女催逼著說：「二爺常說府上是不論那個衙門，說一聲誰敢不依。如今還是府裏的一家，又不爲什麼大事，這個情還討不來，白是我們二爺了。」賈芸臉上下不來，嘴裏還說硬話：「昨兒我們家裏有事，沒打發人說去，少不得今兒說了就放。什麼大不了的事！」倪家母女只得聽信。

豈知賈芸近日大門竟不得進去，繞到後頭要進園內找寶玉，不料園門鎖著，只得

✣ 賈芸。他的形象在續書中改變很大。按照一些學者的探佚成果，曹雪芹原來的構思是後來寶玉進了監獄，賈芸和小紅仗義探監。（《紅樓夢煙標精華》杜春耕編著，北京圖書館出版社提供）

垂頭喪氣的回來。想起「那年倪二借銀與我，買了香料送給他，才派我種樹。如今我沒有錢去打點，就把我拒絕。他也不是什麼好的，拿著太爺留下的公中銀錢在外放加一錢※2，我們窮本家要借一兩也不能。◎4他打諒保得住一輩子不窮的了，那知外頭的聲名很不好。我不說罷了，若說起來，人命官司不知有多少呢。」一面想著，來到家中，只見倪家母女都等著。賈芸無言可支，便說道：「西府裏已經打發人說了，只言賈大人不依。你還求我們家的奴才周瑞的親戚冷子興去才中用。」倪家母女聽了說：「二爺這樣體面爺們還不中用，若是奴才，是更不中用了。」賈芸不好意思，心裏發急道：「你不知道，如今的奴才比主子強多著呢。」倪家母女聽來無法，只得冷笑幾聲說：「這倒難爲二爺白跑了這幾天，等我們那一個出來再道乏罷。」說畢出來，另托人將倪二弄了出來，只打了幾板，也沒有什麼罪。

✣ 冷子興，古董商人，賈雨村曾贊他有作為大本領。（《紅樓夢煙標精華》杜春耕編著，北京圖書館出版社提供）

倪二回家，他妻女將賈家不肯說情的話說了一遍。倪二正喝著酒，便生氣要找賈芸，說：「這小雜種，沒良心的東西！頭裏他沒有飯吃要到府內鑽謀事辦，虧我倪二爺幫了他。如今我有了事他不

註

※2：高利貸的一種。

評點

◎3.倪二借銀，芸已還過；賈芸送香料，鳳已酬過。次第結怨，致釀成大案。鳳姐等誠不足惜，然星星之火，勢成燎原，總由取與草率而起，可不懼哉！（王伯沆）

◎4.鳳姐放債，又從芸兒口中提出。（姚燮）

管。好罷咧，若是我倪二鬧出來，連兩府裏都不乾淨！」他妻女忙勸道：「噯，你又喝了黃湯便是這樣有天沒日頭的，前兒可不是醉了鬧的亂子，捱了打還沒好呢，你又鬧了。」倪二道：「捱了打便怕他不成，只怕拿不著由頭！我在監裏的時候，倒認得了好幾個有義氣的朋友，聽見他們說起來，不獨是城內姓賈的多，外省姓賈的也不少。前兒監裏收下了好幾個賈家的家人。我倒說，這裏的賈家小一輩子並奴才們雖不好，他們老一輩的還好，怎麼犯了事。我打聽打聽，說是和這裏賈家是一家，都住在外省，審明白了解進來問罪的，我才放心。若說賈二這小子他忘恩負義，我便和幾個朋友說他家怎樣倚勢欺人，怎樣盤剝小民，怎樣強娶有男婦女，叫他們吵嚷出來，有了風聲到了都老爺耳朵裏，這一鬧起來，叫你們才認得倪二金剛呢！」他女人道：「你喝了酒睡去罷！他又強占誰家的女人來了，沒有的事你不用混說了。」倪二道：「你們在家裏那裏知道外頭的事。前年我在賭場裏碰見了小張，說他女人被賈家占了，他還和我商量。我倒勸他才了事

✣ 倪二出獄後，知道賈家不肯替他說情便生氣欲找賈芸算賬。（張羽琳繪）

的。但不知這小張如今那裏去了，這兩年沒見。若碰著了他，我倪二出個主意叫賈老二死，給我好好的孝敬孝敬我倪二太爺才罷了。你倒不理我了！」說罷，倒身躺下，嘴裏還是咕咕嘟嘟的說了一回，便睡去了。他妻女只當是醉話，也不理他。明日早起，倪二又往賭場中去了。不提。

* * *

且說雨村回到家中，歇息了一夜，將道上遇見甄士隱的事告訴了他夫人一遍。他夫人便埋怨他：「爲什麼不回去瞧一瞧，倘或燒死了，可不是咱們沒良心！」說著，掉下淚來。雨村道：「他是方外※3的人了，不肯和咱們在一處的。」正說著，外頭傳進話來，稟說：「前日老爺吩咐瞧火燒廟去的回來了回話。」雨村踱了出來。那衙役打千請了安，回說：「小的奉老爺的命回去，也不等火滅，便冒火進去瞧那個道士，豈知他坐的地方多燒了。小的想著那道士必定燒死了。那燒的牆屋往後塌去，道士的影兒都沒有，只有一個蒲團、一個瓢兒還是好好的。小的各處找尋他的屍首，連骨頭都沒有一點兒。小的恐老爺不信，想要拿這蒲團瓢兒回來作個證見，小的這麼一拿，豈知都成了灰了。」雨村聽畢，心下明白，知士隱仙去，便把那衙役打發了出去。回到房中，並沒提起士隱火化之言，恐他婦女不知，反生悲感，只說並無形跡，必是他先走了。

註

※3：世外，今指僧道。

✣ 嬌杏，對人的同情心似與雨村不同。（《紅樓夢煙標精華》杜春耕編著，北京圖書館出版社提供）

雨村出來，獨坐書房，正要細想士隱的話，忽有家人傳報說：「內廷傳旨，交看事件。」雨村疾忙上轎進內，只聽見人說：「今日賈存周江西糧道被參回來，在朝內謝罪。」雨村忙到了內閣，見了各大人，將海疆辦理不善的旨意看了，出來即忙找著賈政，先說了些爲他抱屈的話，後又道喜，問：「一路可好？」賈政也將違別以後的話細細的說了一遍。雨村道：「謝罪的本上了去沒有？」賈政道：「已上去了，等膳後下來看旨意罷。」正說著，只聽裏頭傳出旨來叫賈政，賈政即忙進去。各大人有與賈政關切的，都在裏頭等著。等了好一回方見賈政出來，看見他帶著滿頭的汗。衆人迎上去接著，問：「有什麼旨意。」賈政吐舌道：「嚇死人，嚇死人！倒蒙各位大人關切，幸喜沒有什麼事。」衆人道：「旨意問了些什麼？」賈政道：「旨意問的是雲南私帶神槍一案。本上奏明是原任太師賈化的家人，主上一時記著我們先祖的名字，便問起來。我忙著磕頭奏明先祖的名字是代化，主上便笑了，還降旨意說：『前放兵部後降府尹的不是也叫賈化麼？』」那時雨村也在旁邊，倒嚇了一跳，便問賈政道：「老先生怎麼奏的？」賈政道：「我便慢慢奏道：『原任太師賈化是雲南人，現任府尹賈某是浙江湖州人。』主上又問：『蘇州刺史奏的賈範是你一家了？』我又磕頭奏道：『是。』主上便變色道：『縱使家奴強占良民妻女，還成事麼！』我一句不敢奏。主上又問道：『賈範是你什麼人？』我忙奏道：『是遠族。』主上哼了一聲，降旨叫出來了。可不是詫事。」衆人道：「本來也巧，怎麼一連有這兩件事？」賈政道：「事倒不奇，倒是都姓賈的不好。算來我們寒族人多，年代久了，各處都有。現在雖沒有事，究竟主上記著一個賈字就不好。」衆人說：「眞是眞，假是假，怕什麼。」賈政道：「我心裏巴不得不作官，只是不敢告老。現在我們家裏兩個世襲，這也無可奈何的。」雨村道：「如今老先生仍是工部，想來京官是沒有事的。」賈政道：「京官雖然無事，我究竟作過兩次外任，也就說不齊了。」衆人道：「二老爺的人品行事我們都佩服的。就是令兄大老爺，也是個好人。只要在令侄輩身上嚴緊些就是了。」賈政道：「我因在家的日子少，舍侄的事情不大查考，我心裏也不甚放心。諸位今日提起，都是至相好，或者聽見東宅的侄兒家有什麼不奉規矩的事麼？」衆人道：「沒聽見別的，只有幾位侍郎心裏不大和睦，內監裏頭也有些。想來不怕什麼，只要囑咐那邊令侄諸事留神就是了。」衆人說畢，舉手而散。

　　賈政然後回家，衆子侄等都迎接上來。賈政迎著，請賈母的安，然後衆子侄俱請了賈政的安，一同進府。王夫人等已到了榮禧堂迎接。賈政先到了賈母那裏拜見了，

陳述些違別的話。賈母問探春消息。賈政將許嫁探春的事都稟明了，還說：「兒子起身急促，難過重陽，雖沒有親見，聽見那邊親家的人來說的極好。親家老爺太太都說請老太太的安。還說今冬明春大約還可調進京來，這便好了。如今聞得海疆有事，只怕那時還不能調。」賈母始則因賈政降調回來，知探春遠在他鄉，一無親故，心下不悅。後聽賈政將官事說明，探春安好，也便轉悲爲喜，便笑著叫賈政出去。然後弟兄相見，眾子侄拜見，定了明日清晨拜祠堂。

賈政回到自已屋內，王夫人等見過，寶玉賈璉替另※4拜見。賈政見了寶玉果然比起身之時臉面豐滿，倒覺安靜，並不知他心裏糊塗，所以心甚喜歡，不以降調爲念，心想「幸虧老太太辦理的好。」又見寶釵沉厚更勝先時，蘭兒文雅俊秀，便喜形於色。獨見環兒仍是先前，究不甚鍾愛。歇息了半天，忽然想起「爲何今日短了一人？」◎5王夫人知是想著黛玉。前因家書未報，今日又初到家，正是喜歡，不便直告，只說是病著。豈知寶玉的心裏已如刀絞，因父親到家，只得把持心性伺候。王夫人家筵接風，子孫敬酒。鳳姐雖是侄媳，現辦家事，也隨了寶釵等遞酒。賈政便叫：「遞了一巡酒都歇息去罷。」命眾家人不必伺候，待明早拜過宗祠，然後進見。◎6分派已定，賈政與王夫人說些別後的話，餘者王夫人都不敢言。倒是賈政先提起王子騰的事來，王夫人也不敢悲戚。賈政又說蟠兒的事，王夫人只說他是自作自受，趁便也將黛玉已死的話告訴。賈政反嚇了一驚，不覺掉下淚來，連聲嘆息。王夫人也掌不

住，也哭了。旁邊彩雲等即忙拉衣，王夫人止住，重又說些喜歡的話，便安寢了。

次日一早，至宗祠行禮，衆子侄都隨往。賈政便在祠旁廂房坐下，叫了賈珍賈璉過來，問起家中事務，賈珍揀可說的說了。賈政又道：「我初回家，也不便來細細查問。只是聽見外頭說起你家裏更不比往前，諸事要謹慎才好。你年紀也不小了，孩子們該管教管教，別叫他們在外頭得罪人。璉兒也該聽聽。不是才回家便說你們，因我有所聞，所以才說的，你們更該小心些。」賈珍等臉漲通紅的，也只答應個「是」字，不敢說什麼。賈政也就罷了。◎7回歸西府，衆家人磕頭畢，仍復進內，衆女僕行禮，不必多贅。

* * *

只說寶玉因昨賈政問起黛玉，王夫人答以有病，他便暗裏傷心，直待賈政命他回去，一路上已滴了好些眼淚。回到房中，見寶釵和襲人等說話，他便獨坐外間納悶。寶釵叫襲人送過茶去，知他必是怕老爺查問工課，所以如此，只得過來安慰。寶玉便借此說：「你們今夜先睡一回，我要定定神。這時更不如從前，三言可忘兩語，老爺瞧了不好。你們睡罷，叫襲人陪著我。」寶釵聽去有理，便自己到房先睡。

寶玉輕輕的叫襲人坐著，央他把紫鵑叫來，有話問他。「但是紫鵑見了我，臉上嘴裏總是有氣似的，須得你去解釋開了他來才好。」襲人道：「你說要定神，我倒喜

註

※4：另外。

評點

◎5.黛玉曰一人，合寶、黛兩玉成一心，亦爲一人……今乃云者，是黛死而未死也。矛盾處正大寓言處。（張新之）

◎6.上文罪通於天，此段罪通於祖，都在賈政一人。（張新之）

◎7.朝廷詰問，同官囑咐，賈政如此著急，而珍璉諸人尚是泄泄逻逻，安得不敗。（陳其泰）

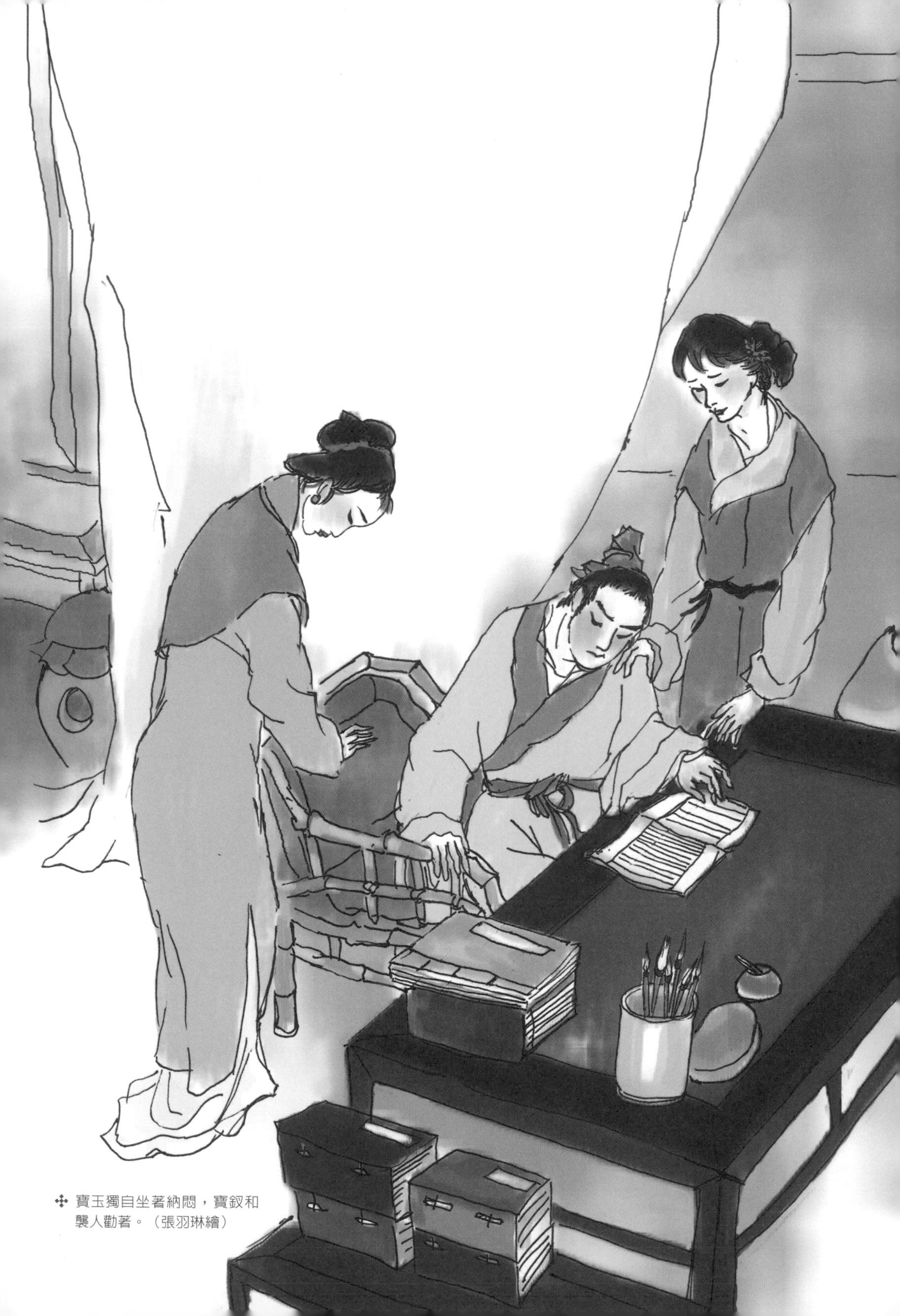

✣ 寶玉獨自坐著納悶，寶釵和襲人勸著。（張羽琳繪）

歡，怎麼又定到這上頭了？有話你明兒問不得！」寶玉道：「我就是今晚得閑，明日倘或老爺叫幹什麼便沒空兒。好姐姐，你快去叫他來。」襲人道：「他不是二奶奶叫是不來的。」寶玉道：「我所以央你去說明白了才好。」襲人道：「叫我說什麼？」寶玉道：「你還不知道我的心也不知道他的心麼？都爲的是林姑娘。你說我並不是負心的，我如今叫你們弄成了一個負心人了！」說著這話，便瞧瞧裏頭，用手一指說：「他是我本不願意的，都是老太太他們捉弄的，好端端把一個林妹妹弄死了。◎8就是他死，也該叫我見見，說個明白，他自已死了也不怨我。你是聽見三姑娘他們說的，臨死恨怨我。那紫鵑爲他姑娘，也恨的我了不得。你想我是無情的人麼？晴雯到底是個丫頭，也沒有什麼大好處，◎9他死了，我老實告訴你罷，我還作個祭文去祭他。那時林姑娘還親眼見的。如今林姑娘死了，莫非倒不如晴雯麼，死了連祭都不能祭一祭。林姑娘死了還有知的，他想起來不要更怨我麼！」襲人道：「你要祭便祭去，要我們作什麼？」寶玉道：「我自從好了起來就想要作一首祭文的，不知道我如今一點靈機都沒有了。若祭別人，胡亂卻使得；若是他斷斷俗俚不得一點兒的。所以叫紫鵑來問，他姑娘這條心他們打從那樣上看出來的。我沒病的頭裏還想得出來，一病以後都不記得。你說林姑娘已經好了，怎麼忽然死的？他好的時候我不去，他怎麼說？我病時候他不來，他也怎麼說？所以他有的東西，我誆了過來，你二奶奶總不叫我動，不知什麼意思。」襲人道：「二奶奶惟恐你傷心罷了，還有什麼！」寶玉道：「我不

評點

◎8.林小姐死後過於冷淡，故此處又緊緊切切提起。（姚燮）
◎9.絕不似寶玉口吻，與前八十回筆墨相去天淵。（陳其泰）

信。既是他這麼念我，爲什麼臨死都把詩稿燒了，不留給我作個紀念？又聽見說天上有音樂響，必是他成了神或是登了仙去。我雖見過了棺材，到底不知道棺材裏有他沒有。」襲人道：「你這話益發糊塗了！怎麼一個人不死就擱上一個空棺材當死了人呢？」寶玉道：「不是嗄！大凡成仙的人，或是肉身去的，或是脫胎去的。好姐姐，你到底叫了紫鵑來。」襲人道：「如今等我細細的說明了你的心，他若肯來還好，若不肯來，還得費多少話。就是來了，見你也不肯細說。據我主意，明後日等二奶奶上去了，我慢慢的問他，或者倒

✣ 襲人正在伏侍寶玉穿衣照鏡。（崔君沛繪）

可仔細。遇著閑空兒我再慢慢的告訴你。」寶玉道：「你說得也是。你不知道我心裏的著急。」

正說著，麝月出來說：「二奶奶說，天已四更了，請二爺進去睡罷。襲人姐姐必是說高了興了，忘了時候兒了。」襲人聽了道：「可不是，該睡了，有話明兒再說罷。」寶玉無奈，只得含愁進去，又向襲人耳邊道：「明兒不要忘了。」襲人笑說：「知道了。」麝月笑道：「你們兩個又鬧鬼了。何不和二奶奶說了，就到襲人那邊睡去，由著你們說一夜，我們也不管。」寶玉擺手道：「不用言語。」襲人恨道：「小蹄子，你又嚼舌根，看我明兒撕你！」回轉頭來對寶玉道：「這不是二爺鬧的，說了四更的話，總沒有說到這裏。」一面說，一面送寶玉進屋，各人散去。

那夜寶玉無眠，到了明日，還思這事。只聞得外頭傳進話來說：「眾親朋因老爺回家，都要送戲接風。◎10老爺再四推辭，說：『唱戲不必，竟在家裏備了水酒，倒請親朋過來大家談談。』於是定了後兒擺席請人，所以進來告訴。」不知所請何人，下回分解。

中國古典小說郵票「寶玉遊園」，賈寶玉終日在大觀園之中「無事忙」、在眾姐妹中穿梭來往的情景已不復見，似乎已可預見悲歡離合，賈府的興衰成敗。這是以《紅樓夢》為主題所印製的郵票，郵票圖案為臺灣大學中文系教授吳宏一先生規劃。（臺灣郵政股份有限公司提供）

評點

◎10.且開熱一回，即淒涼滿目矣。（黃小田）

# 第一百五回

## 錦衣軍查抄寧國府　驄馬使彈劾平安州

話說賈政正在那裏設宴請酒，◎1忽見賴大急忙走上榮禧堂來回賈政道：「有錦衣府堂官趙老爺帶領好幾位司官說來拜望。奴才要取職名來回，趙老爺說：『我們至好，不用的。』一面就下車來走進來了。請老爺同爺們快接去。」賈政聽了，心想：「趙老爺並無來往，怎麼也來？現在有客，留他不便，不留又不好。」正自思想，賈璉說：「叔叔快去罷，再想一回，人都進來了。」正說著，只見二門上家人又報進來說：「趙老爺已進二門了。」賈政等搶步接去，只見趙堂官滿臉笑容，◎2並不說什麼，一逕走上廳來。後面跟著五六位司官，也有認得的，也有不認得的，但是總不答話。賈政等心裏不得主意，只得跟了上來讓坐。眾親友也有認得趙堂官的，見他仰著臉不大理人，只拉著賈政的手，笑著說了幾句寒溫的

✣《增評補圖石頭記》第一百五回繪畫。（fotoe提供）

話。衆人看見來頭不好，也有躲進裏間屋裏的，也有垂手侍立的。◎3

賈政正要帶笑敘話，只見家人慌張報道：「西平王爺到了。」賈政慌忙去接，已見王爺進來。趙堂官搶上去請了安，便說：「王爺已到，隨來各位老爺就該帶領府役把守前後門。」衆官應了出去。賈政等知事不好，◎4連忙跪接。西平郡王用兩手扶起，笑嘻嘻的說道：「無事不敢輕造，有奉旨交辦事件，要赦老接旨。如今滿堂中筵席未散，想有親友在此未便，且請衆位府上親友各散，獨留本宅的人聽候。」趙堂官回說：「王爺雖是恩典，但東邊的事，這位王爺辦事認眞，想是早已封門。」衆人知是兩府干係，恨不能脫身。只見王爺笑道：「衆位只管就請，叫人來給我送出去，告訴錦衣府的官員說，這都是親友，不必盤查，快快放出。」那些親友聽見，就一溜煙如飛的出去了。獨有賈赦賈政一干人唬的面如土色，滿身發顫。

不多一回，只見進來無數番役，各門把守。本宅上下人等，一步不能亂走。趙堂官便轉過一副臉來回王爺道：「請爺宣旨意，就好動手。」這些番役卻撩衣勒臂，專等旨意。西平王慢慢的說道：「小王奉旨帶領錦衣府趙全來查看賈赦家產。」賈赦等聽見，俱俯伏在地。王爺便站在上頭說：「有旨意：『賈赦交通外官※1，依勢凌弱，辜負朕恩，有忝※2祖德，著革去世職。欽此。』」◎5趙堂官一疊聲叫：「拿

**註**

※1：指私自交結外省官吏，是一種結黨私營的罪名。

※2：有愧於。

**評點**

◎1.查抄家產，偏在設席請客時，才是出於意外。（王希廉）

◎2.前冊封元妃，太監來時也是笑容滿面。（黃小田）

◎3.抄沒之事，本難出色，而鋪而已。卻從宴客說起，倍覺驚惶，此用筆之妙也。（陳其泰）

◎4.一部大書，但要人早早辨明此四字。（張新之）

◎5.但明罪通天祖，而旨尚未完。此書大旨，正妙在未完也。（張新之）

下賈赦，其餘皆看守。」維時賈赦、賈政、賈璉、賈珍、賈蓉、賈薔、賈芝、賈蘭俱在，惟寶玉假說有病，在賈母那邊打鬧，賈環本來不大見人的，所以就將現在幾人看住。趙堂官即叫他的家人：「傳齊司員，帶同番役，分頭按房抄查登賬。」這一言不打緊，唬的賈政上下人等面面相看，喜的番役家人摩拳擦掌，就要往各處動手。西平王道：「聞得赦老與政老同房各爨※3的，理應遵旨查看賈赦的家資，其餘且按房封鎖，我們覆旨去再候定奪。」趙堂官站起來說：「回王爺，賈赦賈政並未分家，聞得他侄兒賈璉現在承總管家，不能不盡行查抄。」◎6西平王聽了，也不言語。趙堂官便說：「賈璉賈赦兩處須得奴才帶領去查抄才好。」西平王便說：「不必忙，先傳信後宅，且請內眷迴避，再查不遲。」一言未了，老趙家奴番役已經拉著本宅家人領路，分頭查抄去了。王爺喝命：「不許囉唕！待本爵自行查看。」說著，便慢慢的站起來要走，又吩咐說：「跟我的人一個不許動，都給我站在這裏候著，回來一齊瞧著登數。」正說著，只見錦衣司官

✣ 趙堂官等派人查抄寧國府、賈赦、賈璉各處。（張羽琳繪）

跪稟說：「在內查出御用衣裙並多少禁用之物，不敢擅動，回來請示王爺。」一回兒又有一起人來攔住王爺，就回說：「東跨所抄出兩箱房地契又一箱借票，卻都是違例取利的。」老趙便說：「好個重利盤剝！很該全抄！請王爺就此坐下，叫奴才去全抄來再候定奪罷。」說著，只見王府長史來稟說：「守門軍傳進來說，主上特命北靜王到這裏宣旨，請爺接去。」趙堂官聽了，心裏喜歡說：「我好晦氣，碰著這個酸王。如今那位來了，我就好施威。」一面想著，也迎出來。

只見北靜王已到大廳，就向外站著，說：「有旨意，錦衣府趙全聽宣。」說：「奉旨意：『著錦衣官惟提賈赦質審，餘交西平王遵旨查辦。欽此。』」西平王領了，好不喜歡，便與北靜王坐下，著趙堂官提取賈赦回衙。裏頭那些查抄的人聽得北靜王到，俱一齊出來，及聞趙堂官走了，大家沒趣，◎7只得侍立聽候。北靜王便挑選兩個誠實司官並十來個老年番役，餘者一概逐出。西平王便說：「我正與老趙生氣。幸得王爺到來降旨，不然，這裏很吃大虧。」北靜王說：「我在朝內聽見王爺奉旨查抄賈宅，我甚放心，諒這裏不致荼毒。不料老趙這麼混賬。但不知現在政老及寶玉在那裏，裏面不知鬧到怎麼樣了。」衆人回稟：「賈政等在下房看守著，裏面已抄得亂騰騰的了。」西平王便吩咐司員：「快將賈政帶來問話。」衆人命帶了上來。賈政跪了請安，不免含淚乞恩。北靜王便起身拉著，說：「政老放心。」◎8便將旨意說了。

註

※3：同一房未分家，但各自爲炊。

評點

◎6.續書之人，並未細看前八十回，誤將賈赦併入賈政宅內同住，殊太舛謬。……不應王爺作主，只抄賈赦父子房中也。（陳其泰）
◎7.有興而來，無興而返。（姚燮）
◎8.政老與北靜王原非同泛泛之交。（姚燮）

賈政感激涕零，望北又謝了恩，仍上來聽候。王爺道：「政老，方才老趙在這裏的時候，番役呈稟有禁用之物並重利欠票，我們也難掩過。這禁用之物原辦進貴妃用的，我們聲明，也無礙。獨是借券想個什麼法兒才好。如今政老且帶司員實在將赦老家產呈出，也就了事，切不可再有隱匿，自干罪戾。」賈政答應道：「犯官再不敢。但犯官祖父遺產並未分過，惟各人所住的房屋有的東西便爲己有。」兩王便說：「這也無妨，惟將赦老那一邊所有的交出就是了。」又吩咐司員等依命行去，不許胡混亂動。司員領命去了。

且說賈母那邊女眷也擺家宴，王夫人正在那邊說：「寶玉不到外頭，恐他老子生氣。」鳳姐帶病哼哼唧唧的說：「我看寶玉也不是怕人，他見前頭陪客的人也不少了，所以在這裏照應也是有的。倘或老爺想起裏頭少個人在那裏照應，太太便把寶兄弟獻出去，可不是好？」賈母笑道：「鳳丫頭病到這地位，這張嘴還是那麼尖巧。」正說到高興，只聽見邢夫人那邊的人一直聲的嚷進來說：「老太太、太太，不……不好了！多多少少的穿靴帶帽的強……強盜來了，翻箱倒籠的來拿東西。」賈母等聽著發呆。又見平兒披頭散髮拉著巧姐哭啼啼的來說：「不好了！我正與姐兒吃飯，只見來旺被人拴著進來說：『姑娘快快傳進去，請太太們迴避，外面王爺就進來查抄家

✣ 北静王於賈府有恩。（《紅樓夢煙標精華》杜春耕編著，北京圖書館出版社提供）

✣ 雲龍紋盤，青花，「大清乾隆年制」款。賈府被查抄物件之中，有很多珍貴的首飾與傢俱。（集成提供）

產。』我聽了著忙，正要進房拿要緊東西，被一夥人渾推渾趕出來的。咱們這裏該穿該帶的快快收拾。」王邢二夫人等聽得，俱魂飛天外，不知怎樣才好。獨見鳳姐先前圓睜兩眼聽著，後來便一仰身栽到地下死了。賈母沒有聽完，便嚇得涕淚交流，連話也說不出來。那時一屋子人拉那個，扯那個，正鬧得翻天覆地，又聽見一疊聲嚷說：「叫裏面女眷們迴避，王爺進來了！」

可憐寶釵寶玉等正在沒法，只見地下這些丫頭婆子亂抬亂扯的時候，賈璉喘吁吁的跑進來說：「好了，好了，幸虧王爺救了我們了！」眾人正要問他，賈璉見鳳姐死在地下，哭著亂叫，又怕老太太嚇壞了，急的死去活來。還虧平兒將鳳姐叫醒，令人扶著。◎9老太太也回過氣來，哭得氣短神昏，躺在炕上。李紈再三寬慰。然後賈璉定神將兩王恩典說明，惟恐賈母邢夫人知道賈赦被拿，又要唬死，暫且不敢明說，只得出來照料自己屋內。

一進屋門，只見箱開櫃破，物件搶得半空。此時急的兩眼直豎，淌淚發呆。聽見外頭叫，只得出來。見賈政同司員登記物件，一人報說：「赤金首飾共一百二十三件，珠寶俱全。珍珠十三掛、淡金盤二件、金碗二對、金搶碗※4二個、金匙四十把、

註

※4：在碗盤等器物上鑲嵌金的花紋叫搶金。

評點

◎9.想見眾人自顧不暇光景，並未留心到鳳姐也，寫得眞入情入理。（姚燮）

藏族十字氆氌，中國國家博物館展品。（聶鳴提供）

銀大碗八十個、銀盤二十個、三鑲金象牙筯二把、鍍金執壺四把、鍍金折盂三對、茶托二件、銀碟七十六件、銀酒杯三十六個。黑狐皮十八張、青狐六張、貂皮三十六張、黃狐三十張、猞猁猻皮十二張、麻葉皮三張、洋灰皮六十張、灰狐腿皮四十張、醬色羊皮二十張、猢狸皮二張、黃狐腿二把、小白狐皮二十塊、洋呢三十度、畢嘰二十三度、姑絨十二度、香鼠筒子十件、豆鼠皮四方、天鵝絨一卷、梅鹿皮一方、雲狐筒子二件、貉崽皮一卷、鴨皮七把、灰鼠一百六十張、獾子皮八張、虎皮六張、海豹三張、海龍十六張、灰色羊四十把、黑色羊皮六十三張、元狐帽沿十副、倭刀※5帽沿十二副、貂帽沿二副、小狐皮十六張、江貉皮二張、獺子皮二張、貓皮三十五張、倭股※6十二度、綢緞一百三十卷、紗綾一百八十一卷、羽線縐三十二卷、氆氌※7三十卷、妝蟒緞八卷、葛布三捆、各色布三捆、各色皮衣一百三十二件、棉夾單紗絹衣三百四十件。玉玩三十二件、帶頭九副、銅錫等物五百餘件、鐘表十八件、朝珠九掛、各色妝蟒三十四件、上用蟒緞迎手靠背三分、宮妝衣裙八套、脂玉圈帶一條、黃緞十二卷。潮銀※8五千二百兩、赤金五十兩、錢七千吊。」一切動用傢伙攢釘※9登記，以及

五彩人物大碗，清末。從寧國府中查抄的物件，單是銀大碗就有八十個，從中可以想見賈府生活之奢華。（集成提供）

榮國賜第，俱一一開列，其房地契紙、家人文書，亦俱封裹。

賈璉在旁邊竊聽，只不聽見報他的東西，心裏正在疑惑。只聞兩家王爺問賈政道：「所抄家資內有借券，實係盤剝，究是誰行的？政老據實才好。」賈政聽了，跪在地下碰頭說：「實在犯官不理家務，這些事全不知道。問犯官侄兒賈璉才知。」賈璉連忙走上跪下，稟說：「這一箱文書既在奴才屋內抄出來的，敢說不知道麼。只求王爺開恩，奴才叔叔並不知道的。」兩王道：「你父已經獲罪，只可並案辦理。你今認了也是正理。如此叫人將賈璉看守，餘俱散收宅內。政老，你須小心候旨。我們進內覆旨去了。這裏有官役看守。」說著，上轎出門。賈政等就在二門跪送。北靜王把手一伸，說：「請放心。」覺得臉上大有不忍之色。

此時賈政魂魄方定，猶是發怔。賈蘭便說：「請爺爺進內瞧老太太，再想法兒打聽東府裏的事。」賈政疾忙起身進內。只見各門上婦女亂糟糟的，不知要怎樣。賈政無心查問，一直到賈母房中，只見人人淚痕滿面，王夫人寶玉等圍住賈母，寂靜無言，各各掉淚。惟有邢夫人哭作一團。因見賈政進來，都說：「好了，好了！」便告訴老太太說：「老爺仍舊好好的進來，請老太太安心罷。」賈母奄奄一息的，微開雙

**註**

※5：舊時日本製的佩刀。

※6：日本緞。

※7：藏族生產的羊毛織品。

※8：成色不足或較差的銀子。

※9：鑽孔裝訂。

目說：「我的兒，不想還見得著你！」一聲未了，便嚎啕的哭起來。於是滿屋裏人俱哭個不住。賈政恐哭壞老母，即收淚說：「老太太放心罷。本來事情原不小，蒙主上天恩，兩位王爺的恩典，萬般軫恤。就是大老爺暫時拘質，等問明白了，主上還有恩典。如今家裏一些也不動了。」賈母見賈赦不在，又傷心起來，賈政再三安慰方止。

衆人俱不敢走散，獨邢夫人回至自己那邊，見門總封鎖，丫頭婆子亦鎖在幾間屋內。邢夫人無處可走，放聲大哭起來，只得往鳳姐那邊去。見二門旁舍亦上封條，惟有屋門開著，裏頭嗚咽不絕。邢夫人進去，見鳳姐面如紙灰，合眼躺著，平兒在旁暗哭。邢夫人打諒鳳姐死了，又哭起來。平兒迎上來說：

✣ 面對被查封的家產，賈政還驚魂未定。（張羽琳繪）

「太太不要哭。奶奶抬回來覺著像是死的了，幸得歇息一回蘇過來，哭了幾聲，如今痰息氣定，略安一安神。太太也請定定神罷。但不知老太太怎樣了？」邢夫人也不答言，仍走到賈母那邊。見眼前俱是賈政的人，自己夫子被拘，媳婦病危，女兒受苦，現在身無所歸，那裏禁得住。衆人勸慰，李紈等令人收拾房屋請邢夫人暫住，王夫人撥人伏侍。

賈政在外，心驚肉跳，拈鬚搓手的等候旨意。聽見外面看守軍人亂嚷道：「你到底是那一邊的？既碰在我們這裏，就記在這裏冊上。拴著他，交給裏頭錦衣府的爺們！」賈政出外看時，見是焦大，◎10便說：「怎麼跑到這裏來？」焦大見問，便號天蹈地的哭道：「我天天勸，這些不長進的爺們倒拿我當作冤家！連爺還不知道焦大跟著太爺受的苦！今朝弄到這個田地！珍大爺蓉哥兒都叫什麼王爺拿了去了，裏頭女主兒們都被什麼府裏衙役搶得披頭散髮擱※10在一處空房裏，那些不成材料的狗男女卻像豬狗似的攔起來了。所有的都抄出來擱著，木器釘得破爛，磁器打得粉碎。◎11他們還要把我拴起來。我活了八九十歲，只有跟著太爺捆人的，那裏倒叫人捆起來！我便說我是西府裏，就跑出來。那些人不依押到這裏，不想這裏也是那麼著。我如今也不要命了，和那些人拚了罷！」◎12說著撞頭。衆役見他年老，又是兩王吩咐，不敢發狠便說：「你老人家安靜些，這是奉旨的事。你且這裏歇歇，聽個信兒再說。」賈政聽

註

※10：豎立。

評點

◎10.一接賈蘭，再接焦大，三接薛蝌，方收束得住此篇文字。（張新之）
◎11.被抄後狼藉光景，從焦大口中述出。（姚燮）
◎12.於天翻地覆時，忽插入焦大噪鬧，又將賈珍等平日作爲及被參情形細說一遍。以補筆、旁筆寫出正文，才不是印板文字。（王希廉）

明，雖不理他，但是心裏刀絞似的，便道：「完了，完了！不料我們一敗塗地如此！」

正在著急聽候內信，只見薛蝌氣噓噓的跑進來說：「好容易進來了！姨父在那裏？」賈政道：「來的好，但是外頭怎麼放進來的？」薛蝌道：「我再三央說，又許他們錢，所以我才能夠出入的。」賈政便將抄去之事告訴了他，便煩去打聽打聽，「就有好親，在火頭上也不便送信，是你就好通信了。」薛蝌道：「這裏的事我倒想不到，那邊東府的事我已聽見說，完了。」賈政道：「究竟犯什麼事？」薛蝌道：「今朝爲我哥哥打聽決

✣ 薛蝌。在忙碌的間隙，也會有傷感的一刻。（崔君沛繪）

罪的事，在衙內聞得，有兩位御史風聞得珍大爺引誘世家子弟賭博，這款還輕；還有一大款是強占良民妻女爲妾，因其女不從，凌逼致死。那御史恐怕不準，還將咱們家的鮑二拿去，又還拉出一個姓張的來。只怕連都察院都有不是，爲的是姓張的曾告過的。」賈政尚未聽完，◎13便跺腳道：「了不得！罷了，罷了！」嘆了一口氣，撲簌簌的掉下淚來。◎14

薛蝌寬慰了幾句，即便又出來打聽去了。隔了半日，仍舊進來說：「事情不好。我在刑科打聽，倒沒有聽見兩王覆旨的信，但聽得說李御史今早參奏平安州奉承京官，迎合上司，虐害百姓，好幾大款。」賈政慌道：「那管他人的事，到底打聽我們的怎麼樣？」薛蝌道：「說是平安州就有我們，那參的京官就是赦老爺。說的是包攬詞訟，所以火上澆油。就是同朝這些官府，俱藏躲不迭，誰肯送信。就如才散的這些親友，有的竟回家去了，也有遠遠兒的歇下打聽的。可恨那些貴本家便在路上說，『祖宗擲下的功業，弄出事來了，不知道飛到那個頭上，大家也好施威。』」◎15賈政沒有聽完，復又頓足道：「都是我們大爺忒糊塗，東府也忒不成事體。如今老太太與璉兒媳婦是死是活還不知道呢。你再打聽去，我到老太太那邊瞧瞧。若有信，能夠早一步才好。」正說著，聽見裏頭亂嚷出來說：「老太太不好了！」急的賈政即忙進去。未知生死如何，下回分解。

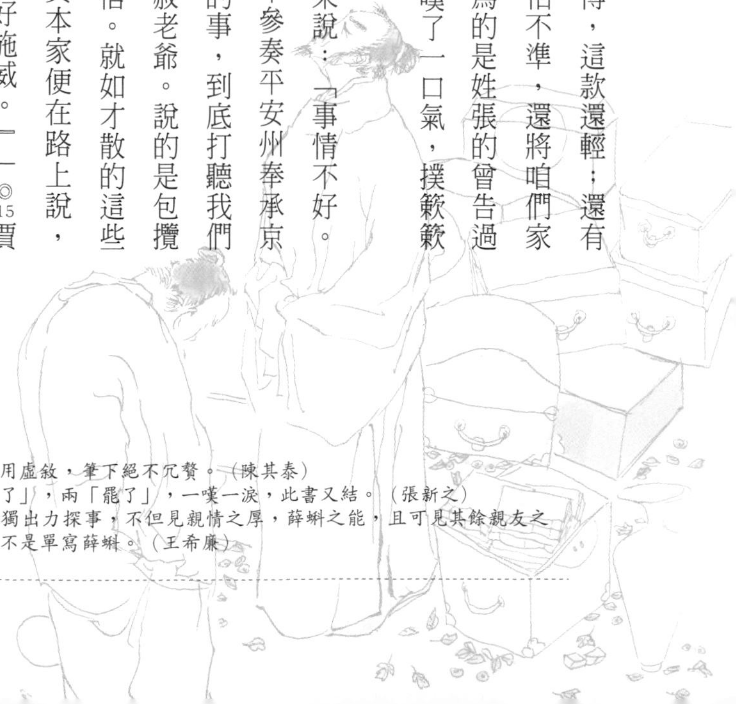

評點

◎13.實事皆用虛敘，筆下絕不冗贅。（陳其泰）

◎14.兩「完了」，兩「罷了」，一嘆一淚，此書又結。（張新之）

◎15.寫薛蝌獨出力探事，不但見親情之厚，薛蝌之能，且可見其餘親友之炎涼，不是單寫薛蝌。（王希廉）

# 第一百六回

## 王熙鳳致禍抱羞慚　賈太君禱天消禍患

話說賈政聞知賈母危急，即忙進去看視。見賈母驚嚇氣逆，王夫人鴛鴦等喚醒回來，即用疏氣安神的丸藥服了，漸漸的好些，只是傷心落淚。賈政在旁勸慰，總說是「兒子們不肖，◎1招了禍來累老太太受驚。若老太太寬慰些，兒子們尚可在外料理；若是老太太有什麼不自在，兒子們的罪孽更重了。」賈母道：「我活了八十多歲，自作女孩兒起到你父親手裏，都托著祖宗的福，從沒有聽見過那些事。如今到老了，見你們倘或受罪，叫我心裏過得去麼！倒不如合上眼隨你們去罷了。」說著，又哭。

賈政此時著急異常，又聽外面說：「請老爺，內廷有信。」賈政急忙出來，見是北靜王府長史※1，一見面便說：「大喜。」賈政謝了，請長史坐下，「請問王爺有何諭旨？」那長史道：「我們王爺同

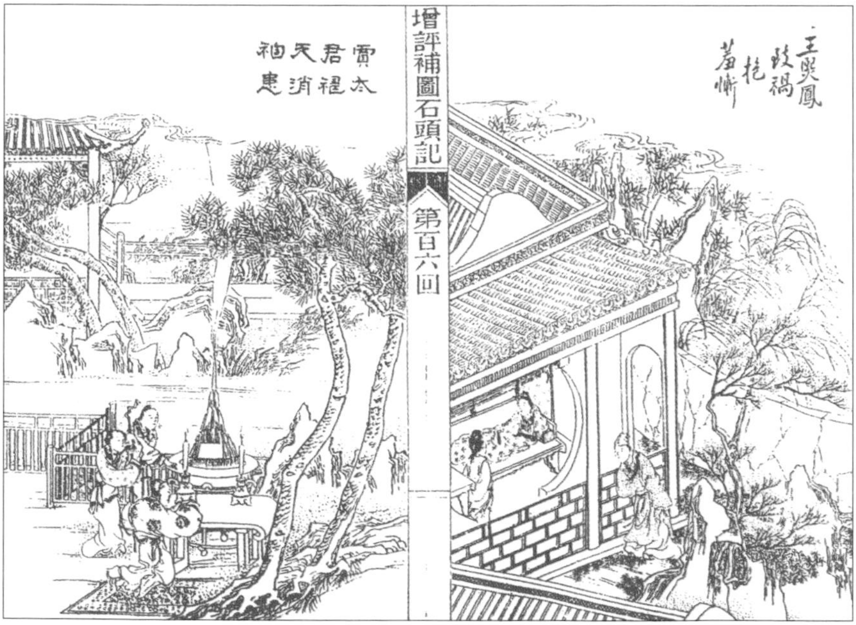


✣《增評補圖石頭記》第一百六回繪畫。（fotoe提供）

西平郡王進內覆奏，將大人的懼怕的心、感激天恩之話都代奏了。主上甚是憫恤，並念及貴妃溘逝未久，不忍加罪，著加恩仍在工部員外上行走。所封家產，惟將賈赦的入官，餘俱給還。並傳旨令盡心供職。惟抄出借券令我們王爺查核，如有違禁重利的一概照例入官，◎2其在定例生息的同房地文書盡行給還。賈璉著革去職銜，免罪釋放。」賈政聽畢，即起身叩謝天恩，又拜謝王爺恩典。「先請長史大人代爲稟謝，明晨到闕謝恩，並到府裏磕頭。」那長史去了。少停，傳出旨來。承辦官遵旨一一查清，入官者入官，給還者給還，將賈璉放出，所有賈赦名下男婦人等造冊入官。

可憐賈璉屋內東西除將按例放出的文書發給外，其餘雖未盡入官的，早被查抄的人盡行搶去，◎3所存者只有傢伙物件。賈璉始則懼罪，後蒙釋放已是大幸，及想起歷年積聚的東西並鳳姐的體己不下七八萬金，一朝而盡，怎得不痛。且他父親現禁在錦衣府，鳳姐病在垂危，一時悲痛。又見賈政含淚叫他，問道：「我因官事在身，不大理家，故叫你們夫婦總理家事。你父親所爲固難勸諫，那重利盤剝究竟是誰幹的？況且非咱們這樣人家所爲。如今入了官，在銀錢是不打緊的，這種聲名出去還了得嗎！」賈璉跪下說道：「侄兒辦家事，並不敢存一點私心。所有出入的賬目，自有賴大、吳新登、戴良等登記，老爺只管叫他們來查問。現在這幾年，庫內的銀子出多入少，雖沒貼補在內，已在各處作了好些空頭，求老爺問太太就知道了。這些放出去的

註

※1：職官名，相當於祕書長。

評點

◎1.不得辭其責。（黃小田）
◎2.王鳳姐一生盤剝積蓄盡化爲烏有。（王希廉）
◎3.來從何處來，去從何處去。（姚燮）

賬，連侄兒也不知道那裏的銀子，要問周瑞旺兒才知道。」賈政道：「據你說來，連你自己屋裏的事還不知道，那些家中上下的事更不知道了。我這回也不來查問你，現今你無事的人，你父親的事和你珍大哥的事還不快去打聽打聽。」賈璉一心委曲，含著眼淚答應了出去。

賈政嘆氣連連的想道：「我祖父勤勞王事，立下功勛，得了兩個世職，如今兩房犯事都革去了。我瞧這些子侄沒一個長進的。老天啊，老天啊！我賈家何至一敗如此！我雖蒙聖恩格外垂慈，給還家產，那兩處食用自應歸並一處，叫我一人那裏支撐的住。方才璉兒所說更加詫異，說不但庫上無銀，而且尚有虧空，這幾年竟是虛名在外。只恨我自己爲什麼糊塗若此。◎4倘或我珠兒在世，尚有膀臂；寶玉雖大，更是無用之物。」想到那裏，不覺淚滿衣襟。◎5又想：「老太太偌大年紀，兒子們並沒有自能奉養一日，反累他嚇得死去活來。種種罪孽，叫我委之何人！」◎6

正在獨自悲切，只見家人稟報各親友進來看候。賈政一一道謝，說起：「家門不幸，是我不能管教子侄，所以至此。」有的說：「我久知令兄赦大老爺行事不妥，那邊珍哥更加驕縱。若說因官事錯誤得個不是，於心無愧，如今自己鬧出的，倒帶累了二老爺。」有的說：「人家鬧的也多，也沒見御史參奏，不是珍老大得罪朋友，何至如此。」有的說：「也不怪御史，我們聽見說是府上的家人同幾個泥腿在外頭哄嚷出來的。御史恐參奏不實，所以誆了這裏的人去才說出來的。我想府上待下人最寬的，

爲什麼還有這事。」有的說：「大凡奴才們是一個養活不得的。今兒在這裏都是好親友我才敢說，就是尊駕在外任，我保不得——你是不愛錢的，——那外頭的風聲也不好，都是奴才們鬧的。你該隄防些。如今雖說沒有動你的家，倘或再遇著主上疑心起來，好些不便呢。」◎7賈政聽說，心下著忙道：「衆位聽見我的風聲怎樣？」衆人道：「我們雖沒聽見實據，只聞外面人說你在糧道任上怎麼叫門上家人要錢。」賈政聽了，便說道：「我是對得天的，從不敢起這要錢的念頭。只是奴才在外招搖撞騙，鬧出事來我就吃不住了。」衆人道：「如今怕也無益，只好將現在的管家們都嚴嚴的查一查，若有抗主的奴才，查出來嚴嚴的辦一辦。」賈政聽了點頭。便見門上進來回稟說：「孫姑爺那邊打發人來說，自己有事不能來，著人來瞧瞧。說大老爺該他一種銀子，要在二老爺身上還的。」賈政心內憂悶，只說：「知道了。」衆人都冷笑道：「人說令親孫紹祖混賬，眞有些。如今丈人抄了家，不但不來瞧看幫補照應，倒趕忙的來要銀子，眞眞不在理上。」◎8賈政道：「如今且不必說他。那頭親事原是家兄配錯的，我的侄女兒的罪已經受夠了，如今又招我來。」正說著，只見薛蝌進來說道：「我打聽錦衣府趙堂官必要照御史參的辦去，只怕大老爺和珍大爺吃不住。」衆人都道：「二老爺，還得是你出去求求王爺，怎麼挽回挽回才好，不然這兩家就完了。」賈政答應致謝，衆人都散。

那時天已點燈時候，賈政進去請賈母的安，見賈母略略好些。回到自己房中，埋

評點

◎4.政老長厚，而不能治家，難說不糊塗。（姚燮）

◎5.有玉不能守，有珠又何濟，其一心傾倒如此。（張新之）

◎6.賈政性本愚暗，乏治繁理巨之才，身爲郎官，不過因人成事耳。即自公退食，亦不善理家人生產，食指日眾，外強中乾，阿家翁痴聾而已。且所用賈璉夫婦，夫乃輕狂浪蕩子，婦乃刻薄盜臣，甚至交通當道，竊餘勢以作威福，其流毒有不可言者。而政惟茗椀棋枰，以消永晝，曾不一過而問焉。其家之不敗也得乎？（二知道人）

◎7.四種人，四種說法。（姚燮）

◎8.夾敍孫家要銀，以見孫紹祖無理無情，迎春豈能久活？（王希廉）

怨賈璉夫婦不知好歹，如今鬧出放賬取利的事情，大家不好。◎9方見鳳姐所為，心裏很不受用。鳳姐現在病重，知他所有什物盡被抄搶一光，心內鬱結，一時未便埋怨，暫且隱忍不言。一夜無話。次早賈政進內謝恩，並到北靜王府西平王府兩處叩謝，求兩位王爺照應他哥哥侄兒。兩位應許。賈政又在同寅※2相好處托情。

* * *

且說賈璉打聽得父兄之事不很妥，無法可施，只得回到家中。平兒守著鳳姐哭泣，秋桐在耳房中抱怨鳳姐。賈璉走近旁邊，見鳳姐奄奄一息，就有多少怨言，一時也說不出來。平兒哭道：「如今事已如此，東西已去不能復來。奶奶這樣，還得再請個大夫調治調治才好。」賈璉啐道：「我的性命還不保，我還管他麼！」鳳姐聽見，睜眼一瞧，雖不言語，那眼淚流個不盡，見賈璉出去，便與平兒道：「你別不達事務了，到了這樣田地，你還顧我作什麼。我巴不得今兒就死才好。只要你能夠眼裏有

✣ 鳳姐臥病在床，平兒跟賈璉說得請大夫，賈璉啐道：「我的性命還不保，我還管他麼！」（張羽琳繪）

我，我死之後，你扶養大了巧姐兒，我在陰司裏也感激你的。」平兒聽了，放聲大哭。鳳姐道：「你也是聰明人。他們雖沒有來說我，他必抱怨我。雖說事是外頭鬧的，我若不貪財，如今也沒有我的事，不但是枉費心計，掙了一輩子的強，如今落在人後頭。我只恨用人不當，恍惚聽得那邊珍大爺的事說是強占良民妻子爲妾，不從逼死，有個姓張的在裏頭，你想想還有誰，若是這件事審出來，咱們二爺是脫不了的，我那時怎樣見人。我要即時就死，又耽不起吞金服毒的。你倒還要請大夫，可不是你爲顧我反倒害了我了麼。」平兒愈聽愈慘，想來實在難處，恐鳳姐自尋短見，只得緊緊守著。

幸賈母不知底細，因近日身子好些，又見賈政無事，寶玉寶釵在旁天天不離左右，略覺放心。素來最疼鳳姐，便叫鴛鴦「將我體己東西拿些給鳳丫頭，再拿些銀錢交給平兒，好好的伏侍好了鳳丫頭，我再慢慢的分派。」又命王夫人照看了邢夫人。又加了寧國府第入官，所有財產房地等並家奴等俱造冊收盡，這裏賈母命人將車接了尤氏婆媳等過來。可憐赫赫寧府只剩得他們婆媳兩個並佩鳳偕鸞二人，連一個下人沒有。賈母指出房子一所居住，就在惜春所住的間壁。又派了婆子四人丫頭兩個伏

註

※2：同在一處任事的人。

✣《紅樓夢》金陵十二釵之王熙鳳，要太保剪紙作品。穿戴恍若神仙妃子，但「粉面含春威不露」，並非讓每一個人都易於接近。（孔蘭平翻拍）

評點

◎9.鳳姐臉全沒了……死期到了。（姚燮）

侍。一應飲食起居在大廚房內分送，衣裙什物又是賈母送去，零星需用亦在賬房內開銷，俱照榮府每人月例之數。那賈赦賈珍賈蓉在錦衣府使用，賬房內實在無項可支。如今鳳姐一無所有，賈璉況又多債務滿身，賈政不知家務，只說已經托人，自有照應。賈璉無計可施，想到那親戚裏頭薛姨媽家已敗，王子騰已死，餘在親戚雖有，俱是不能照應，只得暗暗差人下屯將地畝暫賣了數千金作爲監中使費。賈璉如此一行，那些家奴見主家勢敗，◎10也便趁此弄鬼，並將東莊租稅也就指名借用些。此是後話，暫且不提。

* * *

且說賈母見祖宗世職革去，現在子孫在監質審，邢夫人尤氏等日夜啼哭，鳳姐病在垂危，雖有寶玉寶釵在側，只可解勸，不能分憂，所以日夜不寧，思前想後，眼淚不乾。一日傍晚，叫寶玉回去，自己扎掙坐起，叫鴛鴦等各處佛堂上香，又命自己院內焚起斗香，用拐拄著出到院中。琥珀知是老太太拜佛，鋪下大紅短毡拜墊。賈母上香跪下磕了好些頭，念了一回佛，含淚祝告天地道：「皇天菩薩在上，我賈門史氏，虔誠禱告，求菩薩慈悲。我賈門數世以來，不敢行凶霸道。我幫夫助子，雖不能爲善，亦不敢作惡。必是後輩兒孫驕侈暴佚，暴殄天物，以致合府抄檢。現在兒孫監

✣ 偕鸞。查抄過後，赫赫寧府只剩尤氏婆媳並佩鳳、偕鸞二人。（《紅樓夢煙標精華》杜春耕編著，北京圖書館出版社提供）

禁，自然凶多吉少，皆由我一人罪孽，不教兒孫，所以至此。我今即求皇天保佑：在監逢凶化吉，有病的早早安身。總有合家罪孽，情願一人承當，只求饒恕兒孫。若皇天見憐，念我虔誠，早早賜我一死，寬免兒孫之罪。」默默說到此，不禁傷心，嗚嗚咽咽的哭泣起來。鴛鴦珍珠一面解勸，一面扶進房去。

只見王夫人帶了寶玉寶釵過來請晚安，見賈母悲傷，三人也大哭起來。寶釵更有一層苦楚：想哥哥也在外監，將來要處決，不知可減緩否；翁姑雖然無事，眼見家業蕭條；寶玉依然瘋傻，毫無志氣。想到後來終身，更比賈母王夫人哭得更痛。寶玉見寶釵如此大慟，他亦有一番悲戚，想的是老太太年老不得安，老爺太太見此光景不免悲傷，衆姐妹風流雲散，一日少似一日。追想在園中吟詩起社，何等熱鬧。自從林妹妹一死，我鬱

✣ 賈母含淚祝告天地，願一人承當罪孽，只求饒恕兒孫。（張羽琳繪）

評點

◎10. 秦氏之言驗矣。（東觀閣主人）

悶到今，又有寶姐姐過來，未便時常悲切。見他憂兄思母，日夜難得笑容，今見他悲哀欲絕，心裏更加不忍，竟嚎啕大哭。鴛鴦、彩雲、鶯兒、襲人見他們如此，也各有所思，便也嗚咽起來。餘者丫頭們看得傷心，也便陪哭，竟無人解慰。滿屋中哭聲驚天動地，◎11將外頭上夜婆子嚇慌，急報於賈政知道。那賈政正在書房納悶，聽見賈母的人來報，心中著忙，飛奔進內。遠遠聽得哭聲甚衆，打諒老太太不好，急的魂魄俱喪，疾忙進來，只見坐著悲啼，神魂方定。說是：「老太太傷心，你們該勸解，

✣ 湘雲。賈府接她來住的日子裏，才可以自由自在，豪放不羈。（崔君沛繪）

怎麼的齊打夥兒哭起來了。」衆人聽得賈政聲氣，急忙止哭，大家對面發怔。賈政上前安慰了老太太，又說了衆人幾句。各自心想道：「我們原恐老太太悲傷，故來勸解，怎麼忘情大家痛哭起來。」

正自不解，只見老婆子帶了史侯家的兩個女人進來，請了賈母的安，又向衆人請安畢，便說：「我們家老爺、太太、姑娘打發我來，說聽見府裏的事原沒有什麼大事，不過一時受驚。恐怕老爺太太煩惱，叫我們過來告訴一聲，說這裏二老爺是不怕的了。我們姑娘本要自己來的，因不多幾日就要出閣，所以不能來了。」◎12賈母聽了，不便道謝，說：「你回去給我問好。這是我們的家運合該如此。承你老爺太太惦記，過一日再來奉謝。你家姑娘出閣，想來你們姑爺是不用說的了。他們的家計如何？」兩個女人回道：「家計倒不怎麼著，只是姑爺長的很好，◎13爲人又和平。我們見過好幾次，看來與這裏寶二爺差不多，還聽得說才情學問都好的。」賈母聽了，喜歡道：「咱們都是南邊人，雖在這裏住久了，那些大規矩還是從南方禮兒，所以新姑爺我們都沒見過。我前兒還想起我娘家的人來，最疼的就是你們家姑娘，一年三百六十天，在我跟前的日子倒有二百多天，混得這麼大了。我原想給他說個好女婿，又爲他叔叔不在家，我又不便作主。他既造化配了個好姑爺，我也放心。◎14月裏出閣我原想過來吃杯喜酒的，不料我家鬧出這樣事來，我的心就像在熱鍋裏熬的似的，那裏能夠再到你們家去。你回去說我問好，我們這裏的人都說請安問好。你替另

評點

◎11.自今以往，不復有笑聲滿屋時矣。（姚燮）
◎12.大哭既畢，寶黛、釵一齊了結，故即接湘雲出閣，雲飛水逝，眾影全收矣。（張新之）
◎13.湘雲夫婿未著名姓……雖有若無。（劉履芬）
◎14.金麒麟案到此繳消。（張新之）

告訴你家姑娘，不要將我放在心裏。我是八十多歲的人了，就死也算不得沒福的了。只願他過了門，兩口子和順，百年到老，我便安心了。」說著，不覺掉下淚來。那女人道：「老太太也不必傷心。姑娘過了門，等回了九，少不得同姑爺過來請老太太的安，那時老太太見了才喜歡呢。」賈母點頭。那女人出去。別人都不理論，只有寶玉聽了發了一回怔，心裏想道：「如今一天一天的都過不得了。爲什麼人家養了女兒到大了必要出嫁，一出了嫁就改變。史妹妹這樣一個人又被他叔叔硬壓著配人了，他將來見了我必是又不理我了。我想一個人到了這個沒人理的分兒，還活著作什麼。」◎15 想到那裏，又是傷心。見賈母此時才安，又不敢哭泣，只是悶悶的。

一時賈政不放心，又進來瞧瞧老太太，見是好些，便出來傳了賴大，叫他將合府裏管事家人的花名冊子拿來，一齊點了一點，除去賈赦入官的人，尙有三十餘家，共男女二百十二名。賈政叫現在府內當差的男人共二十一名進來，問起歷年居家用度，共有若干進來，該用若干出去。那管總的家人將近來支用簿子呈上。賈政看時，所入不敷所出，又加連年宮裏花用，賬上有在外浮借※3的也不少。再查東省地租，近年所交不及祖上一半，如今用度比祖上更加十倍。賈政不看則已，看了急的跺腳道：「這了不得！我打諒雖是璉兒管事，在家自有把持，豈知好幾年頭裏已就寅年用了卯年的，還是這樣裝好看，竟把世職俸祿當作不打緊的事情，爲什麼不敗呢！我如今要就省儉起來，已是遲了。」想到那裏，背著手踱來踱去，竟無方法。◎16

✣ 中國古典小說郵票「湘雲醉眠」，史湘雲率直憨厚，「湘雲醉眠」正可表現中國傳統女性少有的曠達灑脫。（臺灣郵政股份有限公司提供）

眾人知賈政不知理家，◎17也是白操心著急，便說道：「老爺也不用焦心，這是家家這樣的。若是統總算起來，連王爺家還不夠。不過是裝著門面，過到那裏就到那裏。如今老爺到底得了主上的恩典，才有這點子家產，若是一併入了官，老爺就不用過了不成。」賈政嗔道：「放屁！你們這班奴才最沒有良心的，仗著主子好的時候任意開銷，到弄光了，走的走，跑的跑，還顧主子的死活嗎！如今你們道是沒有查封是好，那知道外頭的名聲。大本兒都保不住，還擱得住你們在外頭支架子說大話誆人騙人，到鬧出事來往主子身上一推就完了。如今大老爺與珍大爺的事，說是咱們家人鮑二在外傳播的，我看這人口冊上並沒有鮑二，這是怎麼說？」眾人回道：「這鮑二是不在冊檔上的。先前在寧府冊上，為二爺見他老實，把他們兩口子叫過來了。及至他女人死了，他又回寧府去。後來老爺衙門有事，老太太們爺們往陵上去，珍大爺替理家事帶過來的，以後也就去了。老爺數年不管家事，那裏知道這些事來。老爺打諒冊上沒有名字的就只有這個人，不知一個人手下親戚們也有，奴才還有奴才呢。」賈政道：「這還了得！」想去一時不能清理，只得喝退眾人，早打了主意在心裏了，且聽賈赦等事審得怎樣再定。

一日正在書房籌算，只見一人飛奔進來說：「請老爺快進內廷問話。」賈政聽了心下著忙，只得進去。未知凶吉，下回分解。

註

※3：暫借。

評點

◎15.到底痴心不改。（姚燮）
◎16.賈政查看家人名冊及出入賬簿，只有踱來踱去，絕無方法，描寫不能理家人，情形如畫。（王希廉）
◎17.大夫有家而不知理，其存周幾何哉？（張新之）

# 第一百七回

## 散餘資賈母明大義　復世職政老沐天恩

話說賈政進內，見了樞密院各位大人，又見了各位王爺。北靜王道：「今日我們傳你來，有遵旨問你的事。」賈政即忙跪下。衆大人便問道：「你哥哥交通外官，恃強凌弱，縱兒聚賭，強占良民妻女不遂逼死的事，你都知道麼？」賈政回道：「犯官自從主恩欽點學政，任滿後查看賑恤，於上年冬底回家，又蒙堂派工程，後又往江西監道，題參回都，仍在工部行走，日夜不敢怠惰。一應家務並未留心伺察，實在糊塗，不能管教子侄，這就是辜負聖恩。只求主上重重治罪。」北靜王據說轉奏，不多時傳出旨來。北靜王便述道：「主上因御史參奏賈赦交通外官，恃強凌弱。據該御史指出平安州互相往來。賈赦包攬詞訟。嚴鞫※1賈赦，據供平安州原係姻親來往，並未干涉官事。該御史亦不能指實。惟有倚勢強索石呆

✣《增評補圖石頭記》第一百七回繪畫。（fotoe提供）

✣賈蓉，他和賈珍很符合「有其父必有其子」的說法。（《紅樓夢煙標精華》杜春耕編著，北京圖書館出版社提供）

子古扇一款是實的，然係玩物，◎1究非強索良民之物可比。雖石呆子自盡，◎2亦係瘋傻所致，與逼勒致死者有間※2。今從寬將賈赦發往臺站※3效力贖罪。所參賈珍強占良民妻女爲妾不從逼死一款，提取都察院原案，看得尤二姐實係張華指腹爲婚未娶之妻，因伊貧苦自願退婚，尤二姐之母願給賈珍之弟爲妾，並非強占。再尤三姐自刎掩埋並未報官一款，查尤三姐原係賈珍妻妹，本意爲伊擇配，因被逼索定禮，衆人揚言穢亂，以致羞忿自盡，並非賈珍逼勒致死。但身係世襲職員，罔知法紀，私埋人命，本應重治，念伊究屬功臣後裔，不忍加罪，亦從寬革去世職，派往海疆效力贖罪。賈蓉年幼無干省釋※4。賈政實係在外任多年，居官尚屬勤慎，免治伊治家不正之罪。」賈政聽了，感激涕零，叩首不及，又叩求王爺代奏下忱。北靜王道：「你該叩謝天恩，更有何奏？」賈政道：「犯官仰蒙聖恩不加大罪，

註

※1：審問。
※2：有區別。
※3：驛站的一種，清代設置在邊遠地區，平時作報告軍情、傳遞公文、押解犯人之用。
※4：釋放。

評點

◎1.避重就輕。（姚燮）
◎2.至此始知石呆子竟以呆死。（黃小田）

又蒙將家產給還，實在捫心惶愧，願將祖宗遺受重祿積餘置產一併交官。」◎3北靜王道：「主上仁慈待下，明慎用刑，賞罰無差。如今既蒙莫大深恩，給還財產，你又何必多此一奏。」衆官也說不必。賈政便謝了恩，叩謝了王爺出來。恐賈母不放心，急忙趕回。

上下男女人等不知傳進賈政是何吉凶，都在外頭打聽，一見賈政回家，都略略的放心，也不敢問。只見賈政忙忙的走到賈母跟前，將蒙聖恩寬免的事，細細告訴了一遍。賈母雖則放心，只是兩個世職革去，賈赦又往臺站效力，賈珍又往海疆，不免又悲傷起來。邢夫人、尤氏聽見那話，更哭起來。賈政便道：「老太太放心。大哥雖則臺站效力，也是爲國家辦事，不致受苦，只要辦得妥當，就可復職。珍兒正是年輕，很該出力。若不是這樣，便是祖父的餘德，亦不能久享。」說了些寬慰的話。賈母素來本不大喜歡賈赦，那邊東府賈珍究竟隔了一層。只有邢夫人尤氏痛哭不已。邢夫人想著「家產一空，丈夫年老遠出，膝下雖有璉兒，又是素來順他二叔的，如今是都靠著二叔，他兩口子更是順著那邊去了。獨我一人孤苦伶仃，怎麼好。」那尤氏本來獨掌寧府的家計，除了賈珍也算是惟他爲尊，又與賈珍夫婦相和。「如今犯事遠出，家財抄盡，依往榮府，雖則老太太疼愛，終是依人門下。又帶了偕鸞佩鳳，蓉兒夫婦又是不能興家立業的人。」又想著：「二妹妹三妹妹俱是璉二叔鬧的，如今他們倒安然無事，依舊夫婦完聚。只留我們幾人，怎生度日！」想到這裏，痛哭起來。

賈母不忍，便問賈政道：「你大哥和珍兒現已定案，可能回家？蓉兒既沒他的事，也該放出來了。」賈政道：「若在定例，大哥是不能回家的。我已托人徇個私情，叫我們大老爺同侄兒回家好置辦行裝，衙門內業已應了。想來蓉兒同著他爺爺父親一起出來。只請老太太放心，兒子辦去。」賈母又道：「我這幾年老的不成人了，總沒有問過家事。如今東府是全抄去了，房屋入官不消說的。你大哥那邊璉兒那裏也都抄去了。咱們西府銀庫，東省地土，你知道到底還剩了多少？他兩個起身，也得給他們幾千銀子才好。」賈政正是沒法，聽見賈母一問，心想著：「若是說明，又恐老太太著急；若不說明，不用說將來，現在怎樣辦法？」◎4定了主意，便回道：「若老太太不問，兒子也不敢說。如今老太太既問到這裏，現在璉兒也在這裏，昨日兒子已查了，舊庫的銀子早已虛空，不但用盡，外頭還有虧空。現今大哥這件事若不花銀托人，雖說主上寬恩，只怕他們爺兒兩個也不大好。就是這項銀子尚無打算。東省的地畝早已寅年吃了卯年的租兒了，一時也算不轉來，只好盡所有的蒙聖恩沒有動的衣服首飾折變了給大哥珍兒作盤費罷了。過日的事只可再打算。」賈母聽了，又急的眼淚直淌，說道：「怎麼著，咱們家到了這樣田地了麼！我雖沒有經過，我想起我家向日比這裏還強十倍，也是擺了幾年虛架子，沒有出這樣事已經塌下來了，不消一二年就完了。據你說起來，咱們竟一兩年就不能支了。」賈政道：「若是這兩個世俸不動，外頭還有些挪移。如今無可指稱，誰肯接濟。」說著，也淚流滿面，「想起親戚來，

評點

◎3.賈政請將園宅入官一層必不可少；若不折奏奉旨，居然住著，終不放心。（王希廉）

◎4.賈母不問家事，賈政實難訴說，趁此一問，據實回明。又說賈赦、賈珍盤費，只可折變衣飾，才見賈母分散貲財，是明白大義，不是賈政覬覦。（王希廉）

用過我們的如今都窮了，沒有用過我們的又不肯照應了。昨日兒子也沒有細查，只看家下的人丁冊子，別說上頭的錢一無所出，那底下的人也養不起許多。」

賈母正在憂慮，只見賈赦、賈珍、賈蓉一齊進來給賈母請安。賈母看這般光景，一隻手拉著賈赦，一隻手拉著賈珍，便大哭起來。他兩人臉上羞慚，又見賈母哭泣，都跪在地下哭著說道：「兒孫們不長進，將祖上功勳丟了，又累老太太傷心，兒孫們是死無葬身之地的了！」滿屋中人看這光景，又一齊大哭起來。賈政只得勸解：「倒先要打算他兩個的使用，大約在家只可住得一兩日，遲則人家就不依了。」老太太含悲忍淚的說道：「你兩個且各自同你們媳婦們說說話兒去罷。」又吩咐賈政道：「這件事是不能久待的，想來外面挪移恐不中用，那時誤了欽限※5怎麼好。只好我替你們打算罷了。就是家中如此亂糟糟的，也不是常法兒。」一面說著，便叫鴛鴦吩咐去了。

這裏賈赦等出來，又與賈政哭泣了一會，都不免將從前任性過後惱悔如今分離的話說了一會，各自同媳婦那邊悲傷去了。賈赦年老，倒也拋的下；獨有賈珍與尤氏怎忍分離！賈璉賈蓉兩個也只有拉著父親啼哭。雖說是比軍流※6減等，究竟生離死別，這也是事到如此，只得大家硬著心腸過去。

卻說賈母叫邢王二夫人同了鴛鴦等，開箱倒籠，將作媳婦到如今積攢的東西都拿出來，又叫賈赦、賈政、賈珍等，一一的分派說：「這裏現有的銀子，交賈赦三千

兩，你拿二千兩去作你的盤費使用，留一千給大太太另用。這三千給珍兒，你只許拿一千去，留下二千交你媳婦過日子。仍舊各自度日，房子是在一處，飯食各自吃罷。四丫頭將來的親事還是我的事。只可憐鳳丫頭操心了一輩子，如今弄得精光，也給他三千兩，叫他自己收著，不許叫璉兒用。如今他還病得神昏氣喪，叫平兒來拿去。這是你祖父留下來的衣服，還有我少年穿的衣服首飾，如今我用不著。男的呢，叫大老爺、珍兒、璉兒、蓉兒拿去分了；女的呢，叫大太太、珍兒媳婦、鳳丫頭拿了分去。這五百兩銀子交給璉兒，明年將林丫頭的棺材送回南去。」◎5分派定了，又叫賈政道：「你說現在還該著人的使用，這是少不得的。你叫拿這金子變賣償還。這是他們鬧掉了我的，你也是我的兒子，我並不偏向。寶玉已經成了家，我剩下這些金銀等物，大約還值幾千兩銀子，這是都給寶玉的了。珠兒媳婦向來孝順我，蘭兒也好，我也分給他們些。這便是我的事情完了。」賈政見母親如此明斷分晰，俱跪下哭著說：「老太太這麼大年紀，兒孫們沒點孝順，承受老祖宗這樣恩典，叫兒孫們更無地自容了！」賈母道：「別瞎說，若不鬧出這個亂兒，我還收著呢。只是現在家人過多，只有二老爺是當差的，留幾個人就夠了。你就吩咐管事的，將人叫齊了，他分派妥當。各家有人便就罷了。譬如一抄盡了，怎麼樣呢？我們裏頭的，也要叫人分派，該配人的配人，賞去的賞去。如今雖說咱們這房子不入官，你到底把這園子交了才好。那些

註

※5：皇帝下的期限。

※6：充軍流放。

評點

◎5.井井有條。可見賈母少年理家，寬嚴得體，出入有經，較之鳳姐苛刻作威，相去天壤。福澤之厚薄，亦於斯可見。（王希廉）

田地原交璉兒清理，該賣的賣，該留的留，斷不要支架子作空頭。我索性說了罷，江南甄家還有幾兩銀子，二太太那裏收著，該叫人就送去罷。倘或再有點事出來，可不是他們躲過了風暴又遇了雨了麼？」

賈政本是不知當家立計的人，一聽賈母的話，一一領命，心想：「老太太實在眞眞是理家的人，都是我們這些不長進的鬧壞了。」◎6賈政見賈母勞乏，求著老太太歇歇養神。賈母又道：「我所剩的東西也有限，等我死了作結果我的使用。餘的都給我伏侍的丫頭。」賈政等聽到這裏，更加傷感。大家跪下，「請老太太寬懷，只願兒子們托老太太的福，過了些時都邀了恩眷。那時兢兢業業的治起家來，以贖前愆※7，奉養老太太到一百歲的時候。」賈母道：「但願這樣才好，我死了也好見祖宗。你們別打諒我是享得富貴受不得貧窮的

✣ 賈母將自身餘下的錢財等散發給子孫家人。
（張羽琳繪）

✣ 豐兒。（《紅樓夢煙標精華》杜春耕編著，北京圖書館出版社提供）

人哪，不過這幾年看看你們轟轟烈烈，我落得都不管，說說笑笑養身子罷了，那知道家運一敗直到這樣！若說外頭好看裏頭空虛，是我早知道的了。只是『居移氣，養移體』，一時下不得臺來。如今借此正好收斂，守住這個門頭，◎7不然叫人笑話你。你還不知，只打諒我知道窮了便著急的要死。我心裏是想著祖宗莫大的功勛，無一日不指望你們比祖宗還強，能夠守住也就罷了。誰知他們爺兒兩個作些什麼勾當！」◎8

賈母正自長篇大論的說，只見豐兒慌慌張張的跑來回王夫人道：「今早我們奶奶聽見外頭的事，哭了一場，如今氣都接不上來。平兒叫我來回太太。」豐兒沒有說完，賈母聽見，便問：「到底怎麼樣？」王夫人便代回道：「如今說是不大好。」賈母起身道：「嗳，這些冤家竟要磨死

評點

◎6. 福、壽、才、德四字，人生最難完全。寧、榮二府，只在賈母一人，其福其壽，固爲稀有，其少年理家事蹟，雖不能知，然聽其臨終遺言說「心實吃虧」四字，仁厚誠實，德可概見；觀其嚴查賭博，洞悉弊端，分散餘貲，井井有條，才亦可見一斑，可稱四字兼全。（王希廉）

◎7. 其實，賈母的長處不僅是理家，而是她的審時度勢。賈母的「說說笑笑」是有意識而爲之，她的頭腦始終是清楚的。到了家庭危亡的緊急關頭，王熙鳳等都倒下了，她就挺身而出擔起了重任。而且，她不像王熙鳳那麼容易氣餒，在「一敗塗地如此」的情況下，仍然考慮「如今借此正好收斂，守住這個門頭兒」。這種堅強的理性，才是賈母成爲賈府至高無上權威的眞正原因。（王意如）

◎8. 賈府的命脈，完全決定在賈母一句話中，她是賈府一位至高無上的主宰者，她把治家的實權交給鳳姐，是她的失策，雖然賈府的衰敗，不單罪在鳳姐，但鳳姐的罪狀，重大難饒，推根究源，賈母亦難逃失策之責。而且，一個家族由極盛而淪落到衰敗，身爲家族主宰者的賈母，怎能逍遙於罪咎之外呢！（梅苑）

註

※7：從前的罪過。

我了！」說著，叫人扶著，要親自看去。賈政即忙攔住勸道：「老太太傷了好一回的心，又分派了好些事，這會該歇歇。便是孫子媳婦有什麼事，該叫媳婦瞧去就是了，何必老太太親身過去呢？倘或再傷感起來，老太太身上要有一點兒不好，叫作兒子的怎麼處呢？」賈母道：「你們各自出去，等一會子再進來。我還有話說。」賈政不敢多言，只得出來料理兄侄起身的事，又叫賈璉挑人跟去。這裏賈母才叫鴛鴦等派人拿了給鳳姐的東西跟著過來。

鳳姐正在氣厥※8。平兒哭得眼紅，聽見賈母帶著王夫人、寶玉、寶釵過來，疾忙出來迎接。賈母便問：「這會子怎麼樣了？」平兒恐驚了賈母，便說：「這會子好些。老太太既來了，請進去瞧瞧。」他先跑進去輕輕的揭開帳子。鳳姐開眼瞧著，只見賈母進來，滿心慚愧。◎9先前原打算賈母等惱他，不疼的了，是死活由他的，不料賈母親自來瞧，心裏一寬，覺那擁塞的氣略鬆動些，便要扎挣坐起。賈母叫平兒按著，「不要動，你好些麼？」鳳姐含淚道：「我從小兒過來，老太太、太太怎麼樣疼我。那知我福氣薄，叫神鬼支使的失魂落魄，不但不能夠在老太太跟前盡點孝心，公婆前討個好，還是這樣把我當人，叫我幫著料理家務，被我鬧的七顛八倒，我還有什麼臉兒見老太太、太太呢！今日老太太、太太親自

過來，我更當不起了，恐怕該活三天的又折上了兩天去了。」說著，悲咽。賈母道：「那些事原是外頭鬧起來的，與你什麼相干。就是你的東西被人拿去，這也算不了什麼呀。我帶了好些東西給你，任你自便。」說著，叫人拿上來給他瞧瞧。鳳姐本是貪得無厭的人，如今被抄盡淨，本是愁苦，又恐人埋怨，正是幾不欲生的時候，今兒賈母仍舊疼他，王夫人也沒嗔怪，過來安慰他，又想賈璉無事，心下安放好些，便在枕上與賈母磕頭，說道：「請老太太放心。若是我的病托著老太太的福好了些，我情願自己當個粗使丫頭，盡心竭力的伏侍老太太、太太罷。」賈母聽他說得傷心，不免掉下淚來。寶玉是從來沒有經過這大風浪的，心下只知安樂、不知憂患的人，如今碰來碰去都是哭泣的事，所以他竟比傻子尤甚，見人哭他就哭。鳳姐看見衆人憂悶，反倒勉強說幾句寬慰賈母的話，求著「請老太太、太太回去，我略好些過來磕頭。」說著，將頭仰起。賈母叫平兒「好生伏侍，短什麼到我那裏要去。」說著，帶了王夫人將要回到自己房中。只聽見兩三處哭聲。賈母實在不忍聞見，便叫王夫人散去，叫寶玉「去見你大爺大哥，送一送就回來。」自己躺在榻上下淚。幸喜鴛鴦等能用百樣言語勸解，賈母暫且安歇。

不言賈赦等分離悲痛。那些跟去的人誰是願意的？不免心中抱怨，叫苦連天。正是生離果勝死別，看者比受者更加傷心。好好的一個榮國府，鬧到人嚎鬼哭。賈政最

註

※8：由情緒緊張、氣血逆亂引起的昏厥。

評點

◎9.賈母精明而仁厚，王夫人則乏才。由賈母而王夫人，由王夫人而王熙鳳，每下愈況矣。（吳宓）

✣ 賈政襲了榮國公世職，趨炎附勢的親友都來賀喜。（張羽琳繪）

循規矩，在倫常上也講究的，執手分別後，自己先騎馬趕至城外舉酒送行，又叮嚀了好些國家軫恤勛臣，力圖報稱的話。賈赦等揮淚分頭而別。

賈政帶了寶玉回家，未及進門，只見門上有好些人在那裏亂嚷說：「今日旨意，將榮國公世職著賈政承襲。」那些人在那裏要喜錢，門上人和他們分爭，說是：「本來的世職我們本家襲了，有什麼喜報。」那些人說道：「那世職的榮耀比任什麼還難得，你們大老爺鬧掉了，想要這個再不能的了。如今的聖人在位，赦過宥罪，還賞給二老爺襲了。這是千載難逢的，怎麼不給喜錢。」正鬧著，賈政回家，門上回了，雖則喜歡，究是哥哥犯事所致，反覺感極涕零，趕著進內告訴賈母。王夫人正恐賈母傷心，過來安慰，聽得世職復還，自是歡喜。又見賈政進來，賈母拉了說些勤黽報恩的話。獨有邢夫人尤氏心下悲苦，只不好露出來。且說外面這些趨炎奉勢的親戚朋友，先前賈宅有事都遠避不來，今兒賈政襲職，知聖眷※9尚好，大家都來賀喜。◎10那知賈政純厚性成，因他襲哥哥的職，心內反生煩惱，只知感激天恩。於第二日進內謝恩，到底將賞還府第園子備摺奏請入官。內廷降旨不必，賈政才得放心。回家以後，循分供職。但是家計蕭條，入不敷出。賈政又不能在外應酬。

家人們見賈政忠厚，鳳姐抱病不能理家，賈璉的虧缺一日重似一日，難免典房賣地。府內家人幾個有錢的，怕賈璉纏擾，都裝窮躲事，甚至告假不來，各自另尋門

註

※9：皇上的恩遇。

評點

◎10.世態如斯，不足爲怪。（王希廉）

路。獨有一個包勇，雖是新投到此，恰遇榮府壞事，他倒有些眞心辦事，見那些人欺瞞主子，便時常不忿。奈他是個新來乍到的人，一句話也插不上，他便生氣，每天吃了就睡。衆人嫌他不肯隨和，便在賈政前說他終日貪杯生事，並不當差。賈政道：「隨他去罷。原是甄府薦來，不好意思。橫豎家內添這一人吃飯，雖說是窮，也不在他一人身上。」並不叫來驅逐。衆人又在賈璉跟前說他怎樣不好，賈璉此時也不敢自作威福，只得由他。

忽一日，包勇耐不過，吃了幾杯酒，在榮府街上閑逛，見有兩個人說話。那人說道：「你瞧，這麼個大府，前兒抄了家，不知如今怎麼樣了。」那人道：「他家怎麼能敗，聽見說裏頭有位娘娘是他家的姑娘，雖是死了，到底有根基的。況且我常見他們來往的都是王公侯伯，那裏沒有照應。便是現在的府尹前任的兵部是他們的一家。難道有這些人還護庇不來麼？」那人道：「你白住在這裏！別人猶可，獨是那個賈大人更了不得！我常見他在兩府來往，前兒御史雖參了，主子還叫府尹查明實跡再辦。你道他怎麼樣？他本沾過兩府的好處，怕人說他回護一家，他便狠狠的踢了一腳，所

✣ 包勇。雖然英勇，卻不受重用。
（《紅樓夢煙標精華》杜春耕編著，北京圖書館出版社提供）

以兩府裏才到底抄了。你道如今的世情還了得嗎！」兩人無心說閑話，豈知旁邊有人跟著聽的明白。包勇心下暗想：「天下有這樣負恩的人！但不知是我老爺的什麼人。我若見了他，便打他一個死，鬧出事來我承當去。」那包勇正在酒後胡思亂想，忽聽那邊喝道而來。包勇遠遠站著。只見那兩人輕輕的說道：「這來的就是那個賈大人了。」包勇聽了，心裏懷恨，趁了酒興，便大聲的道：「沒良心的男女！怎麼忘了我們賈家的恩了。」◎11雨村在轎內，聽得一個「賈」字，便留神觀看，見是一個醉漢，便不理會過去了。◎12

那包勇醉著不知好歹，便得意洋洋回到府中，問起同伴，知是方才見的那位大人是這府裏提拔起來的。「他不念舊恩，反來踢弄咱們家裏，見了他罵他幾句，他竟不敢答言。」◎13那榮府的人本嫌包勇，只是主人不計較他，如今他又在外闖禍，不得不回，趁賈政無事，便將包勇喝酒鬧事的話回了。賈政此時正怕風波，聽得家人回稟，便一時生氣，叫進包勇罵了幾句，便派去看園，不許他在外行走。那包勇本是直爽的脾氣，投了主子他便赤心護主，豈知賈政反倒責罵他。他也不敢再辯，只得收拾行李往園中看守澆灌去了。◎14未知後事如何，下回分解。

評點

◎11.余亦謂此中山狼該罵。（周春）

◎12.賈雨村乃官場上卑鄙小人，爲了升官不擇手段。未得官時卑躬折節，官一到手，恩情不認。下位時龜縮無恥，在位時大貪其賄，而卻能伏能起，還有一套升官手段。賈雨村不但爲當時官吏的普遍形態，也爲歷來的官場現形。（袁維冠）

◎13.賈雨村之負恩，從旁人補出。（東觀閣主人）

◎14.寫英雄失意，直脱胎《水滸傳》，至隱意多多，則青出於藍矣。（張新之）

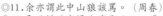

# 第一百八回

## 強歡笑蘅蕪慶生辰　死纏綿瀟湘聞鬼哭

卻說賈政先前曾將房產並大觀園奏請入官，內廷不收，又無人居住，只好封鎖。因園子接連尤氏惜春住宅，太覺曠闊無人，◎1遂將包勇罰看荒園。此時賈政理家，又奉了賈母之命將人口漸次減少，諸凡省儉，尚且不能支持。幸喜鳳姐為賈母疼惜，王夫人等雖則不大喜歡，若說治家辦事尚能出力，所以將內事仍交鳳姐辦理。但近來因被抄以後，諸事運用不來，也是每形拮据。那些房頭上下人等原是寬裕慣的，如今較之往日，十去其七，怎能周到，不免怨言不絕。鳳姐也不敢推辭，扶病承歡賈母。過了些時，賈赦賈珍各到當差地方，恃有用度，暫且自安，寫書回家，都言安逸，家中不必掛念。於是賈母放心，邢夫人尤氏也略略寬懷。

一日，史湘雲出嫁回門，◎2來賈母這邊請安。

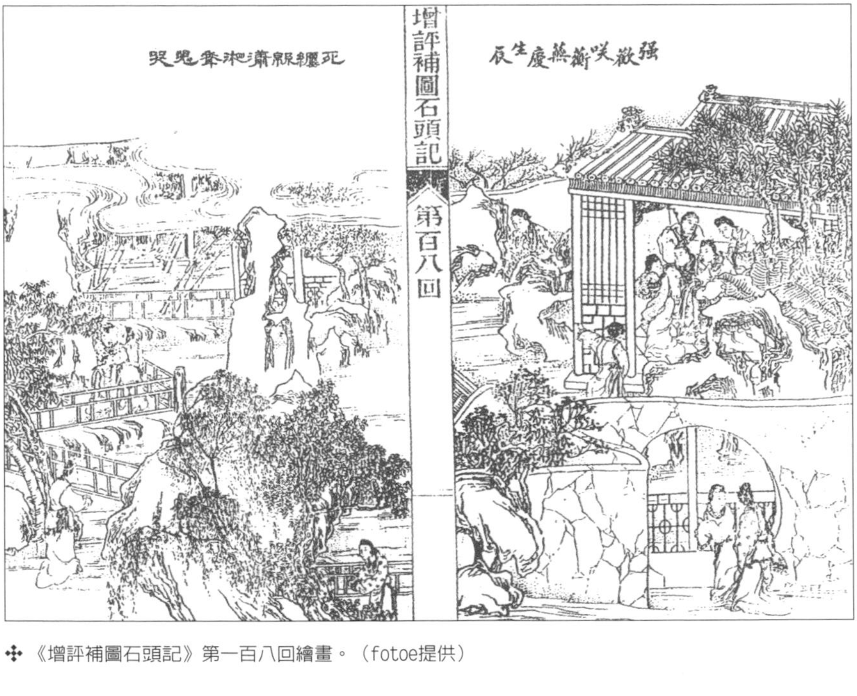


✣《增評補圖石頭記》第一百八回繪畫。（fotoe提供）

賈母提起他女婿甚好，史湘雲也將那裏過日平安的話說了，請老太太放心。又提起黛玉去世，不免大家淚落。賈母又想起迎春苦楚，◎3越覺悲傷起來。史湘雲勸解一回，又到各家請安問好畢，仍到賈母房中安歇，言及「薛家這樣人家被薛大哥鬧的家破人亡，今年雖是緩決人犯。明年不知可能減等？」賈母道：「你還不知道呢，昨兒蟠兒媳婦死的不明白，幾乎又鬧出一場大事來。還幸虧老佛爺有眼，叫他帶來的丫頭自己供出來了，那夏奶奶才沒的鬧了，自家攔住相驗。你姨媽這裏才將皮裏肉的※1打發出去了。你說說，眞眞是六親同運※2！薛家是這樣了，姨太太守著薛蝌過日，爲這孩子有良心，他說哥哥在監裏尚未結局，不肯娶親。你邢妹妹在大太太那邊也就很苦。琴姑娘爲他公公死了尚未滿服，梅家尚未娶去。二太太的娘家舅太爺一死，鳳丫頭的哥哥也不成人，那二舅太爺也是個小氣的，又是官項不清※3，也是打餓荒。甄家自從抄家以後別無信息。」湘雲道：「三姐姐去了曾有書字回家麼？」賈母道：「自從嫁了去，二老爺回來說，你三姐姐在海疆甚好。◎4只是沒有書信，我也日夜惦記。爲著我們家連連的出些不好事，所以我也顧不來。如今四丫頭也沒有給他提親。環兒呢，誰有功夫提起他來。如今我們家的日子比你從前在這裏的時侯更苦些。只可憐你寶姐姐，自過了門，沒過一天安逸日子。你二哥哥還是這樣瘋瘋顚顚，這怎麼處呢！」湘

註

※1：比喻僅夠對付。
※2：指近親休戚相關、命運相同。
※3：公款不清。

評點

◎1.淒涼至此，不堪再問。（姚燮）
◎2.上文數回，敘述碎雜，無暇關照各姐妹，未免書中主腦處稍覺冷落。此處借湘雲回來，將諸人一一照應，用法極密。（陳其泰）
◎3.迎春所嫁非人。（姚燮）
◎4.探春在三人之中，最精細，最能幹，最有思想。從前的人，都以他的遠嫁爲福薄。其實她是諸人中，結果最好的一個。（佩之）

雲道：「我從小兒在這裏長大的，這裏那些人的脾氣我都知道的。這一回來了，竟都改了樣子了。我打諒我隔了好些時沒來，他們生疏我。我細想起來，竟不是的，就是見了我，瞧他們的意思原要像先前一樣的熱鬧，不知道怎麼，說說就傷心起來了。我所以坐坐就到老太太這裏來了。」賈母道：「如今這樣日子在我也罷了，你們年輕輕兒的人還了得！我正要想個法兒叫他們還熱鬧一天才好，只是打不起這個精神來。」湘雲道：「我想起來了，寶姐姐不是後兒的生日嗎，我多住一天，給他拜過壽，大家熱鬧一天。不知老太太怎麼樣？」賈母道：「我眞正氣糊塗了。你不提我竟忘了，後日可不是他的生日！我明日拿出錢來，給他辦個生日。他沒有定親的時侯倒作過好幾次，如今他過了門，倒沒有作。寶玉這孩子頭裏很伶俐很淘氣，如今爲著家裏的事不好，把這孩子越發弄的話都沒有了。倒是珠兒媳婦還好，他有的時侯是這麼著，沒的時侯他也是這麼著，帶著蘭兒靜靜兒的過日子，倒難爲他。」湘雲道：「別人還不離，獨有璉二嫂子連模樣兒都改了，說話也不伶俐了。明日等我來引導他們，看他們怎麼樣。但是他們嘴裏不說，心裏要抱怨我，說我有了——」湘雲說到那裏，卻把臉飛紅了。賈母會意，道：「這怕什麼。原來姐妹們都是在一處樂慣了的，說說

✤ 史湘雲。（《紅樓夢煙標精華》杜春耕編著，北京圖書館出版社提供）

笑笑，再別要留這些心。大凡一個人，有也罷沒也罷，總要受得富貴耐得貧賤才好。你寶姐姐生來是個大方的人，頭裏他家這樣好，他也一點兒不驕傲，後來他家壞了事，他也是舒舒坦坦的。如今在我家裏，寶玉待他好，他也是那樣安頓；一時待他不好，不見他有什麼煩惱。我看這孩子倒是個有福氣的。你林姐姐那是個最小性兒又多心的，所以到底不長命。鳳丫頭也見過些事，很不該略見些風波就改了樣子。他若這樣沒見識，也就是小器了。◎5後兒寶丫頭的生日，我替另拿出銀子來，熱熱鬧鬧給他作個生日，也叫他喜歡這一天。」◎6湘雲答應道：「老太太說得很是。索性把那些姐妹們都請來了，大家敘一敘。」賈母道：「自然要請的。」一時高興道：「叫鴛鴦拿出一百銀子來交給外頭，叫他明日起預備兩天的酒飯。」鴛鴦領命，叫婆子交了出去。一宿無話。

次日傳話出去，打發人去接迎春，又請了薛姨媽寶琴，叫帶了香菱來。又請李嬸娘。不多半日，李紋李綺都來了。寶釵本沒有知道，聽見老太太的丫頭來請，說：「薛姨太太來了，請二奶奶過去呢。」寶釵心裏喜歡，便是隨身衣服過去，要見他母親。只見他妹子寶琴並香菱都在這裏，又見李嬸娘等人也都來了。心想：「那些人必是知道我們家的事情完了，所以來問候的。」便去問了李嬸娘好，見了賈母，然後與他母親說了幾句話，便與李家姐妹們問好。湘雲在旁說道：「太太們請都坐下，讓我們姐妹們給姐姐拜壽。」寶釵聽了倒

評點

◎5. 賈母頗有居安思危、處變不驚的氣度，我們從她的人生態度和處世準則中可以清晰地看到婦女在維繫家族的穩定和衍續方面，有其不同於男性的不可替代的作用。賈母之尊固然同她的輩分、出身相關，但老祖宗權威的樹立並不單靠說教和強制，往往是以她的生活經驗和人間閱歷來判斷是非，解決問題，贏得信服。她對後代的影響力多半不是用斥責和板子，而是用愛護和寵信。賈母對命運領略很深但不點破。作為整個家族的最高權力象徵，她對家族的命運最清楚不過，但她從來不出手阻攔家族的衰落，一是她清楚衰落是必然的，不是人力可以為的；二是因為她是一個很徹底的現實享樂主義者，抓住短暫的時間不費任何腦力地去享受。（布萊克曼·珍妮）

◎6. 自鳳姐席終鬧事後，凡有慶賀筵席，必有失意之事，此番寶釵慶壽，為通部慶筵總結。所以賈母因此得病，即為通部不祥事之總結。（王希廉）

呆了一呆，回來一想：「可不是明日是我的生日嗎！」便說：「妹妹們過來瞧老太太是該的，若說爲我的生日，是斷斷不敢的。」正推讓著，寶玉也來請薛姨媽李嬸娘的安。聽見寶釵自己推讓，他心裏本早打算過寶釵生日，因家中鬧得七顛八倒，也不敢在賈母處提起，今見湘雲等衆人要拜壽，便喜歡道：「明日才是生日，我正要告訴老太太來。」湘雲笑道：「扯臊，老太太還等你告訴。你打諒這些人爲什麼來？是老太太請的！」寶釵聽了，心下未信。只聽賈母合他母親道：「可憐寶丫頭作了一年新媳婦，家裏接二連三的有事，總沒有給他作過生日。今日我給他作個生日，請姨太太、太太們來大家說說話兒。」薛姨媽道：「老太太這些時心裏才安，他小人兒家還沒有孝敬老太太，倒要老太太操心。」湘雲道：「老太太最疼的孫子是二哥哥，難道二嫂子就不疼了麼！況且寶姐姐也配老太太給他作生日。」寶釵低頭不語。寶玉心裏想道：「我只說史妹妹出了閣是換了一個人了，我所以不敢親近他，◎7他也不來理我。如今聽他的話，原是和先前一樣的。爲什麼我們那個過了門更覺得靦腆了，話都說不出來了呢？」

正想著，小丫頭進來說：「二姑奶奶回來了。」隨後李紈鳳姐都進來，大家廝見一番。迎春提起他父親出門，說：「本要趕來見見，只是他攔著不許來，說是咱們家正是晦氣時侯，不要沾染在身上。我扭不過，沒有來，直哭了兩三天。」鳳姐道：「今兒爲什麼肯放你回來？」迎春道：「他又說咱們家二老爺又襲了職，還可以走

✣ 中國古典小說郵票「寶釵戲蝶」，薛寶釵理性練達，作者對於其戲蝶的描寫，充分反映了角色的性格。（臺灣郵政股份有限公司提供）

走，不妨事的，所以才放我來。」◎8說著，又哭起來。賈母道：「我原爲氣的慌，今日接你們來給孫子媳婦過生日，說說笑笑解個悶兒，你們又提起這些煩事來，又招起我的煩惱來了。」迎春等都不敢作聲了。鳳姐雖勉強說了幾句有興的話，終不似先前爽利，招人發笑。賈母心裏要寶釵喜歡，故意的慪鳳姐兒說話。鳳姐也知賈母之意，便竭力張羅，說道：「今兒老太太喜歡些了。你看這些人好幾時沒有聚在一處，今兒齊全。」◎9說著回過頭去，看見婆婆尤氏不在這裏，又縮住了口。賈母爲著「齊全」兩字，也想邢夫人等，叫人請去。邢夫人、尤氏、惜春等聽見老太太叫，不敢不來，心內也十分不願意，想著家業零敗，偏又高興給寶釵作生日，到底老太太偏心，便來了也是無精打彩的。賈母問起岫煙來，邢夫人假說病著不來。賈母會意，知薛姨媽在這裏有些不便，也不提了。

一時擺下果酒。賈母說：「也不送到外頭，今日只許咱們娘兒們樂一樂。」寶玉雖然娶過親的人，因賈母疼愛，◎10仍在裏頭打混，但不與湘雲寶琴等同席，便在賈母

✣ 迎春。自從嫁給了孫紹祖後，連行動都不自由了。（《紅樓夢煙標精華》杜春耕編著，北京圖書館出版社提供）

評點

◎7.絕非寶玉神情意理。此後四十回之所以遜於前八十回也。（陳其泰）
◎8.於迎春口中，補出孫紹祖勢利話，可醜可笑。（王希廉）
◎9.黛玉已死別，探春又生離，那裏稱得「齊全」二字。（姚燮）
◎10.賈母雖然名義上是全家精神所繫，任意亂來的事，卻甚少，只有溺愛寶玉一件事。（那宗訓）

身旁設著一個坐兒，他代寶釵輪流敬酒。賈母道：「如今且坐下大家喝酒，到挨晚兒再到各處行禮去。若如今行起來了，大家又鬧規矩，把我的興頭打回去就沒趣了。」寶釵便依言坐下。賈母又叫人來道：「咱們今兒索性洒脫些，各留一兩個人伺候。我叫鴛鴦帶了彩雲、鶯兒、襲人、平兒等在後間去，也喝一鍾酒。」鴛鴦等說：「我們還沒有給二奶奶磕頭，怎麼就好喝酒去呢。」賈母道：「我說了，你們只管去，用的著你們再來。」鴛鴦等去了。這裏賈母才讓薛姨媽等喝酒，見他們都不是往常的樣子，賈母著急道：「你們到底是怎麼著？大家高興些才好。」湘雲道：「我們又吃又喝，還要怎樣！」鳳姐道：「他們小的時候兒都高興，如今都礙著臉不敢混說，所以老太太瞧著冷淨了。」

寶玉輕輕的告訴賈母道：「話是沒有什麼說的，再說就說到不好的上頭來了。不如老太太出個主意，叫他們行個令兒罷。」賈母側著耳朵聽了，笑道：「若是行令，又得叫鴛鴦去。」◎11寶玉聽了，不待再說，就出席到後間去找鴛鴦，說：「老太太要

✣ 寶釵生日宴上，衆人多強作歡笑。（張羽琳繪）

行令，叫姐姐去呢。」鴛鴦道：「小爺，讓我們舒舒服服的喝一杯罷，何苦來，又來攪什麼。」寶玉道：「當眞老太太說，得叫你去呢，與我什麼相干。」鴛鴦沒法，說道：「你們只管喝，我去了就來。」便到賈母那邊。

老太太道：「你來了，不是要行令嗎？」鴛鴦道：「聽見寶二爺說老太太叫，我敢不來嗎？不知老太太要行什麼令兒？」賈母道：「那文的怪悶的慌，武的又不好，你倒是想個新鮮頑意兒才好。」鴛鴦想了想道：「如今姨太太有了年紀，不肯費心，倒不如拿出令盆骰子來，大家擲個曲牌名兒賭輸贏酒罷。」◎12賈母道：「這也使得。」便命人取骰盆放在桌上。鴛鴦說：「如今用四個骰子擲去，擲不出名兒來的罰一杯，擲出名兒來，每人喝酒的杯數兒擲出來再定。」眾人聽了道：「這是容易的，我們都隨著。」鴛鴦便打點兒，眾人叫鴛鴦喝了一杯，就在他身上數起，恰是薛姨媽先擲。薛姨媽便擲了一下，卻是四個么。鴛鴦道：「這是有名的，叫作『商山四皓※4』。有年紀的喝一杯。」於是賈母、李嬸娘、邢王二夫人都該喝。賈母舉酒要喝，鴛鴦道：「這是姨太太擲的，還該姨太太說個曲牌名兒，下家兒接一句《千家詩》※5。說不出的罰一杯。」薛姨媽道：「你又來算計我了，我那裏說得上來。」賈母道：「不說到底寂寞，還是說一句的好。下家兒就是我了，若說不出來，我陪姨太太喝一鍾就是了。」薛姨媽便道：「我說個『臨老

註

※4：秦末東園公、綺里季、夏黃公、角里先生四人年皆八十有餘，避亂而隱居商山，世稱「商山四皓」。

※5：舊時的兒童啓蒙讀物之一，其中所選之詩淺顯易懂。

評點

◎11.凡行令必用鴛鴦，此通部中大線索也。（張新之）

◎12.此回行令亦勉強一景耳。（東觀閣主人）

入花叢』。」賈母點點頭兒道：「將謂偷閑學少年。」說完，骰盆過到李紋，便擲了兩個四兩個二。鴛鴦說：「也有名了，這叫作『劉阮入天臺』。」李紋便接著說了個「二士入桃源」。下手兒便是李紈，說道：「尋得桃源好避秦。」大家又喝了一口。骰盆又過到賈母跟前，便擲了兩個二兩個三。賈母道：「這要喝酒了？」鴛鴦道：「有名兒的，這是『江燕引雛』。眾人都該喝一杯。」鳳姐道：「雛是雛，倒飛了好些了。」◎13眾人瞅了他一眼，鳳姐便不言語。賈母道：「我說什麼呢？『公領孫』罷。」下手是李綺，便說道：「閑看兒童捉柳花。」眾人都說好。

寶玉巴不得要說，只是令盆輪不到，正想著，恰好到了跟前，便擲了一個二兩個三一個么，便說道：「這是什麼？」鴛鴦笑道：「這是個『臭※6』，先喝一杯再擲罷。」寶玉只得喝了又擲，這一擲擲了兩個三兩個四。鴛鴦道：「有了，這叫作『張敞畫眉』。」寶玉明白打趣他，寶釵的臉也飛紅了。鳳姐不大懂得，還說：「二兄弟快說了，再找下家兒是誰。」寶玉明知難說，自認「罰了罷，我也沒下家。」過了令盆輪到李紈，便擲了一下兒。鴛鴦道：「大奶奶擲的是『十二金釵』。」◎14寶玉聽了，趕到李紈身旁看時，只見紅綠對開，便說：「這一個好看得很。」忽然想起十二釵的夢來，便呆呆的退到自己座上，心裏想，「這十二釵說是金陵的，怎麼家裏這些人如今七大八小的就剩了這幾個。」復又看看湘雲寶釵，雖說都在，只是不見了黛玉。一時按捺不住，眼淚便要下來。恐人看見，便說身上躁的很，脫脫衣服去，掛了

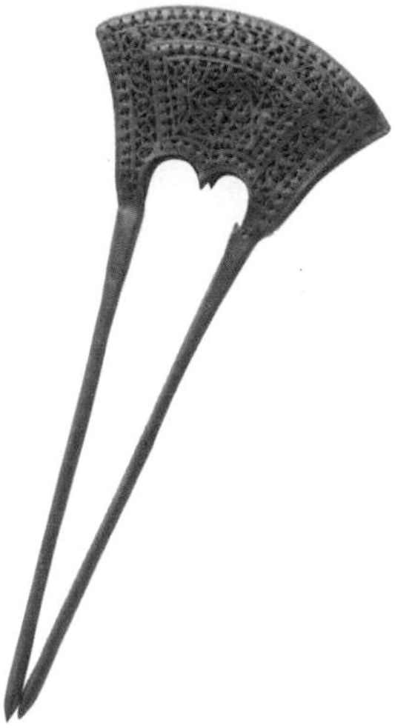

✣清代花卉紋鏤空金釵，河南博物院藏品。金釵，後來代指女子。（聶鳴提供）

籌※7出席去了。這史湘雲看見寶玉這般光景，打諒寶玉擲不出好的，被別人擲了去，心裏不喜歡，便去了；又嫌那個令兒沒趣，便有些煩。只見李紈道：「我不說了，席間的人也不齊，不如罰我一杯。」賈母道：「這個令兒也不熱鬧，不如蠲了罷。讓鴛鴦擲一下，看擲出個什麼來。」小丫頭便把令盆放在鴛鴦跟前。鴛鴦依命便擲了兩個二一個五，那一個骰子在盆中只管轉，鴛鴦叫道：「不要五！」那骰子單單轉出一個「五」來。鴛鴦道：「了不得！我輸了。」賈母道：「這是不算什麼的嗎？」鴛鴦道：「名兒倒有，只是我說不上曲牌名來。」賈母道：「你說名兒，我給你謅。」鴛鴦道：「這是『浪掃浮萍』。」賈母道：「這也不難，我替你說個『秋魚入菱窠』。」鴛鴦下手的就是湘雲，便道：「『白萍吟盡楚江秋』。」眾人都道：「這句很確。」賈母道：「這令完了。咱們喝兩杯吃飯罷。」回頭一看，見寶玉還沒進來，便問道：「寶玉那裏去了，還不來？」鴛鴦道：「換衣服去了。」賈母道：「誰跟了去的？」那鶯兒便上來回道：「我看見二爺出去，我叫襲人姐姐跟了去了。」賈母王夫人才放心。

註

※6：意爲所擲點數不好。

※7：行酒令時告假離席叫「掛籌」。

評點

◎13.已到「飛鳥各投林」。（張新之）

◎14.《紅樓》一夢，不久歸結，故於酒令中一提十二金釵。（王希廉）

等了一回，王夫人叫人去找來。小丫頭子到了新房，只見五兒在那裏插蠟。小丫頭便問：「寶二爺那裏去了？」五兒道：「在老太太那邊喝酒呢。」小丫頭道：「我在老太太那裏，太太叫我來找的。豈有在那裏倒叫我來找的理。」五兒道：「這就不知道了，你到別處找去罷。」小丫頭沒法，只得回來，遇見秋紋，便道：「你見二爺那裏去了？」秋紋道：「我也找他。太太們等他吃飯，這會子那裏去了呢？你快去回老太太去，不必說不在家，只說喝了酒不大受用不吃飯了，略躺一躺再來，請老太太們吃飯罷。」小丫頭依言回去告訴珍珠，珍珠依言回了賈母。賈母道：「他本來吃不多，不吃也罷了。叫他歇歇罷。告訴他今兒不必過來，有他媳婦在這裏。」珍珠便向小丫頭道：「你聽見了？」小丫頭答應著，不便說明，只得在別處轉了一轉，說告訴了。眾人也不理會，便吃畢飯，大家散坐說話。不提。◎15

* * *

且說寶玉一時傷心，走了出來，正無主意，只見襲人趕來，問是怎麼了。寶玉道：「不怎麼，只是心裏煩得慌。何不趁他們喝酒咱們兩個到珍大奶奶那裏逛逛去。」襲人道：「珍大奶奶在這裏，去找誰？」寶玉道：「不找誰，瞧瞧他現在這裏住的房屋怎麼樣。」襲人只得跟著，一面走，一面說。走到尤氏那邊，又一個小門兒半開半掩，◎16寶玉也不進去。只見看園門的兩個婆子坐在門檻上說話兒。寶玉問道：「這小門開著麼？」婆子道：「天天是不開的。今兒有人出來說，今日預備老太太要

用園裏的果子，故開著門等著。」寶玉便慢慢的走到那邊，果見腰門半開，寶玉便走了進去。襲人忙拉住道：「不用去，園裏不乾淨，常沒有人去，不要撞見什麼。」寶玉仗著酒氣，說：「我不怕那些。」襲人苦苦的拉住不容他去。婆子們上來說道：「如今這園子安靜的了。自從那日道士拿了妖去，我們摘花兒、打果子一個人常走的。二爺要去，咱們都跟著，有這些人怕什麼。」寶玉喜歡，襲人也不便相強，只得跟著。

寶玉進得園來，只見滿目淒涼，那些花木枯萎，更有幾處亭館，彩色久經剝落，遠遠望見一叢修竹，倒還茂盛。寶玉一想，說：「我自病時出園住在後邊，一連幾個月不准我到這裏，瞬息荒涼。你看獨有那幾竿翠竹菁蔥，這不是瀟湘館麼！」襲人道：「你幾個月沒來，連方向都忘了。咱們只管說話，不覺將怡紅院走過了。」回過頭來用手指著道：「這才是瀟湘館呢。」寶玉順著襲人的手一瞧，道：「可不是過了嗎！咱們回去瞧瞧。」襲人道：「天晚了，老太太必是等著吃飯，該回去了。」寶玉不言，找著舊路，竟往前走。

你道寶玉雖離了大觀園將及一載，豈遂忘了路徑？只因襲人恐他見了瀟湘館，想起黛玉又要傷心，所以用言混過。豈知寶玉只望裏走，天又晚，恐招了邪氣，故寶玉問他，只說已走過了，欲寶玉不去。不料寶玉的心惟在瀟湘館內。襲人見他往前急走，只得趕上。見寶玉站著，似有所見，如有所聞，便道：「你聽什麼？」寶玉道：

評點

◎15.上幾回寫得雷轟電掣，瓦解冰消，使讀者黯然欲絕矣。此回又作和平之奏，可慰驚魂。然冬行春令，仍覺滿紙蕭索也。夫一人向隅，舉坐不樂。今日得意者僅一史湘雲耳。（陳其泰）

◎16.已爲「招夥盜」回安置門路。（張新之）

「瀟湘館倒有人住著麼？」襲人道：「大約沒有人罷。」寶玉道：「我明明聽見有人在內啼哭，◎[17]怎麼沒有人！」襲人道：「是你疑心。素常你到這裏，常聽見林姑娘傷心，所以如今還是那樣。」寶玉不信，還要聽去。婆子們趕上說道：「二爺快回去罷。天已晚了，別處我們還敢走走，只是這裏路又隱僻，又聽得人說這裏林姑娘死後常聽見有哭聲，所以人都不敢走的。」寶玉襲人聽說，都吃了一驚。寶玉道：「可不是。」說著，便滴下淚來，說：「林妹妹，林妹妹，好好兒的是我害了你了！你別怨我，只是父母作主，並不是我負心。」愈說愈痛，便大哭起來。襲人正在沒法，只見秋紋帶著些人趕來對襲人道：「你好大膽，怎麼領了二爺到這裏來！老太太、太太他們打發人各處都找到了，剛才腰門上有人說是你同二爺到這裏來了，唬的

✣ 寶玉帶著襲人重返大觀園，竟聽到瀟湘館內有人在哭。（張羽琳繪）

老太太、太太們了不得，罵著我，叫我帶人趕來，還不快回去麼！」寶玉猶自痛哭。◎[18]襲人也不顧他哭，兩個人拉著就走，一面替他拭眼淚，告訴他老太太著急。寶玉沒法，只得回來。

襲人知老太太不放心，將寶玉仍送到賈母那邊。衆人都等著未散。賈母便說：「襲人，我素常知你明白，才把寶玉交給你，怎麼今兒帶他園裏去！他的病才好，倘或撞著什麼，又鬧起來，這便怎麼處？」襲人也不敢分辯，只得低頭不語。寶釵看寶玉顏色不好，心裏著實的吃驚。倒還是寶玉恐襲人受委曲，說道：「青天白日怕什麼。我因爲好些時沒到園裏逛逛，今兒趁著酒興走走。那裏就撞著什麼了呢！」鳳姐在園裏吃過大虧的，聽到那裏寒毛倒豎，說：「寶兄弟膽子忒大了。」湘雲道：「不是膽大，倒是心實。不知是會芙蓉神去了，還是尋什麼仙去了。」寶玉聽著，也不答言。獨有王夫人急的一言不發。賈母問道：「你到園裏可曾唬著麼？這回不用說了，以後要逛，到底多帶幾個人才好。不然大家早散了。回去好好的睡一夜，明日一早過來，我還要找補，叫你們再樂一天呢。不要爲他又鬧出什麼原故來。」

衆人聽說，辭了賈母出來。薛姨媽便到王夫人那裏住下。史湘雲仍在賈母房中，迎春便往惜春那裏去了。餘者各自回去。不提。獨有寶玉回到房中，噯聲嘆氣。寶釵明知其故，也不理他，只是怕他憂悶，勾出舊病來，便進裏間叫襲人來細問他寶玉到園怎麼的光景。未知襲人怎生回說，下回分解。

**評點**

◎17.顰卿善哭，生前有淚而無聲，死後有聲而無淚。（張新之）

◎18.寶釵慶壽是強歡笑，寶玉悼亡是眞痛哭。（王希廉）

## 第一百九回

# 候芳魂五兒承錯愛　還孽債迎女返真元※1

話說寶釵叫襲人問出原故，恐寶玉悲傷成疾，便將黛玉臨死的話與襲人假作閑談，說是：「人生在世，有意有情，到了死後各自幹各自的去了，並不是生前那樣個人死後還是這樣。活人雖有痴心，死的竟不知道。況且林姑娘既說仙去，他看凡人是個不堪的濁物，那裏還肯混在世上。只是人自己疑心，所以招些邪魔外祟來纏擾了。」寶釵雖是與襲人說話，原說給寶玉聽的。襲人會意，也說是「沒有的事。若說林姑娘的魂靈兒還在園裏，我們也算好的，怎麼不曾夢見了一次。」寶玉在外間聽得，細細的想道：「果然也奇。我知道林妹妹死了，那一日不想幾遍，怎麼從沒夢過。想是他到天上去了，瞧我這凡夫俗子不能交通神明，所以夢都沒有一個兒。我就在外間睡著，或者我從園裏回來，他知道我的實心，肯與我夢裏一

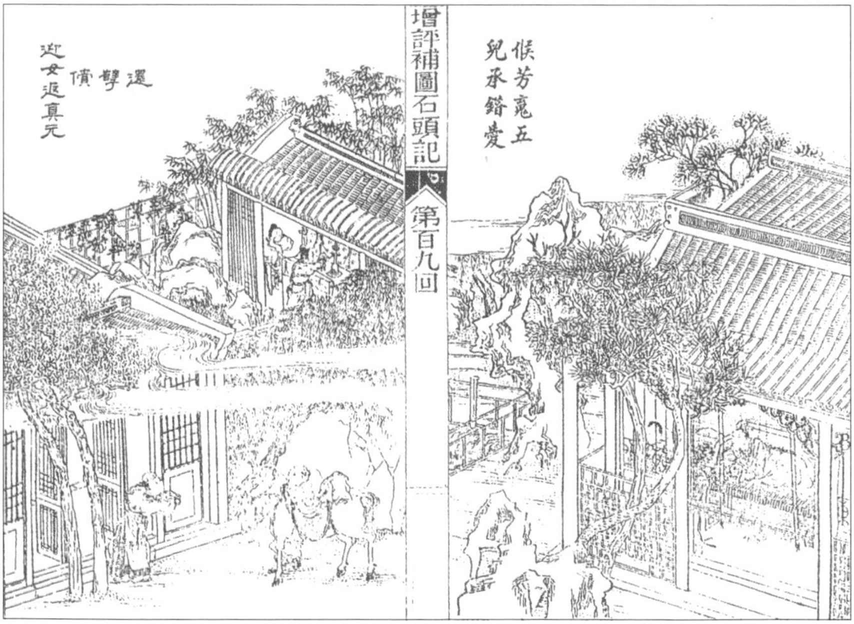


✣《增評補圖石頭記》第一百九回繪畫。（fotoe提供）

見。我必要問他實在那裏去了。我也時常祭奠。若是果然不理我這濁物，竟無一夢，我便不想他了。」◎1主意已定，便說：「我今夜就在外間睡了，你們也不用管我。」寶釵也不強他，只說：「你不要胡思亂想。你不瞧瞧，太太因你園裏去了急的話都說不出來。若是知道還不保養身子，倘或老太太知道了，又說我們不用心。」寶玉道：「白這麼說罷咧，我坐一會子就進來。你也乏了，先睡罷。」寶釵知他必進來的，假意說道：「我睡了，叫襲姑娘伺候你罷。」寶玉聽了，正合機宜。候寶釵睡了，他便叫襲人麝月另鋪設下一副被褥，常叫人進來瞧二奶奶睡著了沒有。寶釵故意裝睡，也是一夜不寧。那寶玉知是寶釵睡著，便與襲人道：「你們各自睡罷，我又不傷感。你若不信，你就伏侍我睡了再進去，只要不驚動我就是了。」襲人果然伏侍他睡下，便預備下了茶水，關好了門，進裏間去照應一回，各自假寐，寶玉若有動靜，再爲出來。寶玉見襲人等進來，便將坐更的兩個婆子支到外頭。他輕輕的坐起來，暗暗的祝了幾句，便睡下了，欲與神交。起初再睡不著，以後把心一靜，便睡去了。

豈知一夜安眠，直到天亮。寶玉醒來，拭眼坐起來想了一回，並無有夢。便嘆口氣道：「正是『悠悠生死別經年，魂魄不曾來入夢』。」寶釵卻一夜反沒有睡著，聽寶玉在外邊念這兩句，便接口道：「這句又說莽撞了，如若林妹妹在時，又該生氣了。」寶玉聽了，反不好意思，只得起來搭訕著往裏間走來，說：「我原要進來

註

※1：意即死亡。

評點

◎1.年來寶與黛日日在大觀園，即日日在夢中，黛死而寶之夢可醒矣。乃復於醒後求夢，是寶玉仍未脫夢境。（姚燮）

的，不覺得一個盹兒就打著了。」寶釵道：「你進來不進來與我什麼相干。」◎[2]襲人等本沒有睡，眼見他們兩個說話，即忙倒上茶來。已見老太太那邊打發小丫頭來，問：「寶二爺昨睡得安頓麼？若安頓時，早早的同二奶奶梳洗了就過去。」襲人便說：「你去回老太太，說寶玉昨夜很安頓，回來就過來。」小丫頭去了。

寶釵起來梳洗了，鶯兒襲人等跟著先到賈母那裏行了禮，便到王夫人那邊起至鳳姐都讓過了，仍到賈母處，見他母親也過來了。大家問起：「寶玉晚上好麼？」寶釵便說：「回去就睡了，沒有什麼。」眾人放心，又說些閑話。只見小丫頭進來說：「二姑奶奶要回去了。聽見說孫姑爺那邊人來到大太太那裏說了些話，大太太叫人到四姑娘那邊說不必留了，讓他去罷。如今二姑奶奶在大太太那哭呢，大約就過來辭老太太。」賈母眾人聽了，心中好不自在，都說：「二姑娘這樣一個人，爲什麼命裏遭著這樣的人，一輩子不能出頭。這便怎麼好！」說著，迎春進來，淚痕滿面，因爲是寶釵的好日子，只得含著淚，辭了眾人要回去。賈母知道他的苦處，也不便強留，只說道：「你回去也罷了。但是不要悲傷，碰著了這樣人，也是沒法兒的。過幾天我再打發人接你去。」迎春道：「老太太始終疼我，如今也疼不來了。可憐我只是沒有再來的時候了。」◎[3]說著，眼淚直流。◎[4]眾人都勸道：「這有什麼不能回來的？比不得你三妹妹，隔得遠，要見面就難了。」賈母等想起探春，不覺也大家落淚，只爲是

寶釵的生日，即轉悲爲喜說：「這也不難，只要海疆平靜，那邊親家調進京來，就見的著了。」大家說：「可不是這麼著呢。」說著，迎春只得含悲而別。◎5衆人送了出來，仍回賈母那裏。從早至暮，又鬧了一天。

衆人見賈母勞乏，各自散了。獨有薛姨媽辭了賈母，到寶釵那裏，說道：「你哥哥是今年過了，直要等到皇恩大赦的時候減了等才好贖罪。這幾年叫我孤苦伶仃怎麼處！我想要與你二哥哥完婚，你想想好不好？」寶釵道：「媽媽是爲著大哥哥娶了親唬怕的了，所以把二哥哥的事猶豫起來。據我說很該就辦。邢姑娘是媽媽知道的，如今在這裏也很苦，娶了去雖說我家窮，◎6究竟比他傍人門戶好多著呢。」薛姨媽道：「你得便的時候就去告訴老太太，說我家沒人，就要揀日子了。」寶釵道：「媽媽只管同二哥哥商量，挑個好日子，過來和老太太、大太太說了，娶過去就完了一宗事。這裏大太太也巴不得娶了去才好。」薛姨媽道：「今日聽見史姑娘也就回去了，老太太心裏要留你妹妹在這裏住幾天，所以他住下了。我想他也是不定多早晚就走的人了，你們姐妹們也多敘幾天話兒。」寶釵道：「正是呢。」於是薛姨媽又坐了一坐，出來辭了衆人回去了。

* * *

卻說寶玉晚間歸房，因想昨夜黛玉竟不入夢，「或者他已經成仙，所以不肯來見我這種濁人也是有的；不然就是我的性兒太急了，也未可知。」便想了個主意，向寶

評點

◎2.蓋寶玉不忍負黛玉，而寶釵又不肯就寶玉也。（黃小田）
◎3.爲下回伏線。（王希廉）
◎4.迎春是任憑環境支配，絕無反抗能力的一個女性。（陸沖嵐）
◎5.用「只得」二字，寫出無可如何之況。（姚燮）
◎6.既以元春收拾冊中人，即以岫煙歸結冊外人。（張新之）

釵說道：「我昨夜偶然在外間睡著，似乎比在屋裏睡的安穩些，今日起來心裏也覺清淨些。我的意思還要在外間睡兩夜，只怕你們又來攔我。」寶釵聽了，明知早晨他嘴裏念詩是爲著黛玉的事了，想來他那個呆性是不能勸的，倒好叫他睡兩夜，索性自己死了心也罷了，況兼昨夜聽他睡的倒也安靜，便道：「好沒來由，你只管睡去，我們攔你作什麼！但只不要胡思亂想，招出些邪魔外祟來。」寶玉笑道：「誰想什麼！」襲人道：「依我勸二爺竟還是屋裏睡罷，外邊一時照應不到，著了風倒不好。」寶玉未及答言，寶釵卻向襲人使了個眼色。襲人會意，便道：「也罷，叫個人跟著你罷，夜裏好倒茶倒水的。」寶玉便笑道：「這麼說，你就跟了我來。」襲人聽了倒沒意思起來，登時飛紅了臉，一聲也不言語。寶釵素知襲人穩重，便說道：「他是跟慣了我的，還叫他跟著我罷。叫麝月五兒照料著也罷了。況且今日他跟著我鬧了一天也乏了，該叫他歇歇了。」寶玉只得笑著出來。寶釵因命麝月五兒給寶玉仍在外間鋪設了，又囑咐兩個人醒睡些，要茶要水都留點神兒。

兩個答應著出來，看見寶玉端然坐在床上，閉目合掌，居然像個和尚一般，兩個也不敢言語，只管瞅著他笑。寶釵又命襲人出來照應。襲人看見這般卻也好笑，便輕輕的叫道：「該睡了，怎麼又打起坐來了！」寶玉睜開眼看見襲人，便道：「你們只管睡罷，我坐一坐就睡。」襲人道：「因爲你昨日那個光景，鬧的二奶奶一夜沒睡。你再這麼著，成何事體。」寶玉料著自己不睡都不肯睡，便收拾睡下。襲人又囑咐了

麝月等幾句，才進去關門睡了。這裏麝月五兒兩個人也收拾了被褥，伺候寶玉睡著，各自歇下。

那知寶玉要睡越睡不著，見他兩個人在那裏打鋪，忽然想起那年襲人不在家時晴雯麝月兩個人伏侍，夜間麝月出去，晴雯要唬他，因爲沒穿衣服著了涼，後來還是從這個病上死的。想到這裏，一心移在晴雯身上去了。忽又想起鳳姐說五兒給晴雯脫了個影兒，因又將想晴雯的心腸移在五兒身上。◎7自己假裝睡著，偷偷的看那五兒，越瞧越像晴雯，不覺呆性復發。聽了聽，裏間已無聲息，知是睡了。卻見麝月也睡著了，便故意叫了麝月兩聲，卻不答應。五兒聽見寶玉喚人，便問道：「二爺要什麼？」寶玉道：「我要漱漱口。」◎8五兒見麝月已睡，只得起來重新剪了蠟花，倒了一鍾茶來，一手托著漱盂。卻因趕忙起來的，身上只穿著一件桃紅綾子小襖兒，鬆鬆的挽著一個鬢兒。寶玉看時，居然晴雯復生。忽又想起晴雯說的「早知擔個虛名，也就打個正經主意了」，不覺呆呆的呆看，也不接茶。

那五兒自從芳官去後，也無心進來了。後來聽見鳳姐叫他進來伏侍寶玉，竟比寶玉盼他進來的心還急。不想進來以後，見寶釵襲人一般尊貴穩重，看著心裏實在敬慕；又見寶玉瘋瘋傻傻，不似先前風致；又聽見王夫人爲女孩子們和寶玉頑笑都攆了：所以把這件事擱在心上，倒無一毫的兒女私情了。怎奈這位呆爺今晚把他當作晴雯，只管愛惜起來。◎9那五兒早已羞得兩頰紅潮，又不敢大聲說話，只得輕輕

評點

◎7.因黛玉而及晴雯，情之所同也。因晴雯而及五兒，形之所合也。（姚燮）
◎8.傻公子便有許多做作。（姚燮）
◎9.以下句句緊攏來。（姚燮）

的說道：「二爺漱口啊。」寶玉笑著接了茶在手中，也不知道漱了沒有，便笑嘻嘻的問道：「你和晴雯姐姐好不是啊？」五兒聽了摸不著頭腦，便道：「都是姐妹，也沒有什麼不好的。」寶玉又悄悄的問道：「晴雯病重了我看他去，不是你也去了麼？」五兒微微笑著點頭兒。寶玉道：「你聽見他說什麼了沒有？」五兒搖著頭兒道：「沒有。」寶玉已經忘神，便把五兒的手一拉。五兒急的紅了臉，心裏亂跳，便悄悄說道：「二爺有什麼話只管說，別拉拉扯扯的。」寶玉才放了手，說道：「他和我說來著，『早知擔了個虛名，也就打正經主意了。』你怎麼沒聽見麼？」五兒聽了這話明明是輕薄自己的意思，又不敢怎麼樣，便說道：「那是他自己沒臉，這也是我們女孩兒家說得的嗎？」寶玉著急道：「你怎麼也是這麼個道

✣ 寶玉睡在外間，專等黛玉來入夢，五兒倒茶伏侍。（張羽琳繪）

學先生！我看你長的和他一模一樣，我才肯和你說這個話，你怎麼倒拿這些話來糟蹋他！」此時五兒心中也不知寶玉是怎麼個意思，便說道：「夜深了，二爺也睡罷，別緊著坐著，看涼著。剛才奶奶和襲人姐姐怎麼囑咐了？」寶玉道：「我不涼。」說到這裏，忽然想起五兒沒穿著大衣服，就怕他也像晴雯著了涼，便說道：「你爲什麼不穿上衣服就過來！」五兒道：「爺叫的緊，那裏有盡著穿衣裳的空兒。要知道說這半天話兒時，我也穿上了。」寶玉聽了，連忙把自己蓋的一件月白綾子綿襖兒揭起來遞給五兒，叫他披上。五兒只不肯接，說：「二爺蓋著罷，我不涼。我涼我有我的衣裳。」說著，回到自己鋪邊，拉了一件長襖披上。又聽了聽，麝月睡的正濃，才慢慢過來說：「二爺今晚不是要養神呢嗎？」寶玉笑道：「實告訴你罷，什麼是養神，我倒是要遇仙的意思。」五兒聽了，越發動了疑心，便問道：「遇什麼仙？」寶玉道：「你要知道，這話長著呢。你挨著我來坐下，我告訴你。」五兒紅了臉笑道：「你在那裏躺著，我怎麼坐呢。」寶玉道：「這個何妨。那一年冷天，也是你麝月姐姐和你晴雯姐姐頑，我怕凍著他，還把他攬在被裏渥著呢。這有什麼的！大凡一個人總不要酸文假醋才好。」五兒聽了，句句都是寶玉調戲之意。那知這位呆爺卻是實心實意的話兒。五兒此時走開不好，站著不好，坐下不好，倒沒了主意了，因微微的笑著道：「你別混說了，看人家聽見這是什麼意思。怨不得人家說你專在女孩兒身上用工夫，你自己放著二奶奶和襲人姐姐都是仙人兒似的，只愛和別人胡纏。明兒再說這些話，

我回了二奶奶，看你什麼臉見人。」

正說著，只聽外面咕咚一聲，把兩個人唬了一跳。裏間寶釵咳嗽了一聲。寶玉聽見，連忙呶嘴兒。五兒也就忙忙的熄了燈悄悄的躺下了。原來寶釵襲人因昨夜不曾睡，又兼日間勞乏了一天，所以睡去，都不曾聽見他們說話。此時院中一響，早已驚醒，聽了聽，也無動靜。寶玉此時躺在床上，心裏疑惑：「莫非林妹妹來了，聽見我和五兒說話故意唬我們的？」翻來覆去，胡思亂想，五更以後才朦朧睡去。

卻說五兒被寶玉鬼混了半夜，又兼寶釵咳嗽，自己懷著鬼胎，生怕寶釵聽見了，也是思前想後，一夜無眠。次日一早起來，見寶玉尚自昏昏睡著，便輕輕的收拾了屋子。那時麝月已醒，便道：「你怎麼這麼早起來了，你難道一夜沒睡嗎？」五兒聽這話又

✣「呆寶玉認五兒作晴雯」，描繪《紅樓夢》第一百九回中的場景。寶玉對晴雯念念不忘，哪怕是從他人處多知道一點她生前的事，也更心安。清代孫溫繪《全本紅樓夢》圖冊第二十一冊之六。（清．孫溫繪）

似麝月知道了的光景，便只是訕笑，也不答言。不一時，寶釵襲人也都起來。開了門見寶玉尚睡，卻也納悶：「怎麼外邊兩夜睡得倒這般安穩？」及寶玉醒來，見衆人都起來了，自己連忙爬起，揉著眼睛，細想昨夜又不曾夢見，可是仙凡路隔了。慢慢的下了床，又想昨夜五兒說的寶釵襲人都是天仙一般，這話卻也不錯，便怔怔的瞅著寶釵。寶釵見他發怔，雖知他爲黛玉之事，卻也定不得夢不夢，只是瞅的自己倒不好意思，便道：「二爺昨夜可眞遇見仙了麼？」寶玉聽了，只道昨晚的話寶釵聽見了，笑著勉強說道：「這是那裏的話！」那五兒聽了這一句，越發心虛起來，又不好說的，只得且看寶釵的光景。只見寶釵又笑著問五兒道：「你聽見二爺睡夢中和人說話來著麼？」寶玉聽了，自己坐不住，搭訕著走開了。五兒把臉飛紅，只得含糊道：「前半夜倒說了幾句，我也沒聽眞。什麼『擔了虛名』，又什麼『沒打正經主意』，我也不懂，勸著二爺睡了。後來我也睡了，不知二爺還說來著沒有。」◎10寶釵低頭一想，「這話明是爲黛玉了。但盡著叫他在外頭，恐怕心邪了招出些花妖月姐來。況兼他的舊病原在姐妹上情重，只好設法將他的心意挪移過來，然後能免無事。」想到這裏，不免面紅耳熱起來，也就訕訕的進房梳洗去了。

且說賈母兩日高興，略吃多了些，這晚有些不受用，第二天便覺著胸口飽悶。鴛鴦等要回賈政。賈母不叫言語，說：「我這兩日嘴饞些吃多了點子，我餓一頓就好了。你們快別吵嚷。」於是鴛鴦等並沒有告訴人。

評點

◎10.作後四十回書者，其見解總不能免俗，故描摹寶玉、黛玉、妙玉諸人，不免沾涉情欲。寶玉豈以知心爲虛情，以淫事爲正經者哉？……若說寶玉悔不曾與黛玉、晴雯作過警幻所訓之事，因欲移情於五兒身上，則隔膜到萬分矣。（王希廉）

這日晚間，寶玉回到自己屋裏，見寶釵自賈母王夫人處才請了晚安回來。寶玉想著早起之事，未免赧顏抱慚。寶釵看他這樣，也曉得是個沒意思的光景，因想著：「他是個痴情人，要治他的這病，少不得仍以痴情治之。」想了一回，便問寶玉道：「你今夜還在外間睡去罷咧？」寶玉自覺沒趣，便道：「裏間外間都是一樣的。」寶釵意欲再說，反覺不好意思。襲人道：「罷呀，這倒是什麼道理呢？我不信睡得那麼安穩！」五兒聽見這話，連忙接口道：「二爺在外間睡，別的倒沒什麼，只是愛說夢話，叫人摸不著頭腦兒，又不敢駁他的回。」襲人便道：「我今日挪到床上睡睡，看說夢話不說？你們只管把二爺的鋪蓋鋪在裏間就完了。」寶釵聽了，也不作聲。寶玉自己慚愧不來，那裏還有強嘴的分兒，便依著搬進裏間來。一則寶玉負愧，欲安慰寶釵之心；二則寶釵恐寶玉思鬱成疾，不如假以詞色，使得稍覺親近，以爲移花接木之計。◎[11]於是當晚襲人果然挪出去。寶玉因心中愧悔，寶釵欲攏絡寶玉之心，自過門至今日，方才如魚得水，恩愛纏綿，◎[12]所謂二五之精妙合而凝的了。◎[13]此是後話。

* * *

且說次日寶玉寶釵同起，寶玉梳洗了先過賈母這邊來。這裏賈母因疼寶玉，又想寶釵孝順，忽然想起一件東西，便叫鴛鴦開了箱子，取出祖上所遺一個漢玉玦，雖不及寶玉他那塊玉石，掛在身上卻也稀罕。鴛鴦找出來遞與賈母，便說道：「這件東西我好像從沒見的，老太太這些年還記得這樣清楚，說是那一箱什麼匣子裏

裝著，我按著老太太的話一拿就拿出來了。老太太怎麼想著拿出來作什麼？」賈母道：「你那裏知道，這塊玉還是祖爺爺給我們老太爺，老太爺疼我，臨出嫁的時候叫了我去親手遞給我的。還說：『這玉是漢時所佩的東西，很貴重，你拿著就像見了我的一樣。』我那時還小，拿了來也不當什麼，便撩在箱子裏。到了這裏，我見咱們家的東西也多，這算得什麼，從沒帶過，一撩便撩了六十多年。今兒見寶玉這樣孝順，他又丟了一塊玉，故此想著拿出來給他，也像是祖上給我的意思。」一時寶玉請了安，賈母便喜歡道：「你過來，我給你一件東西瞧瞧。」寶玉走到床前，賈母便把那塊漢玉遞給寶玉。寶玉接來一瞧，那玉有三寸方圓，形似甜瓜，色有紅暈，甚是精緻。寶玉口口稱贊。賈母道：「你愛麼？這是我祖爺爺給我的，我傳了你罷。」寶玉笑著請了個安謝了，又拿了要送給他母親瞧。賈母道：「你太太瞧了告訴你老子，又說疼兒子不如疼孫子了。他們從沒見過。」寶玉笑著去了。寶釵等又說了幾句話，也辭了出來。

自此賈母兩日不進飲食，胸口仍是結悶，覺得頭暈目眩，咳嗽。邢王二夫人鳳姐等請安，見賈母精神尚好，不過叫人告訴賈政，立刻來請了安。賈政出來，即請大夫看脈。不多一時，大夫來診了脈，說是有年紀的人停了些飲食，感冒些風寒，略消導發散些就好了。開了方子，賈政看了，知是尋常藥品，命人煎好進服。以後賈政早晚進來請安。一連三日，不見稍減。賈政又命賈璉：「打聽好大夫，快去請來

評點

◎11.本該如是，才是夫婦之正道。（姚燮）
◎12.寶玉與寶釵自成親後，雖相恩愛，終非魚水。至此寶釵欲移花接木，方得兩情浹洽。不但寫寶釵是夜多情，且可見平日端莊。（王希廉）
◎13.言寶釵已受孕也。（姚燮）

瞧老太太的病。咱們家常請的幾個大夫，我瞧著不怎麼好，所以叫你去。」賈璉想了一想，說道：「記得那年寶兄弟病的時候，倒是請了一個不行醫的來瞧好了的，如今不如找他。」賈政道：「醫道卻是極難的，愈是不興時的大夫倒有本領。你就打發人去找來罷。」賈璉即忙答應去了，回來說道：「這劉大夫新近出城教書去了，過十來天進城一次。這時等不得，又請了一位，也就來了。」賈政聽了，只得等著。不提。

且說賈母病時，合宅女眷無日不來請安。一日，衆人都在那裏，只見看園內腰門的老婆子進來，回說：「園裏的櫳翠庵的妙師父知道老太太病了，特來請安。」衆人道：「他不常過來，今兒特地來，你們快請進來。」鳳姐走到床前回賈母。岫煙是妙玉的舊相識，先走出去接他。只見妙玉頭帶妙常髻，身上穿一件月白素綢襖兒，外罩一件水田青緞鑲邊長背心，拴著秋香色的絲縧，腰下繫一條淡墨畫的白綾裙，手執麈尾念珠，跟著一個侍兒，飄飄拽拽的走來。◎[14]岫煙見了問好，說是「在園內住的日子，可以常常來瞧瞧你。近來因爲園內人少，一個人輕易難出來，況且咱們這裏的腰門常關著，所以這些日子不得見你。今兒幸會。」妙玉道：「頭裏你們是熱鬧場中，你們雖在外園裏住，我也不便常來親近。如今知道這裏的事情也不大好，又聽說是老太太病著，又惦記你，並要瞧瞧寶姑娘。我那管你們的關不關，我要來就來，我不來你們要我來也不能啊。」岫煙笑道：「你還是那種脾氣。」一面說著，已到賈母房

✣ 妙玉。以她的才貌，堅持作個道姑非常不容易。（《紅樓夢煙標精華》杜春耕編著，北京圖書館出版社提供）

中。衆人見了都問了好。妙玉走到賈母床前問候，說了幾句套話。賈母便道：「你是個女菩薩，你瞧瞧我的病可好得了好不了？」妙玉道：「老太太這樣慈善的人，壽數正有呢。一時感冒，吃幾貼藥想來也就好了。有年紀人只要寬心些。」賈母道：「我倒不爲這些，我是極愛尋快樂的。如今這病也不覺怎樣，只是胸隔悶飽。剛才大夫說是氣惱所致。你是知道的，誰敢給我氣受，這不是那大夫脈理平常麼。我和璉兒說了，還是頭一個大夫說感冒傷食的是，明兒仍請他來。」說著，叫鴛鴦吩咐廚房裏辦一桌淨素菜來，請他在這裏便飯。妙玉道：「我已吃過午飯了，我是不吃東西的。」王夫人道：「不吃也罷，咱們多坐一會說些閑話兒罷。」妙玉道：「我久已不見你們，今兒來瞧瞧。」又說了一回話便要走，回頭見惜春站著，便問道：「四姑娘爲什麼這樣瘦？不要只管愛畫勞了心。」惜春道：「我久不畫了。如今住的房屋不比園裏的顯亮，所以沒興畫。」◎15妙玉道：「你如今住在那一所了？」◎16惜春道：「就是你才進來的那個門東邊的屋子。你要來

評點

◎14.如此打扮恐非學道之人，安得不爲強盜所劫乎？（姚燮）
◎15.結畫即是結書。（張新之）
◎16.問知惜春住房，爲異日遇盜埋根。（王希廉）

很近。」妙玉道：「我高興的時候來瞧你。」惜春等說著送了出去，回身過來，聽見丫頭們回說大夫在賈母那邊呢。眾人暫且散去。

那知賈母這病日重一日，延醫調治不效，以後又添腹瀉。賈政著急，知病難醫，即命人到衙門告假，日夜同王夫人親視湯藥。一日，見賈母略進些飲食，心裏稍寬。只見老婆子在門外探頭，王夫人叫彩雲看去，問問是誰。彩雲看了是陪迎春到孫家去的人，便道：「你來作什麼？」婆子道：「我來了半日，這裏找不著一個姐姐們，我又不敢冒撞，我心裏又急。」彩雲道：「你急什麼？又是姑爺作踐姑娘不成麼？」婆子道：「姑娘不好了。前兒鬧了一場，姑娘哭了一夜，昨日痰堵住了。他們又不請大夫，今日更利害了。」彩雲道：「老太太病著呢，別大驚小怪的。」王夫人在內已聽見了，恐老太太聽見不受用，忙叫彩雲帶他外頭說去。豈知賈母病中心

✣「賈政夫婦親侍湯藥」，描繪《紅樓夢》第一百九回中的場景。清代孫溫繪《全本紅樓夢》圖冊第二十二冊之七。（清 · 孫溫繪）

✣迎春被丈夫折磨致死。（張羽琳繪）

靜，偏偏聽見，便道：「迎丫頭要死了麼？」王夫人便道：「沒有。婆子們不知輕重，說是這兩日有些病，恐不能就好，到這裏問大夫。」賈母道：「瞧我的大夫就好，快請了去。」王夫人便叫彩雲叫這婆子去回大太太去，那婆子去了。這裏賈母便悲傷起來，說是：「我三個孫女兒，一個享盡了福死了，三丫頭遠嫁不得見面，迎丫頭雖苦，或者熬出來，不打諒他年輕輕兒的就要死了。留著我這麼大年紀的人活著作什麼！」◎17王夫人、鴛鴦等解勸了好半天。那時寶釵、李氏等不在房中，鳳姐近來有病。王夫人恐賈母生悲添病，便叫人叫了他們來陪著，自己回到房中，叫彩雲來埋怨這婆子不懂事「以後我在老太太那裏，你們有事不用來回。」丫頭們依命不言。豈知那婆子剛到邢夫人那裏，外頭的人已傳進來說：「二姑奶奶死了。」◎18邢夫人聽了，也便哭了一場。現今他父親不在家中，只得叫賈璉快去瞧看。知賈母病重，衆人都不敢回。可憐一位如花似月之女，結褵※2

註

※2：古代女子出嫁，母親把「褵」結在女兒身上。後以「結褵」用以指女子成婚。

評點

◎17.賈母垂危，迎春先死，湘雲將寡，眞如大樹一倒，人無蔭庇。（王希廉）

◎18.迎春這個不幸的少女，卻意外地不能獲得別人的同情。因爲她本身也缺乏一份濃厚的情感，她的寬宏大量，只由於她缺少情感，並不是她眞有一顆不忍的「仁心」。對於司棋的離去，讓人驚奇她會如此薄情。她日後葬身在「中山狼」的薄情中，算是命運給這位薄情的少女，一份更薄情的懲罰。（梅苑）

年餘，不料被孫家揉搓以致身亡。◎19又值賈母病篤，衆人不便離開，竟容孫家草草完結。

賈母病勢日增，只想這些好女兒。一時想起湘雲，便打發人去瞧他。回來的人悄悄的找鴛鴦，因鴛鴦在老太太身旁，王夫人等都在那裏，不便上去，到了後頭找了琥珀，告訴他道：「老太太想史姑娘，叫我們去打聽。那裏知道史姑娘哭得了不得，說是姑爺得了暴病，大夫都瞧了，說這病只怕不能好，若變了個癆病，還可捱過四五年。所以史姑娘心裏著急。又知道老太太病，只是不能過來請安，還叫我不要在老太太面前提起。倘或老太太問起來，務必托你們變個法兒回老太太才好。」琥珀聽了，咳了一聲，就也不言語了，半日說道：「你去罷。」琥珀也不便回，心裏打算告訴鴛鴦，叫他撒謊去，所以來到賈母床前，只見賈母神色大變，地下站著一屋子的人，嘁嘁的說：「瞧著是不好了。」也不敢言語了。這裏賈政悄悄的叫賈璉到身旁，向耳邊說了幾句話。賈璉輕輕的答應出去了，便傳齊了現在家的一干家人說：「老太太的事待好出來了，你們快快分頭派人辦去。頭一件先請出板※3來瞧瞧，好掛裏子。快到各處將各人的衣服量了尺寸，都開明了，便叫裁縫去作孝衣。那棚杠執事都去講定。廚房裏還該多派幾個人。」賴大等回道：「二爺，這些事不用爺費心，我們早打算好了。只是這項銀子在那裏打算？」賈璉道：「這種銀子不用打算了，老太太自己早留下了。

✣ 現代女子遇人不淑，或可自救；迎春嫁了個虎狼之輩，則只有死路一條。（張羽琳繪）

剛才老爺的主意只要辦的好，我想外面也要好看。」賴大等答應，派人分頭辦去。

賈璉復回到自己房中，便問平兒：「你奶奶今兒怎麼樣？」平兒把嘴往裏一努說：「你瞧去。」賈璉進內，見鳳姐正要穿衣，一時動不得，暫且靠在炕桌兒上。賈璉道：「你只怕養不住了。老太太的事今兒明兒就要出來了，你還脫得過麼？快叫人將屋裏收拾收拾就該扎掙上去了。若有了事，你我還能回來麼？」鳳姐道：「咱們這裏還有什麼收拾的，不過就是這點子東西，還怕什麼！你先去罷，看老爺叫你。我換件衣裳就來。」

賈璉先回到賈母房裏，向賈政悄悄的回道：「諸事已交派明白了。」賈政點頭。外面又報太醫進來了，賈璉接入，又診了一回，出來悄悄的告訴賈璉：「老太太的脈氣不好，防著些。」賈璉會意，與王夫人等說知。王夫人即忙使眼色叫鴛鴦過來，叫他把老太太的裝裹衣服預備出來。鴛鴦自去料理。賈母睜眼要茶喝，邢夫人便進了一杯參湯。賈母剛用嘴接著喝，便道：「不要這個，倒一鍾茶來我喝。」衆人不敢違拗，即忙送上來，一口喝了，還要，又喝一口，便說：「我要坐起來。」賈政等道：「老太太要什麼只管說，可以不必坐起來才好。」賈母道：「我喝了口水，心裏好些，略靠著和你們說說話。」珍珠等用手輕輕的扶起，看見賈母這回精神好些。未知生死，下回分解。

註

※3：板即爲棺木。

評點

◎19.迎春這一金釵的悲劇意義，是說即如迎春之「侯門艷質」，因其柔順，便被人狼吞噬，然則普通人家女兒，遇人不淑，其命運可想而知。（皮述民）

# 第一百十回

## 史太君壽終歸地府　王鳳姐力詘失人心

卻說賈母坐起說道：「我到你們家已經六十多年了，從年輕的時候到老來，福也享盡了。自你們老爺起，兒子孫子也都算是好的了。就是寶玉呢，我疼了他一場。」說到那裏，拿眼滿地下瞅著。王夫人便推寶玉走到床前。賈母從被窩裏伸出手來拉著寶玉道：「我的兒，你要爭氣才好！」寶玉嘴裏答應，心裏一酸，那眼淚便要流下來，又不敢哭，只得站著，聽賈母說道：「我想再見一個重孫子我就安心了。我的蘭兒在那裏呢？」李紈也推賈蘭上去。賈母放了寶玉，拉著賈蘭道：「你母親是要孝順的，將來你成了人，也叫你母親風光風光。鳳丫頭呢？」鳳姐本來站在賈母旁邊，趕忙走到眼前說：「在這裏呢。」賈母道：「我的兒，你是太聰明了，將來修修福罷。我也沒有修什麼，不過心實吃虧，◎1那些吃齋念佛

✣《增評補圖石頭記》第一百十回繪畫。（fotoe提供）

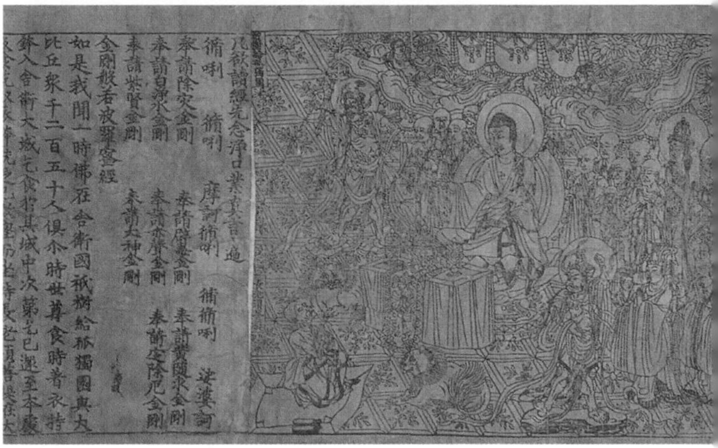

✣ 858年印刷的《金剛經》卷首圖畫，描繪佛陀與弟子須菩提交談的場景。《金剛經》，全稱《能斷金剛般若波羅蜜經》，是中國禪宗南宗的立宗典據。（fotoe提供）

的事我也不大幹，就是舊年叫人寫了些《金剛經》送送人，不知送完了沒有？」鳳姐道：「沒有呢。」賈母道：「早該施捨完了才好。我們大老爺和珍兒是在外頭樂了，最可惡的是史丫頭沒良心，怎麼總不來瞧我。」鴛鴦等明知其故，都不言語。賈母又瞧了一瞧寶釵，嘆了口氣，只見臉上發紅。賈政知是迴光返照，即忙進上參湯。◎2賈母的牙關已經緊了，合了一回眼，又睜著滿屋裏瞧了一瞧。王夫人寶釵上去輕輕扶著，邢夫人鳳姐等便忙穿衣。地下婆子們已將床安設停當，鋪了被褥，聽見賈母喉間略一響動，臉變笑容，竟是去了，◎3享年八十三歲。◎4眾婆子疾忙停床。

於是賈政等在外一邊跪著，邢夫人等在內一邊跪著，一齊舉起哀來。外面家人各樣預備齊全，只聽裏頭信兒一傳出來，從榮府大門起至內宅門扇扇大開，一色淨白紙糊了，孝棚高起，大門前的牌樓立時豎起，上下人等登時成服。賈政

評點

◎1.「心實吃虧」四字，是修福延壽眞訣。王鳳姐與此四字相反，所以無福無壽。（王希廉）

◎2.賈政爲榮府之主人翁，裝成一派道學有爲的好好先生作風。實際是假正。實際賈政上不能孝敬母親，致使年高母親憂憤而死。下不能管訓妻子，致使趙姨娘所作非人，使賈環壞中透壞。中不能規訓侄孫，致使胡作妄爲。外不能勝任朝廷付託之重，致使政聲敗壞。內不能管理家務，致使家庭敗落不堪。更加上僕貪奴詐，造成賈府烏煙瘴氣。有愧祖先，難見兒孫。顯露出完全是庸碌無才，成爲不忠不孝。所以曹雪芹命他字爲存周，乃「存粥」之意，混飯吃罷了。（袁維冠）

◎3.心滿意足，殊無掛礙。（姚燮）

◎4.太君死無遺憾，故臉變笑容而去，然太君死後，家運益衰，寶玉且作和尚，負祖宗期望之心矣，可勝嘆哉！（東觀閣主人）

報了丁憂※1。禮部奏聞，主上深仁厚澤，念及世代功勛，又係元妃祖母，賞銀一千兩，諭禮部主祭。家人們各處報喪。衆親友雖知賈家勢敗，今見聖恩隆重，都來探喪。擇了吉時成殮，停靈正寢。賈赦不在家，賈政爲長，寶玉、賈環、賈蘭是親孫，年紀又小，都應守靈。賈璉雖也是親孫，帶著賈蓉尚可分派家人辦事。雖請了些男女外親來照應，內裏邢王二夫人、李紈、鳳姐、寶釵等是應靈旁哭泣的；尤氏雖可照應，他賈珍外出依住榮府，一向總不上前，且又榮府的事不甚諳練。賈蓉的媳婦更不必說了。惜春年小，雖在這裏長的，他於家事全不知道。所以內裏竟無一人支持，只有鳳姐可以照管裏頭的事，況又賈璉在外作主，裏外他二人倒也相宜。

鳳姐先前仗著自己的才幹，原打諒老太太死了他大有一番作用。邢王二夫人等本知他曾辦過秦氏的事，必是妥當，於是仍叫鳳姐總理裏頭的

✣「史太君壽終歸地府」，描繪《紅樓夢》第一百十回中的場景，賈府的精神支柱已然倒場。清代孫溫繪《全本紅樓夢》圖冊第二十二冊之八。（清・孫溫繪）

✣ 李紈。在丈夫死後，賈蘭成為她人生價值的最大體現。（《紅樓夢煙標精華》杜春耕編著，北京圖書館出版社提供）

事。鳳姐本不應辭，自然應了，心想：「這裏的事本是我管的，那些家人更是我手下的人，太太和珍大嫂子的人本來難使喚些。如今他們都去了。銀項雖沒有了對牌，這宗銀子是現成的。外頭的事又是他辦著。雖說我現今身子不好，想來也不致落褒貶，必是比寧府裏還得辦些。」◎5心下已定，且待明日接了三，後日一早便叫周瑞家的傳出話去，將花名冊取上來。鳳姐一一的瞧了，統共只有男僕二十一人，女僕只有十九人，餘者俱是些丫頭，連各房算上，也不過三十多人，◎6難以點派差使。心裏想道：「這回老太太的事倒沒有東府裏的人多。」又將莊上的弄出幾個，也不敷差遣。

正在思算，只見一個小丫頭過來說：「鴛鴦姐姐請奶奶。」鳳姐只得過去。只見鴛鴦哭得淚人一般，一把拉著鳳姐兒說道：「二奶奶請坐，我給二奶奶磕個頭。雖說服中不行禮，這個頭是要磕的。」鴛鴦說著跪下，慌的鳳姐趕忙拉住，說道：「這是什麼禮，有話好好的說。」鴛鴦跪著，鳳姐便拉起來。鴛鴦說道：「老太太的事一應

註

※1：指遭父母之喪。

評點

◎5.先作反筆。（黃小田）
◎6.家破人亡之速如是。（姚燮）

內外都是二爺和二奶奶辦，這宗銀子是老太太留下的。老太太這一輩子也沒有糟蹋過什麼銀錢，如今臨了這件大事，必得求二奶奶體體面面的辦一辦才好。我方才聽見老爺說什麼詩云子曰，我不懂；又說什麼『喪與其易，寧戚』，我聽了不明白。我問寶二奶奶，說是老爺的意思老太太的喪事只要悲切才是眞孝，不必糜費圖好看的念頭。我想老太太這樣一個人，怎麼不該體面些！我雖是奴才丫頭，敢說什麼，只是老太太疼二奶奶和我這一場，臨死了還不叫他風光風光！我想二奶奶是能辦大事的，故此我請二奶奶來求作個主。我生是跟老太太的人，老太太死了我也是跟老太太的，若是瞧不見老太太的事怎麼辦，將來怎麼見老太太呢！」鳳姐聽了這話來的古怪，便說：「你放心，要體面是不難的。況且老爺雖說要省，那勢派也錯不得。便拿這項銀子都花在老太太身上，也是該當的。」鴛鴦道：「老太太的遺言說，所有剩下的東西是給我們的，二奶奶倘或用著不夠，只管拿這個去折變補上。就是老爺說什麼，我也不好違老太太的遺言。那日老太太分派的時候不是老爺在這裏聽見的麼？」鳳姐道：「你素來最明白的，怎麼這會子那樣的著急起來了。」鴛鴦道：「不是我著急，爲的是大太太是不管事的，老爺是怕招搖的，若是二奶奶心裏也是老爺的

✣ 賈母逝世，家人舉哀，僧人作法事。（張羽琳繪）

想頭，說抄過家的人家喪事還是這麼好，將來又要抄起來，也就不顧起老太太來，怎麼處！在我呢是個丫頭，好歹礙不著，到底是這裏的聲名。」鳳姐道：「我知道了，你只管放心，有我呢！」鴛鴦千恩萬謝的托了鳳姐。◎7

那鳳姐出來想道：「鴛鴦這東西好古怪，不知打了什麼主意，論理老太太身上本該體面些。噯，不要管他，且按著咱們家先前的樣子辦去。」於是叫了旺兒家的來把話傳出去請二爺進來。不多時，賈璉進來，說道：「怎麼找我？你在裏頭照應著些就是了。橫豎作主是咱們二老爺，他說怎麼著咱們就怎麼著。」鳳姐道：「你也說起這個話來了，可不是鴛鴦說的話應驗了麼。」賈璉道：「什麼鴛鴦的話？」鳳姐便將鴛鴦請進去的話述了一遍。賈璉道：「他們的話算什麼。才剛二老爺叫我去，說老太太的事固要認眞辦理，但是知道的呢，說是老太太自己結果自己，不知道的只說咱們都隱匿起來了，如今很寬裕。老太太的這種銀子用不了誰還要麼，仍舊該用在老太太身上。老太太是在南邊的墳地雖有，陰宅卻沒有。老太太的柩是要歸到南邊去的，留這銀子在祖墳上蓋起些房屋來，再餘下的置買幾頃祭田。咱們回去也好，就是不回去，也叫這些貧窮族中住著，也好按時按節早晚上香，時常祭掃祭掃。你想這些話可不是正經主意？據你這個話，難道都花了罷？」鳳姐道：「銀子發出來了沒有？」賈璉道：「誰見過銀子！我聽見咱們太太聽見了二老爺的話，極力的攛掇二太太和二老爺，說這是好主意。叫我怎麼著！現在外頭棚扛上要支幾百銀子，這會子還沒有發出

評點

◎7．鴛鴦代賈媼主觴政，無語不趣，的是可兒。然招賈赦之賞識者，殊不在此。（二知道人）

來。我要去，他們都說有，先叫外頭辦了回來再算。你想這些奴才們有錢的早溜了，按著冊子叫去，有的說告病，有的說下莊子去了。走不動的有幾個，只有賺錢的能耐，還有賠錢的本事麼！」鳳姐聽了，呆了半天，說道：「這還辦什麼！」

正說著，見來了一個丫頭說：「大太太的話問二奶奶，今兒第三天了，裏頭還很亂，供了飯還叫親戚們等著嗎？叫了半天，來了菜，短了飯，這是什麼辦事的道理！」鳳姐急忙進去，吆喝人來伺候，胡弄著將早飯打發了。偏偏那日人來的多，裏頭的人都死眉瞪眼的。鳳姐只得在那裏照料了一會子，又惦記著派人，趕著出來叫了旺兒家的傳齊了家人女人們，一一分派了。衆人都答應著不動。鳳姐道：「什麼時候，還不供飯！」衆人道：「傳飯是容易的，只要將裏頭的東西發出來，我們才好照管去。」鳳姐道：「糊塗東西，派定了你們少不得有的。」衆人只得勉強應著。鳳姐即往上房取發應用之物，要去請示邢王二夫人，見人多難說，看那時候已經日漸平西了，只得找了鴛鴦，說要老太太存的這一分傢伙。鴛鴦道：「你還問我呢，那一年二爺當了贖了來了麼！」鳳姐道：「不用銀的金的，只要這一分平常使的。」鴛鴦道：「大太太珍大奶奶屋裏使的是那裏來的！」鳳姐一想不差，轉身就走，只得到王夫人那邊找了玉釧彩雲，才拿了一分出來，急忙叫彩明登賬，發與衆人收管。

鴛鴦見鳳姐這樣慌張，又不好叫他回來，心想：「他頭裏作事何等爽利周到，如今怎麼掣肘※2的這個樣兒。我看這兩三天連一點頭腦都沒有，不是老太太白疼了他了

嗎！」那裏知邢夫人一聽賈政的話，正合著將來家計艱難的心，巴不得留一點子作個收局。況且老太太的事原是長房作主，賈赦雖不在家，賈政又是拘泥的人，有件事便說請大奶奶的主意。邢夫人素知鳳姐手腳大，賈璉的鬧鬼，所以死拿住不放鬆。鴛鴦只道已將這項銀兩交了出去了，故見鳳姐掣肘如此，便疑爲不肯用心，便在賈母靈前嘮嘮叨叨哭個不了。邢夫人等聽了話中有話，不想到自己不令鳳姐便宜行事，反說鳳丫頭果然有些不用心。王夫人到了晚上叫了鳳姐過來說：「咱們家雖說不濟，外頭的體面是要的。這兩三日人來人往，我瞧著那些人都照應不到，想是你沒有吩咐。還得你替我們操點心兒才好。」鳳姐聽了，呆了一會，要將銀兩不湊手的話說出，但是銀錢是外頭管的，王夫人說的是照應不到，鳳姐也不敢辯，只好不言語。邢夫人在旁說道：「論理該是我們作媳婦的操心，本不是孫子媳婦的事。但是我們動不得身，所以托你的，你是打不得撒手的。」鳳姐紫漲了臉，正要回說，只聽外頭鼓樂一奏，是燒黃昏紙的時候了，大家舉起哀來，又不得說。鳳姐原想回來再說，王夫人催他出去料理，說道：「這裏有我們的，你快快兒的去料理明兒的事罷。」

鳳姐不敢再言，只得含悲忍泣的出來，又叫人傳齊了眾人，又吩咐了一會，說：「大娘嬸子們可憐我罷！我上頭捱了好些說，爲的是你們不齊截，叫人笑話。明兒你們豁出些辛苦來罷。」◎8那些人回道：「奶奶辦事不是今兒個一遭兒了，我們敢違拗

註

※2：對別人作事從旁牽制阻梗。

評點

◎8.此回當與秦氏之喪對看，一熱焰熏天，一繁華掃地。（黃小田）

嗎？只是這回的事上頭過於累贅。只說打發這頓飯罷，有的在這裏吃，有的要在家裏吃，請了那位太太，又是那位奶奶不來。諸如此類，那得齊全。還求奶奶勸勸那些姑娘們不要挑飭就好了。」鳳姐道：「頭一層是老太太的丫頭們是難纏的，太太們的也難說話，叫我說誰去呢。」衆人道：「從前奶奶在東府裏還是署事，要打要罵，怎麼這樣鋒利。誰敢不依。如今這些姑娘們都壓不住了？」鳳姐嘆道：「東府裏的事雖說托辦的，太太雖在那裏，不好意思說什麼。如今是自己的事情，又是公中的，人人說得話。再者外頭的銀錢也叫不靈，即如棚裏要一件東西，傳了出來總不見拿進來，這叫我什麼法兒呢？」衆人道：「二爺在外頭倒怕不應付麼？」鳳姐道：「還提那個，他也是那裏爲難。第一件銀錢不在他手裏，要一件得回一件，那裏湊手。」衆人道：「老太太這項銀子不在二爺手裏嗎？」鳳姐道：「你們回來問管事的便知道了。」衆人道：「怨不得我們聽見外頭男人抱怨說：『這麼件大事，咱們一點摸不著，淨當苦差！』叫人怎麼能齊心呢？」鳳姐道：「如今不用說了，眼面前的事大家留些神罷。倘或鬧的上頭有了什麼說的，我和你們不依的。」衆人道：「奶奶要怎麼樣他們敢抱怨嗎，

❖ 鳳姐失了人心，手上又沒錢，只能懇求下人盡力辦事。（張羽琳繪）

只是上頭一人一個主意，我們實在難周到的。」鳳姐聽了沒法，只得央說道：「好大娘們！明兒且幫我一天，等我把姑娘們鬧明白了再說罷咧。」衆人聽命而去。

鳳姐一肚子的委曲，愈想愈氣，直到天亮又得上去。要把各處的人整理整理，又恐邢夫人生氣；要和王夫人說，怎奈邢夫人挑唆。這些丫頭們見邢夫人等不助著鳳姐的威風，更加作踐起他來。幸得平兒替鳳姐排解，說是「二奶奶巴不得要好，只是老爺太太們吩咐了外頭，不許糜費，所以我們二奶奶不能應付到了。」說過幾次才得安靜些。雖說僧經道懺，上祭掛帳，絡繹不絕，終是銀錢吝嗇，誰肯踴躍，不過草草了事。連日王妃誥命也來的不少，鳳姐也不能上去照應，只好在底下張羅，叫了那個，走了這個，發一回急，央及一會，胡弄過了一起，又打發一起。別說鴛鴦等看去不像樣，連鳳姐自己心裏也過不去了。

邢夫人雖說是冢婦※3，仗著「悲戚爲孝」四個字，倒也都不理會。王夫人落得跟了邢夫人行事，餘者更不必說了。獨有李紈瞧出鳳姐的苦處，也不敢替他說話，只自嘆道：「俗語說的，『牡丹雖好，全仗綠葉扶持』，太太們不虧了鳳丫頭，那些人還幫著嗎！若是三姑娘在家還好，如今只有他幾個自己的人瞎張羅，面前背後的也抱怨說是一個錢摸不著，臉面也不能剩一點兒。老爺是一味的盡孝，庶務上頭不大明白。這樣的一件大事，不撒散幾個錢就辦的開了嗎！可憐鳳丫頭鬧了幾年，不想在老

註

※3：嫡長子之妻。

太太的事上，只怕保不住臉了。」於是抽空兒叫了他的人來吩咐道：「你們別看著人家的樣兒，也糟蹋起璉二奶奶來。◎9別打諒什麼穿孝守靈就算了大事了，不過混過幾天就是了。看見那些人張羅不開，便插個手兒也未爲不可。這也是公事，大家都該出力的。」那些素服李紈的人都答應著說：「大奶奶說得很是。我們也不敢那麼著，只聽見鴛鴦姐姐們的口話兒好像怪璉二奶奶的似的。」李紈道：「就是鴛鴦我也告訴過他，我說璉二奶奶並不是在老太太的事上不用心，只是銀子錢都不在他手裏，叫他巧媳婦還作的上沒米的粥來嗎？如今鴛鴦也知道了，所以他不怪他了。只是鴛鴦的樣子竟是不像從前了，這也奇怪，那時候有老太太疼他倒沒有作過什麼威福，如今老太太死了，沒有了仗腰子的了，我看他倒有些氣質不大好了。我先前替他愁，這會子幸喜大老爺不在家才躲過去了，◎10不然他有什麼法兒。」

說著，只見賈蘭走來說：「媽媽睡罷，一天到晚人來客去的也乏了，歇歇罷。我這幾天總沒有摸摸書本兒，今兒爺爺叫我家裏睡，我喜歡的很，要理個一兩本書才好。別等脫了孝再都忘了。」李紈道：「好孩子，看書呢自然是好的。今兒且歇歇罷，等老太太送了殯再看罷。」賈蘭道：「媽媽要睡，我也就睡在被窩裏頭想想也罷了。」眾人聽了都誇道：「好哥兒，怎麼這點年紀得了空兒就想到書上！不像寶二爺娶了親的人還是那麼孩子氣，這幾日跟著老爺跪著，瞧他很不受用，巴不得老爺一動身就跑過來找二奶奶，不知唧唧咕咕的說些什麼，甚至弄的二奶奶都不理他了。他又

去找琴姑娘，琴姑娘也遠避他。邢姑娘也不很同他說話。倒是咱們本家的什麼喜姑娘咧四姑娘咧，哥哥長哥哥短的和他親蜜。我們看那寶二爺除了和奶奶姑娘們混混，只怕他心裏也沒有別的事，◎11白過費了老太太的心，疼了他這麼大，那裏及蘭哥兒一零兒呢。大奶奶，你將來是不愁的了。」李紈道：「就好也還小，只怕到他大了，咱們家還不知怎麼樣了呢！環哥兒你們瞧著怎麼樣？」衆人道：「這一個更不像樣兒了！兩個眼睛倒像個活猴兒似的，東溜溜，西看看，雖在那裏嚎喪，見了奶奶姑娘們來了，他在孝幔子裏頭淨偷著眼兒瞧人呢。」李紈道：「他的年紀其實也不小了。前日聽見說還要給他說親呢，如今又得等著了。嗳，還有一件事——咱們家這些人，我看來也是說不清的，且不必說閑話，——後日送殯各房的車輛是怎麼樣了？」衆人道：「璉二奶奶這幾天鬧的像失魂落魄的樣兒了，也沒見傳出去。昨兒聽見我的男人說，璉二爺派了薔二爺料理，說是咱們家的車也不夠，趕車的也少，要到親戚家去借去呢。」李紈笑道：「車也都是借得的麼？」衆人道：「奶奶說笑話兒了，車怎麼借不得？只是那一日所有的親戚都用車，只怕難借，想來還得僱呢。」李紈道：「底下人的只得僱，上頭白車※4也有僱的麼？」衆人道：「現在大太太東府裏的大奶奶小蓉奶奶都沒有車了，不僱那裏來的呢？」李紈聽了嘆息道：「先前見有咱們家兒的太太、奶奶們坐了僱的車來咱們都笑話，如今輪到自己頭上了。◎12你明兒去告訴你的男人，

註

※4：送喪的車。

評點

◎9.李紈獨憐鳳姐，竟與眾人不同，宜其有賈蘭之佳兒也。（王希廉）
◎10.直追尷尬人作殉主之因。（張新之）
◎11.此等脾氣，一日不作和尚，是一日不改過的。（姚燮）
◎12.借此時之冷落形容昔日之富豪，一筆之中，兩面俱到。（王希廉）

我們的車馬早早兒的預備好了，省得擠。」衆人答應了出去。不提。

且說史湘雲因他女婿病著，賈母死後只來的一次，屈指算是後日送殯，不能不去。又見他女婿的病已成癆症，暫且不妨，只得坐夜前一日過來。想起賈母素日疼他；又想到自己命苦，剛配了一個才貌雙全的男人，性情又好，偏偏的得了冤孽症候，不過捱日子罷了。於是更加悲痛，直哭了半夜。鴛鴦等再三勸慰不止。寶玉瞅著也不勝悲傷，又不好上前去勸，見他淡妝素服，不敷脂粉，更比未出嫁的時候猶勝幾分。轉念又看寶琴等淡素裝飾，自有一種天生丰韻。獨有寶釵渾身孝服，那知道比尋常穿顏色時更有一番雅致。心裏想道：「所以千紅萬紫終讓梅花爲魁，殊不知並非爲梅花開的早，竟是『潔白清香』四字是不可及的了。但只這時候若有林妹妹也是這樣打扮，又不知怎樣的丰韻了！」想到這裏，不覺的心酸起來，那淚珠便直滾滾的下來了，趁著賈母的事，不妨放聲大哭。衆人正勸湘雲不止，外間又添出一個哭的來了。大家只道是想著賈母疼他的好處，所以傷悲，豈知他們兩個人各自有各自的心事。這場大哭，不禁滿屋的人無不下淚。還是薛姨媽李嬸娘等勸住。

明日是坐夜之期，更加熱鬧。鳳姐這日竟支撐不住，也無方法，只得用盡心力，甚至咽喉嚷破敷衍過了半日。到了下半天，人客更多了，事情也更繁了，瞻前不能顧後。正在著急，只見一個小丫頭跑來說：「二奶奶在這裏呢，怪不得大太太說，裏頭人多照應不過來，二奶奶是躲著受用去了。」鳳姐聽了這話，一口氣撞上來，往下一咽，眼淚直流，只覺得眼前一黑，嗓子裏一甜，便噴出鮮紅的血來，身子站不住，就蹲倒在地。幸虧平兒急忙過來扶住。只見鳳姐的血吐個不住。未知性命如何，下回分解。

✣《踏雪尋梅圖》，黃均（1775年～1850年）繪。清淨的世界更能襯托出美人。在《紅樓》諸豔裏，薛寶琴的美貌和才情都十分突出。（黃均繪）

# 第一百十一回

## 鴛鴦女殉主登太虛　狗彘奴欺天招夥盜

話說鳳姐聽了小丫頭的話，又氣又急又傷心，不覺吐了一口血，便昏暈過去，坐在地下。平兒急來靠著，忙叫了人來攙扶著，慢慢的送到自己房中，將鳳姐輕輕的安放在炕上，立刻叫小紅斟上一杯開水送到鳳姐唇邊。鳳姐呷了一口，昏迷仍睡。秋桐過來略瞧了一瞧，卻便走開，平兒也不叫他。只見豐兒在旁站著，平兒叫他快快的去回明白了二奶奶吐血發暈不能照應的話，告訴了邢王二夫人。邢夫人打諒鳳姐推病藏躲，因這時女親在內不少，也不好說別的，心裏卻不全信，只說：「叫他歇著去罷。」眾人也並無言語。只說這晚人客來往不絕，幸得幾個內親照應。家下人等見鳳姐不在，也有偷閑歇力的，亂亂吵吵，已鬧的七顛八倒，不成事體了。

到二更多天遠客去後，便預備辭靈※1。孝幕

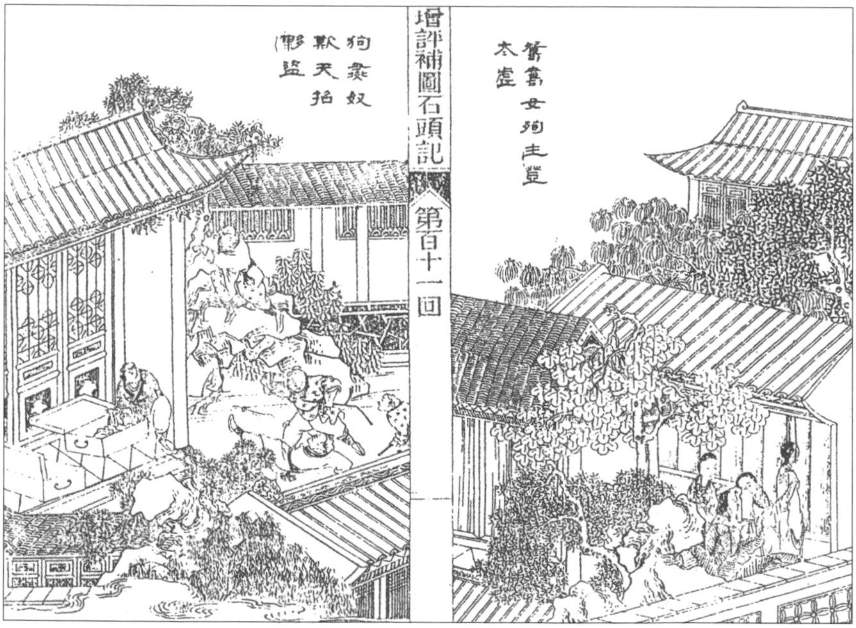


✣《增評補圖石頭記》第一百十一回繪畫。（fotoe提供）

內的女眷大家都哭了一陣。只見鴛鴦已哭的昏暈過去了，大家扶住捶鬧了一陣才醒過來，便說「老太太疼我一場我跟了去」的話。衆人都打諒人到悲哭俱有這些言語，也不理會。到了辭靈之時，上上下下也有百十餘人，只鴛鴦不在。衆人忙亂之時，誰去撿點。到了琥珀等一干的人哭奠之時，卻不見鴛鴦，想來是他哭乏了，暫在別處歇著，也不言語。辭靈以後，外頭賈政叫了賈璉問明送殯的事，便商量著派人看家。賈璉回說：「上人裏頭派了芸兒在家照應，不必送殯；下人裏頭派了林之孝的一家子照應拆棚等事。但不知裏頭派誰看家？」賈政道：「聽見你母親說是你媳婦病了不能去，就叫他在家的。你珍大嫂子又說你媳婦病得利害，還叫四丫頭陪著，帶領了幾個丫頭婆子照看上屋裏才好。」賈璉聽了，心想：「珍大嫂子與四丫頭兩個不合，所以攛掇著不叫他去，若是上頭就是他照應，也是不中用的。我們那一個又病著，也難照應。」想了一回，回賈政道：「老爺且歇歇兒，等進去商量定了再回。」賈政點了點頭，賈璉便進去了。

誰知此時鴛鴦哭了一場，想到：「自己跟著老太太一輩子，身子也沒有著落。如今大老爺雖不在家，大太太的這樣行爲我也瞧不上。老爺是不管事的人，以後便亂世爲王起來了，我們這些人不是要叫他們掇弄了麼？誰收在屋子裏，誰配小子，我是受不得這樣折磨的，倒不如死了乾淨。但是一時怎麼樣的個死法呢？」一面想，一面走

註

※1：出殯之前，親友向靈柩行禮。

回老太太的套間屋內。剛跨進門，只見燈光慘淡，隱隱有個女人拿著汗巾子好似要上吊的樣子。◎1鴛鴦也不驚怕，心裏想道：「這一個是誰？和我的心事一樣，倒比我走在頭裏了。」便問道：「你是誰？咱們兩個人是一樣的心，要死一塊兒死。」那個人也不答言。鴛鴦走到跟前一看，並不是這屋子的丫頭，仔細一看，覺得冷氣侵人時就不見了。鴛鴦呆了一呆，退出在炕沿上坐下，細細一想道：「哦，是了，這是東府裏的小蓉大奶奶啊！他早死了的了，怎麼到這裏來？必是來叫我來了。他怎麼又上吊呢？」◎2想了一想道：「是了，必是教給我死的法兒。」鴛鴦這麼一想，邪侵入骨，便站起來，一面哭，一面開了妝匣，取出那年絞的一綹頭髮，揣在懷裏，就在身上解下一條汗巾，按著秦氏方才比的地方拴上。自己又哭了一回，聽見外頭人客散去，恐有人進來，急忙關上屋門，然後端了一個腳凳自己站上，把汗巾拴上扣兒套在咽喉，便把腳凳蹬開。可憐咽喉氣絕，香魂出竅。正無投奔，只見秦氏隱隱在前，鴛鴦的魂魄疾忙趕上說道：「蓉大奶奶，你等等我。」那個人道：「我並不是什麼蓉大奶奶，乃警幻之妹可卿是也。」◎3鴛鴦道：「你明明是蓉大奶奶，怎麼說不是呢？」那人道：「這也有個原故，待我告訴你，你自然明白了。我在警幻宮中原是個鍾情的首座，管的是風情月債，降臨塵世，自當為第一情人，引

✣ 鴛鴦怕落入賈赦的手心，自縊殉主。
（朱寶榮繪）

這些痴情怨女早早歸入情司，所以該當懸梁自盡的。◎4因我看破凡情，超出情海，歸入情天，所以太虛幻境痴情一司竟自無人掌管。今警幻仙子已經將你補入，替我掌管此司，所以命我來引你前去的。」鴛鴦的魂道：「我是個最無情的，怎麼算我是個有情的人呢？」那人道：「你還不知道呢。世人都把那淫欲之事當作『情』字，所以作出傷風敗化的事來，還自謂風月多情，無關緊要。不知『情』之一字，喜怒哀樂未發之時便是個性，喜怒哀樂已發便是情了。◎5至於你我這個情，正是未發之情，◎6就如那花的含苞一樣，欲待發泄出來，這情就不爲眞情了。」◎7鴛鴦的魂聽了點頭會意，便跟了秦氏可卿而去。

這裏琥珀辭了靈，聽邢王二夫人分派看家的人，想著去問鴛鴦明日怎樣坐車的，便在賈母的外間屋裏找了一遍不見，便找到套間裏頭。剛到門口，見門兒掩著，從門縫裏望裏看時，只見燈光半明不滅的，影影綽綽，心裏害怕，又不聽見屋裏有什麼動靜，便走回來說道：「這蹄子跑到那裏去了？」劈頭見了珍珠，說：「你見鴛鴦姐姐來著沒有？」珍珠道：「我也找他，太太們等他說話呢。必在套間裏睡著了。」琥珀道：「我瞧了，屋裏沒有。那燈也沒人夾

✣ 性烈如火、素有心胸頭腦的鴛鴦，堅拒賈赦，似乎斷絕了她這樣地位的女人一條最好的出路，但她短暫的生命，強過太多活了一輩子而糊里糊塗的女人。（張羽琳繪）

評點

◎1秦氏自縊，此處方明。（陳其泰）
◎2.怎麼又上吊？以兼美證鴛鴦呢耶？以鴛鴦證兼美耶？（張新之）
◎3.一語喝破。（黃小田）
◎4.讀《紅樓》者謂秦氏之亡係自縊，當從此句看出。（劉履芬）
◎5.此數語卻是作書本旨，但不應出諸可卿之口。（陳其泰）
◎6.可卿之情，安得云「未發」？（陳其泰）
◎7.《紅樓夢》全部之意。（陳其泰）

蠟花兒，漆黑怪怕的，我沒進去。如今咱們一塊兒進去瞧，看有沒有。」琥珀等進去正夾蠟花，珍珠說：「誰把腳凳撂在這裏，幾乎絆我一跤。」說著往上一瞧，唬的噯喲一聲，身子往後一仰，咕咚的栽在琥珀身上。琥珀也看見了，便大嚷起來，只是兩隻腳挪不動。

外頭的人也都聽見了，跑進來一瞧，大家嚷著報與邢王二夫人知道。王夫人寶釵等聽了，都哭著去瞧。邢夫人道：「我不料鴛鴦倒有這樣志氣，快叫人去告訴老爺。」◎8只有寶玉聽見此信，便唬的雙眼直豎。襲人等慌忙扶著，說道：「你要哭就哭，別憋著氣。」寶玉死命的才哭出來了，◎9心想「鴛鴦這樣一個人偏又這樣死法」又想，「實在天地間的靈氣獨鍾在這些女子身上了。他算得了死所，我們究竟是一件濁物，還是老太太的兒孫，誰能趕得上他。」復又喜歡起來。那時寶釵聽見寶玉大哭，也出來了，及到跟前，見他又笑。襲人等忙說：「不好了，又要瘋了。」寶釵道：「不妨事，他有他的意思。」寶玉聽了，更喜歡寶釵的話，「倒是他還知道我的心，別人那裏知道。」正在胡思亂想，賈政等進來，著實的嗟嘆著，說道：「好孩子，不枉老太太疼他一場！」即命賈璉出去吩咐人連夜買棺盛殮，「明日便跟著老太太的殯送出，也停在老太太棺後，全了他的心志。」◎10賈璉答應出去。這裏命人將鴛鴦放下，停放裏間屋內。平兒也知道了，過

✣ 珍珠，賈母身邊的丫鬟。（《紅樓夢煙標精華》杜春耕編著，北京圖書館出版社提供）

來同襲人鶯兒等一干人都哭的哀哀欲絕。內中紫鵑也想起自己終身一無著落，「恨不跟了林姑娘去，又全了主僕的恩義，又得了死所。如今空懸在寶玉屋內，雖說寶玉仍是柔情蜜意，究竟算不得什麼。」於是更哭得哀切。

王夫人即傳了鴛鴦的嫂子進來，叫他看著入殮。遂與邢夫人商量了，在老太太項內賞了他嫂子一百兩銀子，還說等閑了將鴛鴦所有的東西俱賞他們。他嫂子磕了頭出去，反喜歡說：「眞眞的我們姑娘是個有志氣的，有造化的，又得了好名聲，又得了好發送※2。」旁邊一個婆子說道：「罷呀嫂子，這會子你把一個活姑娘賣了一百銀子便這麼喜歡了，那時候兒給了大老爺，你還不知得多少銀錢呢，你該更得意了。」一句話戳了他嫂子的心，便紅了臉走開了。剛走到二門上，見林之孝帶了人抬進棺材來了，他只得也跟進去幫著盛殮，假意哭嚎了幾聲。賈政因他爲賈母而死，要了香來上了三炷，作了一個揖，說：「他是殉葬的人，不可作丫頭論。你們小一輩都該行個禮。」◎11寶玉聽了，喜不自勝，走上來恭恭敬敬磕了幾個頭。賈璉想他素日的好處，也要上來行禮，被邢夫人說道：「有了一個爺們便罷了，不要折受他不得超生。」賈璉就不便過來了。寶釵聽了，心中好不自在，便說道：「我原不該給他行禮，但只老太太去世，咱們都有未了之事，不敢胡爲，他肯替咱們盡孝，咱們也該托托他好好的替咱們伏侍老太太西去，也少盡一點子心哪。」說著扶了鶯兒走到靈前，一面奠酒，

註

※2：送喪葬、辦喪事。

評點

◎8.鴛鴦殉主，固是義氣，亦是怨氣。賈赦雖已遠去，邢夫人應膽虛心戰。（王希廉）

◎9.寫「情中情」下「情」字，深摯。（張新之）

◎10.黛之死，寶之亡，皆不能「全心志」者也。（張新之）

◎11.賈政此舉非迂。（黃小田）

那眼淚早撲簌簌流下來了，奠畢拜了幾拜，狠狠的哭了他一場。◎12衆人也有說寶玉的兩口子都是傻子，也有說他兩個心腸兒好的，也有說他知禮的。賈政反倒合了意。

一面商量定了看家的仍是鳳姐惜春，餘者都遣去伴靈。一夜誰敢安眠，一到五更，聽見外面齊人。到了辰初發引，賈政居長，衰麻哭泣，極盡孝子之禮。靈柩出了門，便有各家的路祭，一路上的風光不必細述。走了半日，來至鐵檻寺安靈，所有孝男等俱應在廟伴宿，不提。

且說家中林之孝帶領拆了棚，將門窗上好，打掃淨了院子，派了巡更的人到晚打更上夜。只是榮府規例，一，二更，三門掩上，男人便進不去了，裏頭只有女人們查夜。鳳姐雖隔了一夜漸漸的神氣清爽了些，只是那裏動得，只有平兒同著惜春各處走了一走，吩咐了上夜的人，也便各自歸房。

* * *

卻說周瑞的乾兒子何三，◎13去年賈珍管事之時，因他和鮑二打架，被賈珍打了一頓，攆在外頭，終日在賭場過日。近知賈母死了，必有些事情領辦，豈知探了幾天的信，一些也沒有想頭，便噯聲嘆氣的回到賭場中，悶悶的坐下。那些人便說道：「老三，你怎麼樣？不下來撈本了麼？」何三道：「倒想要撈一撈呢，就只沒有錢麼。」

✣薛寶釵。續書對她的「停機德」也未有深入揭示。（《紅樓夢煙標精華》杜春耕編著，北京圖書館出版社提供）

那些人道：「你到你們周大太爺那裏去了幾日，府裏的錢你也不知弄了多少來，又來和我們裝窮兒了。」何三道：「你們還說呢，他們的金銀不知有幾百萬，只藏著不用。明兒留著不是火燒了就是賊偷了，他們才死心呢。」那些人道：「你又撒謊，他家抄了家，還有多少金銀？」何三道：「你們還不知道呢，抄去的是擱※3不了的。如今老太太死還留了好些金銀，他們一個也不使，都在老太太屋裏擱著，等送了殯回來才分呢。」內中有一個人聽在心裏，擲了幾骰，便說：「我輸了幾個錢，也不翻本兒了，睡去了。」說著，便走出來拉了何三道：「老三，我和你說句話。」何三跟他出來。那人道：「你這樣一個伶俐人，這樣窮，爲你不服這口氣。」何三道：「我命裏窮，可有什麼法兒呢。」那人道：「你才說榮府的銀子這麼多，爲什麼不去拿些使喚使喚？」何三道：「我的哥哥！他家的金銀雖多，你我去白要一二錢他們給咱們嗎！」那人笑道：「他不給咱們，咱們就不會拿嗎！」何三聽了這話裏有話，便問道：「依你說怎麼樣拿呢？」那人道：「我說你沒有本事，若是我，早拿了來了。」何三道：「你有什麼本事？」那人便輕輕的說道：「你若要發財，你就引個頭兒。我有好些朋友都是通天的本事，不要說他們送殯去了，家裏剩下幾個女人，就讓有多少男人也不怕。只怕你沒這麼大膽子罷咧。」何三道：「什麼敢不敢！你打諒我怕那個乾老子麼，我是瞧著乾媽的情兒上頭，◎14才認他作乾老子罷咧，他又算了人了！你剛

註

※3：存放、保存。

評點

◎12.寶玉、寶釵一樣行禮，兩樣心事。（王希廉）

◎13.強聘彩霞，是來旺之子；引路上盜，是周瑞乾兒。俱是鳳姐信用之人，安得不招物議？（王希廉）

◎14.不知周瑞家與何三有何情分？是作者暗筆。（王希廉）

才的話，就只怕弄不來倒招了饑荒。他們那個衙門不熟？別說拿不來，倘或拿了來也要鬧出來的。」那人道：「這麼說你的運氣來了。我的朋友還有海邊上的呢，現今都在這裏看個風頭，等個門路。若到了手，你我在這裏也無益，不如大家下海去受用不好麼？你若撂不下你乾媽，咱們索性把你乾媽也帶了去，大家夥兒樂一樂好不好？」何三道：「老大，你別是醉了罷，這些話混說的什麼。」說著，拉了那人走到一個僻靜地方，兩個人商量了一回，各人分頭而去。暫且不提。◎15

＊　＊　＊

且說包勇自被賈政吆喝派去看園，賈母的事出來也忙了，不曾派他差使，他也不理會，總是自作自吃，悶來睡一覺，醒時便在園裏耍刀弄棍，倒也無拘無束。那日賈母一早出殯，他雖知道，因沒有派他差事，他任意閑遊。只見一個女尼帶了一個道婆來到園內腰門那裏扣門，◎16包勇走來說道：「女師父那裏去？」道婆道：「今日聽得老太太的事完了，不見四姑娘送殯，想必是在家看家。想他寂寞，我們師父來瞧他一瞧。」包勇道：「主子都不在家，園門是我看的，請你們回去罷。要來呢，等主子們回來了再來。」婆子道：「你是那裏來的個黑炭頭，也要管起我們的走動來了。」包勇道：「我嫌你們這些人，我不叫你們來，你們有什麼法兒！」婆子生了氣，嚷道：「這都是反了天的事了！連老太太在日還不能攔我們的來往走動呢，你是那裏的這麼個橫強盜，這樣沒法沒天的。我偏要打這裏走！」說著，便把手在門環上狠狠的打了幾下。妙玉已氣的不言語，正要回身便走，不料裏頭看二門的婆子聽見有人拌嘴似的，開門一看，見是妙玉，已經回身走去，明知必是包勇得罪了走了。近日婆子們都知道上頭太太們、四姑娘都親近得很，恐他日後說出門上不放他進來，那時如何擔得住，趕忙走來說：「不知師父來，我們開門遲了。我們四姑娘在家裏還正想師父呢，快請回來。看園子的小子是個新來的，他不知咱們的事，回來回了太太，打他一頓攆出去就完了。」妙玉雖是聽見，總不理他。那經得看腰門的婆子趕上再四央求，後來才說出怕自己擔不是，幾乎急的跪下，妙玉無奈，只得隨了那婆子過來。包勇見這般光景，自然不好再攔，氣的瞪眼嘆氣而回。

這裏妙玉帶了道婆走到惜春那裏，道了惱，敘了些閑話。說起「在家看家，只好熬個幾夜。但是二奶奶病著，一個人又悶又是害怕，能有一個人在這裏我就放心。如今裏頭一個男人也沒有，今兒你既光降，肯伴我一宵，咱們下棋說話兒，可使得麼？」妙玉本自不肯，見惜春可憐，又提起下棋，一時高興應了，◎17打發道婆回去取了他的茶具衣褥，命侍兒送了過來，大家坐談一夜。惜春欣幸異常，便命彩屏去開上年蠲的雨水，預備好茶。那妙玉自有茶具。那道婆去了不多一時，又來了個侍者，帶了妙玉日用之物。惜春親自烹茶。兩人言語投機，說了半天，那時已是初更時候，彩屏放下棋枰，兩人對弈。惜春連輸兩盤，妙玉又讓了四個子兒，惜春方贏了半子。這時已到四更，天空地闊，萬籟無聲。妙玉道：「我到五更須得打坐一回，我自有人伏

評點

◎15.王夫人敗家的最根本原因，是任人唯親。她最信任的莫過於王熙鳳和周瑞兩口兒。如果說王熙鳳的敗壞行爲招致賈府被抄的話，那麼周瑞及其乾兒「欺天招夥盜」，更使賈府「雪上加霜」，一敗塗地。（曹芸生）

◎16.妙！從包勇眼中看出。（姚燮）

◎17.妙玉是夜在惜春處住宿，以致被盜窺見，爲明日被劫之由。（王希廉）

侍，你自去歇息。」惜春猶是不捨，見妙玉要自己養神，不便扭他。

正要歇去，猛聽得東邊上屋內上夜的人一片聲喊起，惜春那裏的老婆子們也接著聲嚷道：「了不得了！有了人了！」唬的惜春彩屏等心膽俱裂，聽見外頭上夜的男人便聲喊起來。妙玉道：「不好了，必是這裏有了賊了。」正說著，這裏不敢開門，便掩了燈光，在窗戶眼內往外一瞧，只是幾個男人站在院內，唬的不敢作聲，回身擺著手輕輕的爬下來說：「了不得，外頭有幾個大漢站著。」說猶未了，又聽得房上響聲不絕，便有外頭上夜的人進來吆喝拿賊。一個人說道：「上屋裏的東西都丟了，並不見人。東邊有人去了，咱們到西邊去。」惜春的老婆子聽見有自己的人，便在外間屋裏說道：「這裏有好些人上了房了。」上夜的都道：「你瞧，這可不是嗎。」大家一齊嚷起來。只聽房上飛下好些瓦來，衆人都不敢上前。

正在沒法，只聽園門腰門一聲大響，打進門來，見一個稍長大漢，手執木棍。衆人唬的藏躲不及，聽得那人喊

✣「狗彘奴欺天招夥盜」，描繪《紅樓夢》第一百十一回中的場景。下人「造反」，多因「主人」無德無能。清代孫溫繪《全本紅樓夢》圖冊第二十二冊之十。（清・孫溫繪）

說道：「不要跑了他們一個！你們都跟我來。」這些家人聽了這話，越發唬的骨軟筋酥，連跑也跑不動了。只見這人站在當地只管亂喊，家人中有一個眼尖些的看出來了，你道是誰，正是甄家薦來的包勇。這些家人不覺膽壯起來，便顫巍巍的說道：「有一個走了，有的在房上呢。」包勇便向地下一撲，聳身上房追趕那賊。這些賊人明知賈家無人，先在院內偷看惜春房內，見有個絕色女尼，便頓起淫心，又欺上屋俱是女人，且又畏懼，正要踹進門去，因聽外面有人進來追趕，所以賊衆上房。見人不多，還想抵擋，猛見一人上房趕來，那些賊見是一人，越發不理論了，便用短兵抵住。那經得包勇用力一棍打去，將賊打下房來。那些賊飛奔而逃，從園牆過去，包勇也在房上追捕。◎18豈知園內早藏下了幾個在那裏接贓，已經接過好些，見賊夥跑回，大家舉械保護，見追的只有一人，明欺寡不敵衆，反倒迎上來。包勇一見，生氣道：「這些毛賊！敢來和我鬥鬥！」那夥賊便說：「我們有一個伙計被他們打倒了，不知死活，咱們索性搶了他出來。」這裏包勇聞聲即打，那夥賊便掄起器械，四五個人圍住包勇亂打起來。外頭上夜的人也都仗著膽子，只顧趕了來。衆賊見鬥他不過，只得跑了。◎19包勇還要趕時，被一個箱子一絆，立定看時，心想東西未丟，衆賊遠逃，也不追趕。便叫衆人將燈照看，地下只有幾個空箱，叫人收拾，他便欲跑回上房。因路徑不熟，走到鳳姐那邊，見裏面燈燭輝煌，便問：「這裏有賊沒有？」裏頭的平兒戰兢兢的說道：「這裏也沒開門，只聽上屋叫喊說有賊呢。你到那裏去罷。」包勇正摸

評點

◎18.如果說包勇初到賈府與賈政的那次對話中，從人格上把賈政比下去了；在醉罵賈大人的勝利中，從道義上把賈雨村比下去了的話；那麼，在與夥盜短兵相接的硬仗中，他又在忠誠勇敢上把看家的主奴全都比下去了。包勇是人情小說《紅樓夢》裏唯一的一個忠而且勇的憨奴義僕，他的身上也刻鏤著中國傳奇小說的某些痕跡。（賀信民）

◎19.包勇，焦大之替身也。焦大以老成而被棄，包勇以新進而見疏，賈府用人概可知矣。但士不窮不見節義，世不亂不識忠臣。大盜之劫，天殆生此變故以顯忠良也，賈政諸人能無愧煞。（青山山農）

不著路頭，遙見上夜的人過來，才跟著一齊尋到上屋。見是門開戶啓，那些上夜的在那裏啼哭。

一時賈芸林之孝都進來了，見是失盜。大家著急進內查點，老太太的房門大開，將燈一照，鎖頭擰折，進內一瞧，箱櫃已開，便罵那些上夜女人道：「你們都是死人麼！賊人進來你們不知道的麼！」那些上夜的人啼哭著說道：「我們幾個人輪更上夜，是管二三更的，我們都沒有住腳前後走的。他們是四更五更，我們的下班兒。只聽見他們喊起來，並不見一個人，趕著照看，不知什麼時候把東西早已丟了。求爺們問管四五更的。」林之孝道：「你們個個要死，回來再說，咱們先到各處看去。」上夜的男人領著走到尤氏那邊，門兒關緊，有幾個接音說：「唬死我們了。」林之孝問道：「這裏沒有丟東西？」裏頭的人方開了門道：「這裏沒丟東西。」林之孝帶著人走到惜春院內，只聽得裏面說道：「了不得了！唬死了姑娘了，醒醒兒罷。」林之孝便叫人開門，問是怎樣了。裏頭婆子開門說：「賊在這裏打仗，把姑娘都唬壞了，虧得妙師父和彩屏才將姑娘救醒。東西是沒失。」林之孝道：「賊人怎麼打仗？」上夜的男人說：「幸虧包大爺上了房把賊打跑了去了，還聽見打倒一個人呢。」包勇道：「在園門那裏呢。」賈芸等走到那邊，果見一人躺在地下死了。細細一瞧好像周瑞的乾兒子。衆人見了詫異，派一個人看守著，又派兩個人照看前後門，俱仍舊關鎖著。

林之孝便叫人開了門，報了營官，立刻到來查勘。踏察賊跡是從後夾道上屋的。

✣賈府遭盜，包勇奮勇趕走盜賊。（朱寶榮繪）

到了西院房上，見那瓦破碎不堪，一直過了後園去了。衆上夜的齊聲說道：「這不是賊，是強盜。」營官著急道：「並非明火執杖，怎算是盜。」上夜的道：「我們趕賊，他在房上擲瓦，我們不能近前，幸虧我們家的姓包的上房打退。趕到園裏，還有好幾個賊竟與姓包的打仗，打不過姓包的才都跑了。」營官道：「可又來，若是強盜，倒打不過你們的人麼。不用說了，你們快查清了東西，遞了失單，我們報就是了。」

賈芸等又到上屋，已見鳳姐扶病過來，惜春也來。賈芸請了鳳姐的安，問了惜春的好。大家查看失物，因鴛鴦已死，琥珀等又送靈去了，那些東西都是老太太的，並沒見數，只用封鎖，如今打從那裏查去。衆人都說：「箱櫃東西不少，如今一空，偷的時候不少，那些上夜的人管什麼的！況且打死的賊是周瑞的乾兒子，必是他們通同一氣的。」鳳姐聽了，氣的眼睛直瞪瞪的便說：「把那些上夜的女人都拴起來，交給營裏審問。」衆人叫苦連天，跪地哀求。不知怎生發放，並失去的物有無著落，下回分解。

# 第一百十二回

## 活冤孽妙尼遭大劫　死讎仇趙妾赴冥曹

話說鳳姐命捆起上夜衆女人送營審問，女人跪地哀求。林之孝同賈芸道：「你們求也無益。老爺派我們看家，沒有事是造化，如今有了事，上下都擔不是，誰救得你。若說是周瑞的乾兒子，連太太起，裏裏外外的都不乾淨。」鳳姐喘吁吁的說道：「這都是命裏所招，和他們說什麼，帶了他們去就是了。這丟的東西你告訴營裏去說，實在是老太太的東西，問老爺們才知道。等我們報了去，請了老爺們回來，自然開了失單送來。文官衙門裏我們也是這樣報。」賈芸林之孝答應出去。

惜春一句話也沒有，只是哭道：「這些事我從來沒有聽見過，爲什麼偏偏碰在咱們兩個人身上！明兒老爺太太回來，叫我怎麼見人！說把家裏交給咱們，如今鬧到這個分兒，還想活著麼！」鳳姐道：「咱們

✣《增評補圖石頭記》第一百十二回繪畫。（fotoe提供）

願意嗎？現在有上夜的人在那裏。」惜春道：「你還能說，況且你又病著。我是沒有說的。這都是我大嫂子害了我的，他攛掇著太太派我看家的。如今我的臉擱在那裏呢！」◎1說著，又痛哭起來。鳳姐道：「姑娘，你快別這麼想。若說沒臉，大家一樣的。你若這麼糊塗想頭，我更擱不住了。」二人正說著，只聽見外頭院子裏有人大嚷的說道：「我說那三姑六婆※1是再要不得的，我們甄府裏從來是一概不許上門的，不想這府裏倒不講究這個呢。昨兒老太太的殯才出去，那個什麼庵裏的尼姑死要到咱們這裏來，我吆喝著不准他們進來，腰門上的老婆子倒罵我，死央及叫放那姑子進去。那腰門子一會兒開著，一會兒關著，不知作什麼，我不放心沒敢睡，聽到四更這裏就嚷起來。我來叫門倒不開了，我聽見聲兒緊了，打開了門，見西邊院子裏有人站著，我便趕走打死了。我今兒才知道，這是四姑奶奶的屋子。那個姑子就在裏頭，今兒天沒亮溜出去了，可不是那姑子引進來的賊麼？」◎2平兒等聽著，都說：「這是誰這麼沒規矩？姑娘奶奶都在這裏，敢在外頭混嚷嗎。」鳳姐道：「你聽見說『他甄府裏』，別就是甄家薦來的那個厭物罷。」惜春聽得明白，更加心裏過不的。鳳姐接著問惜春道：「那個人混說什麼姑子，你們那裏弄了個姑子住下了？」惜春便將妙玉來瞧他留著下棋守夜的話說了。鳳姐道：「是他麼，他怎麼肯這樣，是再沒有的話。但是叫這討人嫌的東西嚷出來，老爺知道了也不好。」惜春愈想愈怕，站起來要走。鳳

註

※1：三姑：尼姑，道姑，卦姑；六婆：牙婆，媒婆，師婆，虔婆，藥婆，穩婆，在古時均被認爲是非高尚職業。

評點

◎1.惜春通常的表現是膽小怕事，乖僻離群，心底裏是對現狀悲觀絕望，避免牽累。她深深看到這一大家族種種的暗影，而且以爲人與人之間是本來無可留戀的。此中既無前途，只有逃出圈外，以求潔身自好。這完全是出於爲了個人而消極逃避，不是什麼求眞證道的勇士。（王昆侖）

◎2.三姑六婆，大戶人家不應聽其走動。以妙玉如此之孤潔，尚不免於物議，何況其他？賈府門第雖高，而尼僧道婆往來無忌，便惹出許多惡事，須得包勇大嚷一場，庶幾令人爽目。（王希廉）

姐雖說坐不住，又怕惜春害怕弄出事來，只得叫他先別走，「且看著人把偷剩下的東西收起來，再派了人看著才好走呢。」平兒道：「咱們不敢收，等衙門裏來了踏看了才好收呢。咱們只好看著。但只不知老爺那裏有人去了沒有？」鳳姐道：「你叫老婆子問去。」一回進來說：「林之孝是走不開，家下人要伺候查驗的，再有的是說不清楚的，已經芸二爺去了。」鳳姐點頭，同惜春坐著發愁。

且說那夥賊原是何三等邀的，偷搶了好些金銀財寶接運出去，見人追趕，知道都是那些不中用的人，要往西邊屋內偷去，在窗外看見裏面燈光底下兩個美人：一個姑娘，一個姑子。那些賊那顧性命，頓起不良，就要踹進來，因見包勇來趕，才獲贓而逃。只不見了何三。大家且躲入窩家。到第二天打聽動靜，知是何三被他們打死，已經報了文武衙門。這裏是躲不住的，便商量趁早歸入海洋大盜一處，去若遲了，通緝文書一行，關津※2上就過不去了。內中一個人膽子極大，便說：「咱們走是走，我就只捨不得那個姑子，長的實在好看。不知是那個庵裏的雛兒呢？」一個人道：「啊呀，我想起來了，必就是賈府園裏的什麼櫳翠庵裏的姑子。不是前年外頭說他和他們家什麼寶二爺有原故，後來不知怎麼又害起相思病來了，請大夫吃藥的就是他。」那一個人聽了，說：「咱們今日躲一天，叫咱們大哥借錢置辦些買賣行頭，明兒亮鐘※3時候陸續出關。你們在關外二十里坡等我。」眾賊議定，分贓俵散※4，不提。

且說賈政等送殯，到了寺內安厝畢，親友散去。賈政在外廂房伴靈，邢王二夫人等在內，一宿無非哭泣。到了第二日，重新上祭。正擺飯時，只見賈芸進來，在老太太靈前磕了個頭，忙忙的跑到賈政跟前跪下請了安，喘吁吁的將昨夜被盜，將老太太上房的東西都偷去，包勇趕賊打死了一個，已經呈報文武衙門的話說了一遍。賈政聽了發怔。邢王二夫人等在裏頭也聽見了，都唬的魂不附體，並無一言，只有啼哭。賈政過了一會子問失單怎樣開的，賈芸回道：「家裏的人都不知道，還沒有開單。」賈政道：「還好，咱們動過家※5的，若開出好的來反擔罪名。快叫璉兒。」

賈璉領了寶玉等去別處上祭未回，賈政叫人趕了回來。賈璉聽了，急的直跳，一見芸兒，也不顧賈政在那裏，便把賈芸狠狠的罵了一頓說：「不配抬舉的東西，我將這樣重任托你，押著人上夜巡更，你是死人麼？虧你還有臉來告訴！」說著，往賈芸臉上啐了幾口。賈芸垂手站著，不敢回一言。賈政道：「你罵他也無益了。」賈璉然後跪下說：「這便怎麼樣？」賈政道：「也沒法兒，只有報官緝賊。但只有一件：老太太遺下的東西咱們都沒動，你說要銀子，我想老太太死得幾天，誰忍得動他那一項銀子。原打諒完了事算了賬還人家，再有的在這裏和南邊置墳產的，再有東西也沒見數兒。如今說文武衙門要失單，若將幾件好的東西開上恐有礙，若說金銀若干，衣飾若干，又沒有實在數目，謊開使不得。倒可笑你如今竟換了一個人了，爲什麼這樣料

註

※2：水陸必經要道，設有關卡。
※3：古代更樓上敲的五更報曉鐘。
※4：俵散：分給。
※5：抄過家。

理不開！你跪在這裏是怎麼樣呢！」賈璉也不敢答言，只得站起來就走。賈政又叫道：「你那裏去？」賈璉又跪下道：「趕回去料理清楚再來回。」賈政哼的一聲，賈璉把頭低下。賈政道：「你進去回了你母親，叫了老太太的一兩個丫頭去，叫他們細細的想了開單子。」賈璉心裏明知老太太的東西都是鴛鴦經管，他死了問誰？就問珍珠，他們那裏記得清楚。只不敢駁回，連連的答應了，起來走到裏頭。邢王夫人又埋怨了一頓，叫賈璉快回去，問他們這些看家的說「明兒怎麼見我們！」賈璉也只得答應了出來，一面命人套車預備琥珀等進城，自己騎上騾子，跟了幾個小廝如飛的回去。賈芸也不敢再回賈政，斜簽著身子慢慢的溜出來，騎上了馬來趕賈璉。一路無話。

到回了家中，林之孝請了安，一直跟了進來。賈璉到了老太太上屋，見了鳳姐惜春在那裏，心裏又恨又說不出來，便問林之孝道：「衙門裏瞧了沒有？」林之孝自知有罪，便跪下回道：「文武衙門都瞧了，來蹤去跡也看了，屍也驗了。」賈璉吃驚道：「又驗什麼屍？」林之孝又將包勇打死的夥賊似周瑞的乾兒子的話回了賈璉。賈璉道：「叫芸兒。」賈芸進來也跪著聽話。賈璉道：「你見老爺時怎麼沒有回周瑞的乾兒子作了賊被包勇打死的話？」賈芸說道：「上夜的人說像他的，恐怕不真，所以沒有回。」賈璉道：「好糊塗東西！你若告訴了我，就帶了周瑞來一認可不就知道了。」林之孝回道：「如今衙門裏把屍首放在市口兒招認去了。」賈璉道：「這又是個糊塗東西，

誰家的人作了賊，被人打死，要償命麼！」林之孝回道：「這不用人家認，奴才就認得是他。」賈璉聽了想道：「是啊，我記得珍大爺那一年要打的可不是周瑞家的麼。」林之孝回說：「他和鮑二打架來著，還見過的呢。」賈璉聽了更生氣，便要打上夜的人。林之孝哀告道：「請二爺息怒，那些上夜的人，派了他們，還敢偷懶？只是爺府上的規矩，三門裏一個男人不敢進去的，就是奴才們，裏頭不叫，也不敢進去。奴才在外同芸哥兒刻刻查點，見三門關的嚴嚴的，外頭的門一重沒有開。那賊是從後夾道子來的。」賈璉道：「裏頭上夜的女人呢？」林之孝將分更上夜奉奶奶的命捆著等爺審問的話回了。賈璉又問：「包勇呢？」林之孝說：「又往園裏去了。」◎3賈璉便說：「去叫來。」小廝們便將包勇帶來。說：「還虧你在這裏，若沒有你，只怕所有房屋裏的東西都搶了去了呢。」包勇也不言語。◎4惜春恐他說出那話，心下著急。鳳姐也不敢言語。只見外頭說：「琥珀姐姐等回來了。」大家見了，不免又哭一場。

賈璉叫人檢點偷剩下的東西，只有些衣服尺頭錢箱未動，餘者都沒有了。賈璉心裏更加著急，想著：「外頭的棚杠銀、廚房的錢都沒有付給，明兒拿什麼還呢！」便呆想了一會。只見琥珀等進去，哭了一會，見箱櫃開著，所有的東西怎能記憶，便胡亂想猜，虛擬了一張失單，命人即送到文武衙門。賈璉復又派人上夜。鳳姐惜春各自回房。賈璉不敢在家安歇，也不及埋怨鳳姐，竟自騎馬趕出城外。這裏鳳姐又恐惜春短見，又打發了豐兒過去安慰。

評點

◎3.曹雪芹的筆下，倪二、劉姥姥、包勇，都是代表社會中的低微小人物，而以不同身分出現，可是這些小人物都以「義」字為出發點。權勢利祿，都不會影響他們的生活觀念。因此小人物雖有可憐的一面，可是他們的行為，確是令人有可敬可佩的一面。（袁維冠）

◎4.有功不賞，亦可見賈政、賈璉不能有心腹家人。（王希廉）

✣ 曼陀羅花，有麻醉作用，可製成「悶香」，使人昏迷。（張永新提供）

天已二更。不言這裏賊去關門，衆人更加小心，誰敢睡覺。且說夥賊一心想著妙玉，知是孤庵女衆，不難欺負。到了三更夜靜，便拿了短兵器，帶了些悶香，跳上高牆。遠遠瞧見櫳翠庵內燈光猶亮，便潛身溜下，藏在房頭僻處。等到四更，見裏頭只有一盞海燈，妙玉一人在蒲團上打坐。歇了一會，便噯聲嘆氣的說道：「我自元墓到京，原想傳個名的，◎5為這裏請來，不能又棲他處。昨兒好心去瞧四姑娘，反受了這蠢人的氣，夜裏又受了大驚。今日回來，那蒲團再坐不穩，只覺肉跳心驚。」因素常一個打坐的，今日又不肯叫人相伴。豈知到了五更，寒顫起來。正要叫人，只聽見窗外一響，◎6想起昨晚的

✣ 櫳翠庵外景，從大門正中看過去，一只香爐分外醒目。（趙塑攝於北京大觀園）

事，更加害怕，不免叫人。豈知那些婆子都不答應。自己坐著，覺得一股香氣透入囟門，便手足痲木，不能動彈，口裏也說不出話來，心中更自著急。只見一個人拿著明晃晃的刀進來。此時妙玉心中卻是明白，只不能動，想是要殺自己，索性橫了心，倒也不怕。那知那個人把刀插在背後，騰出手來將妙玉輕輕的抱起，輕薄了一會子，便拖起背在身上。此時妙玉心中只是如醉如痴。◎7可憐一個極潔極淨的女兒，被這強盜的悶香熏住，由著他擺弄了去了。◎8

卻說這賊背了妙玉來到園後牆邊，搭了軟梯，爬上牆跳出去了。外邊早有伙計弄了車輛在園外等著，那人將妙玉放倒在車上，反打起官銜燈籠，叫開柵欄，急急行到城門，正是開門之時。門官只知是有公幹出城的，也不及查詰。趕出城去，那夥賊加鞭趕到二十里坡和衆強徒打了照面，各自分頭奔南海而去。◎9不知妙玉被劫或是甘受污辱，還是不屈而死，不知下落，也難妄擬。◎10

只言櫳翠庵一個跟妙玉的女尼，他本住在靜室後面，睡到五更，聽見前面有人聲響，只道妙玉打坐不安。後來聽見有男人

✣ 妙玉被強盜擄走，不知所終。（朱寶榮繪）

評點

◎5.出家而想傳名，便大謬。（黃小田）
◎6.只怕妙玉有些不妙了。（姚燮）
◎7.寫得妙玉十分不堪。（姚燮）
◎8.作書者必要寫妙玉落劫，意謂孤高爲造物所忌，必不能保全令名，猶之可也。而必寫得淋漓盡致，於心何忍耶？（陳其泰）
◎9.「欲潔何曾潔」，一妙如此，寶、黛、釵可知矣。（張新之）
◎10.必欲坐實妙玉落劫，實失「眞事隱」本旨。吾意，不如留在寶玉出家之後，妙玉立時了悟，遂將衣缽付之惜春，飄然出世而行，途遇警幻仙姑……一脫凡胎，竟登幻境。（陳其泰）

腳步，門窗響動，欲要起來瞧看，只是身子發軟懶怠開口，又不聽見妙玉言語，只睜著兩眼聽著。到了天亮，終覺得心裏清楚，披衣起來，叫了道婆預備妙玉茶水，他便往前面來看妙玉。豈知妙玉的蹤跡全無，門窗大開。心裏詫異，昨晚響動甚是疑心，說：「這樣早，他到那裏去了？」走出院門一看，有一個軟梯靠牆立著，地下還有一把刀鞘，一條搭膊，便道：「不好了，昨晚是賊燒了悶香了！」急叫人起來查看，庵門仍是緊閉。那些婆子女侍們都說：「昨夜煤氣熏著了，今早都起不起來，這麼早叫我們作什麼。」那女尼道：「師父不知那裏去了。」衆人道：「在觀音堂打坐呢。」女尼道：「你們還作夢呢，你來瞧瞧。」衆人不知，也都著忙，開了庵門，滿園裏都找到了，「想來或是到四姑娘那裏去了。」

衆人來叩腰門，又被包勇罵了一頓。衆人說道：「我們妙師父昨晚不知去向，所以來找。求你老人家叫開腰門，問一問來了沒來就是了。」包勇道：「你們師父引了賊來偷我們，已經偷到手了，他跟了賊受用去了。」衆人道：「阿彌陀佛，說這些話的防著下割舌地獄！」包勇生氣道：「胡說，你們再鬧我就要打了。」衆人陪笑央告道：「求爺叫開門我們瞧瞧，若沒有，再不敢驚動你太爺了。」包勇道：「你不信你去找，若沒有，回來問你們。」包勇說著叫開腰門，衆人找到惜春那裏。

惜春正是愁悶，惦著「妙玉清早去後不知聽見我們姓包的話了沒有，只怕又得罪了他，以後總不肯來。我的知己是沒有了。況我現在實難見人。父母早死，嫂子嫌

我，頭裏有老太太，到底還疼我些，如今也死了，留下我孤苦伶仃，如何了局！」想到：「迎春姐姐磨折死了，史姐姐守著病人，三姐姐遠去，這都是命裏所招，不能自由。獨有妙玉如閑雲野鶴，無拘無束。◎11我能學他，就造化不小了。但我是世家之女，怎能遂意。這回看家已大擔不是，還有何顏在這裏。又恐太太們不知我的心事，將來的後事如何呢？」想到其間，便要把自己的青絲絞去，要想出家。◎12彩屏等聽見，急忙來勸，豈知已將一半頭髮絞去。彩屏愈加著忙，說道：「一事不了又出一事，這可怎麼好呢！」正在吵鬧，只見妙玉的道婆來找妙玉。彩屏問起來由，先唬了一跳，說是昨日一早去了沒來。裏面惜春聽見，急忙問道：「那裏去了？」道婆們將昨夜聽見的響動，被煤氣熏著，今早不見有妙玉，庵內軟梯刀鞘的話說了一遍。惜春驚疑不定，想起昨日包勇的話來，必是那些強盜看見了他，昨晚搶去了也未可知。但是他素來孤潔的很，豈肯惜命？「怎麼你們都沒聽見麼？」衆人道：「怎麼不聽見！只是我們這些人都是睜著眼連一句話也說不出，必是那賊子燒了悶香。妙姑一人想也被賊悶住，不能言語；況且賊人必多，拿刀弄杖威逼著，他還敢聲喊麼？」正說著，包勇又在腰門那裏嚷，說：「裏頭快把這些混賬的婆子趕了出來罷，快關腰門！」彩屏聽見恐擔不是，只得叫婆子出去，叫人關了腰門。惜春於是更加苦楚，無奈彩屏等再三以禮相勸，仍舊將一半青絲籠起。大家商議不必聲張，就是妙玉被搶也當作不知，且等老爺太太回來再說。惜春心裏的死定下一個出家的念頭，暫且不提。

評點

◎11.孤立無助的感受形成了惜春超脫主導型的人際防禦策略，同時也促使她爲補償這種缺憾在想像中塑成了自己的理論化形象。她是一個自給自足、平和安寧的人，無欲無念，不受外界的干擾，對生活中的風風雨雨能夠坦然處之，並因了悟了人生而能夠傲視眾生。理想化形象的形成使她渴望不受約束，享受閑雲野鶴般的生活。（郭一峰）

◎12.惜春的出家，並非「神祕的」、「超自然的」、「平和的」頓悟，而是經歷了一個對家庭由冷漠到對立乃至最後徹底決裂的發展過程。她希求憑藉空門聖地，來擺脫自己任人宰割的悲慘命運。（俞天舒）

且說賈璉回到鐵檻寺，將到家中查點了上夜的人，開了失單報去的話回了。賈政道：「怎樣開的？」賈璉便將琥珀所記得的數目單子呈出，並說：「這上頭元妃賜的東西已經注明。還有那人家不大有的東西不便開上，等侄兒脫了孝出去托人細細的緝訪，少不得弄出來的。」賈政聽了合意，就點頭不言。賈璉進內見了邢王二夫人，商量著：「勸老爺早些回家才好呢，不然都是亂麻似的。」邢夫人道：「可不是，我們在這裏也是驚心吊膽。」賈璉道：「這是我們不敢說的，還是太太的主意二老爺是依的。」邢夫人便與王夫人商議妥了。

過了一夜，賈政也不放心，打發寶玉進來說：「請太太們今日回家，過兩三日再來。家人們已經派定了，裏頭請太太們派人罷。」邢夫人派了鸚哥等一干人伴靈，將周瑞家的等人派了總管，其餘上下人等都回去。一時忙亂套

✣「死讎仇趙妾赴冥曹」，描繪《紅樓夢》第一百十二回中的場景，趙姨娘在賈府是死得最可怕的一個。清代孫溫繪《全本紅樓夢》圖冊第二十三冊之二。（清・孫溫繪）

車備馬。賈政等在賈母靈前辭別，衆人又哭了一場。

都起來正要走時，只見趙姨娘還爬在地下不起。周姨娘打諒他還哭，便去拉他。豈知趙姨娘滿嘴白沫，眼睛直豎，把舌頭吐出，反把家人唬了一大跳。賈環過來亂嚷。趙姨娘醒來說道：「我是不回去的，跟著老太太回南去。」衆人道：「老太太那用你來！」趙姨娘道：「我跟了一輩子老太太，大老爺還不依，弄神弄鬼的來算計我。——我想仗著馬道婆要出出我的氣，銀子白花了好些，也沒有弄死了一個。如今我回去了，又不知誰來算計我。」衆人聽見，早知是鴛鴦附在他身上。邢王二夫人都不言語瞅著。只有彩雲等代他央告道：「鴛鴦姐姐，你死是自己願意的，與趙姨娘什麼相干，放了他罷。」見邢夫人在這裏，也不敢說別的。趙姨娘道：「我不是鴛鴦，他早到仙界去了。我是閻王差人拿我去的，要問我爲什麼和馬婆子用魘魔法的案件。」說著便叫「好璉二奶奶，你在這裏老爺面前少頂一句兒罷，我有一千日的不好還有一天的好呢。好二奶奶，親二奶奶，並不是我要害你，我一時糊塗，聽了那個老娼婦的話。」

正鬧著，賈政打發人進來叫環兒。婆子們去回說：「趙姨娘中了邪了，三爺看著呢。」賈政道：「沒有的事，我們先走了。」於是爺們等先回。這裏趙姨娘還是混說，一時救不過來。邢夫人恐他又說出什麼來，便說：「多派幾個人在這裏瞧著他，咱們先走，到了城裏打發大夫出來瞧罷。」王夫人本嫌他，也打撒手兒。寶釵本是仁厚的人，雖想著他害寶玉的事，心裏究竟過不去，背地裏托了周姨娘在這裏照應。周姨娘也是個好人，便應承了。李紈說道：「我也在這裏罷。」王夫人道：「可以不必。」於是大家都要起身。賈環急忙道：「我也在這裏嗎？」王夫人啐道：「糊塗東西！你姨媽的死活都不知，你還要走嗎？」賈環就不敢言語了。寶玉道：「好兄弟，你是走不得的。我進了城打發人來瞧你。」說畢，都上車回家。寺裏只有趙姨娘、賈環、鸚鵡等人。

賈政邢夫人等先後到家，到了上房哭了一場。林之孝帶了家下眾人請了安，跪著。賈政喝道：「去罷！明日問你！」鳳姐那日發暈了幾次，竟不能出接，只有惜春見了，覺得滿面羞慚。邢夫人也不理他，王夫人仍是照常，李紈寶釵拉著手說了幾句話。獨有尤氏說道：「姑娘，你操心了，倒照應了好幾天！」惜春一言不答，只紫漲了

趙姨娘突然被鬼魂附體。
（朱寶榮繪）

臉。寶釵將尤氏一拉，使了個眼色。尤氏等各自歸房去了。賈政略略的看了一看，嘆了口氣，並不言語。到書房席地坐下※6，叫了賈璉、賈蓉、賈芸吩咐了幾句話。寶玉要在書房來陪賈政，賈政道：「不必。」蘭兒仍跟他母親。一宿無話。

次日林之孝一早進書房跪著，賈政將前後被盜的事問了一遍。並將周瑞供了出來，又說：「衙門拿住了鮑二，身邊搜出了失單上的東西。現在夾訊，要在他身上要這一夥賊呢。」賈政聽了大怒道：「家奴負恩，引賊偷竊家主，眞是反了！」立刻叫人到城外將周瑞捆了，送到衙門審問。林之孝只管跪著不敢起來。賈政道：「你還跪著作什麼？」林之孝道：「奴才該死，求老爺開恩。」正說著賴大等一干辦事家人上來請了安，呈上喪事賬簿。賈政道：「交給璉二爺算明了來回。」吆喝著林之孝起來出去了。賈璉一腿跪著，在賈政身邊說了一句話。賈政把眼一瞪道：「胡說！老太太的事，銀兩被賊偷去，就該罰奴才拿出來麼！」賈璉紅了臉不敢言語，站起來也不敢動。賈政道：「你媳婦怎麼樣？」賈璉又跪下說：「看來是不中用了。」賈政嘆口氣道：「我不料家運衰敗一至如此！況且環哥兒他媽尚在廟中病著，也不知是什麼症候，你們知道不知道？」賈璉也不敢言語。賈政道：「傳出話去，叫人帶了大夫瞧瞧去。」賈璉即忙答應著出來，叫人帶了大夫到鐵檻寺去瞧趙姨娘。未知死活，下回分解。

註

※6：舊時居喪之禮，孝子只能席地坐臥。

# 第一百十三回

## 懺宿冤鳳姐托村嫗　釋舊憾情婢感痴郎

話說趙姨娘在寺內得了暴病，見人少了，更加混說起來，唬的衆人都恨，就有兩個女人攙著。趙姨娘雙膝跪在地下，說一回，哭一回，有時爬在地下叫饒，說：「打殺我了！紅鬍子的老爺，我再不敢了。」有一時雙手合著，也是叫疼。眼睛突出，嘴裏鮮血直流，頭髮披散，人人害怕，不敢近前。那時又將天晚，趙姨娘的聲音只管喑啞起來了，居然鬼嚎一般。無人敢在他跟前，只得叫了幾個有膽量的男人進來坐著，趙姨娘一時死去，隔了些時又回過來，整整的鬧了一夜。◎1

到了第二天，也不言語，只裝鬼臉，自己拿手撕開衣服，露出胸膛，好像有人剝他的樣子。可憐趙姨娘雖說不出來，其痛苦之狀實在難堪。正在危急，大夫來了，也不敢診，只囑咐：「辦理後事罷」，

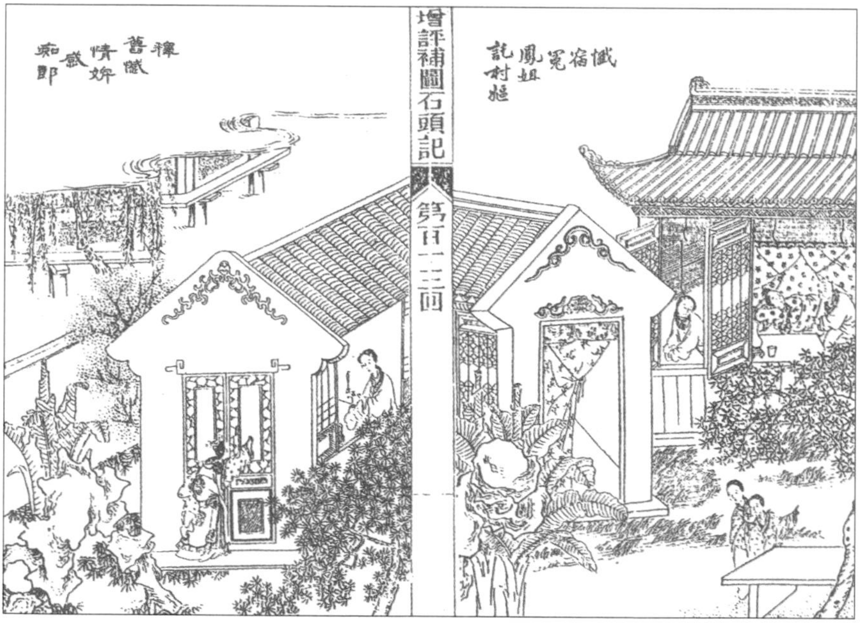


✣《增評補圖石頭記》第一百十三回繪畫。（fotoe提供）

說了起身就走。那送大夫的家人再三央告說：「請老爺看看脈，小的好回稟家主。」那大夫用手一摸，已無脈息。◎2賈環聽了，然後大哭起來。眾人只顧賈環，誰料理趙姨娘。只有周姨娘心裏苦楚，想到：「作偏房側室的下場頭不過如此！況他還有兒子的，我將來死起來還不知怎樣呢！」於是反哭的悲切。◎3且說那人趕回家去回稟了。賈政即派家人去照例料理，陪著環兒住了三天，一同回來。

那人去了，這裏一人傳十，十人傳百，都知道趙姨娘使了毒心害人被陰司裏拷打死了。又說是「璉二奶奶只怕也好不了，怎麼說璉二奶奶告的呢」。這些話傳到平兒耳內，甚是著急，看著鳳姐的樣子實在是不能好的了，看著賈璉近日並不似先前的恩愛，本來事也多，竟像不與他相干的。平兒在鳳姐跟前只管勸慰，又想著邢王二夫人回家幾日，只打發人來問問，並不親身來看。鳳姐心裏更加悲苦。賈璉回來也沒有一句貼心的話。鳳姐此時只求速死，心裏一想，邪魔悉至。只見尤二姐從房後走來，漸近床前說：「姐姐，許久的不見了。作妹妹的想念的很，要見不能，如今好容易進來見見姐姐。姐姐的心機也用盡了，咱們的二爺糊塗，也不領姐姐的情，反倒怨姐姐作事過於苛刻，把他的前程去了，叫他如今見不得人。我替姐姐氣不平。」鳳姐恍惚說道：「我如今也後悔我的心忒窄了，妹妹不念舊惡，還來瞧我。」平兒在旁聽見，說道：「奶奶說什麼？」鳳姐一時蘇醒，想起尤二姐已死，必是他來索命。◎4被平兒叫醒，心裏害怕，又不肯說出，只得勉強說道：「我神魂不定，想是說夢話。給我捶

評點

◎1.與其說趙姨娘最後死於陰司索命，不如說她死於賈府上下長期以來對她精神上的凌遲。（劉相雨）

◎2.趙姨娘的死法，在《紅樓夢》數位命歸黃泉的女性中，大約可算是最慘不忍睹的了。其實，趙姨娘死於臆症的發作。（章毓光）

◎3.周姨兔死狐悲，人情必該如此。（王希廉）

◎4.雖是病昏恍惚，亦足警惕人心。（王希廉）

捶。」平兒上去捶著，見個小丫頭子進來，說是：「劉姥姥來了，婆子們帶著來請奶奶的安。」平兒急忙下來說：「在那裏呢？」小丫頭子說：「他不敢就進來，還聽奶奶的示下。」平兒聽了點頭，想鳳姐病裏必是懶待見人，便說道：「奶奶現在養神呢，暫且叫他等著。你問他來有什麼事麼？」小丫頭子說道：「他們問過了，沒有事。說知道老太太去世了，因沒有報才來遲了。」小丫頭子說著，鳳姐聽見，便叫「平兒，你來，人家好心來瞧，不要冷淡人家。你去請了劉姥姥進來，我和他說說話兒。」平兒只得出來請劉姥姥這裏坐。

鳳姐剛要合眼，又見一個男人一個女人走向炕前，就像要上炕似的。鳳姐著忙，便叫平兒說：「那裏來了一個男人跑到這裏來了！」連叫兩聲，只見豐兒小紅趕來說：「奶奶要什麼？」鳳姐睜眼一瞧，不見有人，心裏明白，不肯說出來，便問豐兒道：「平兒這東西那裏去了？」豐兒道：「不是奶奶叫去請劉

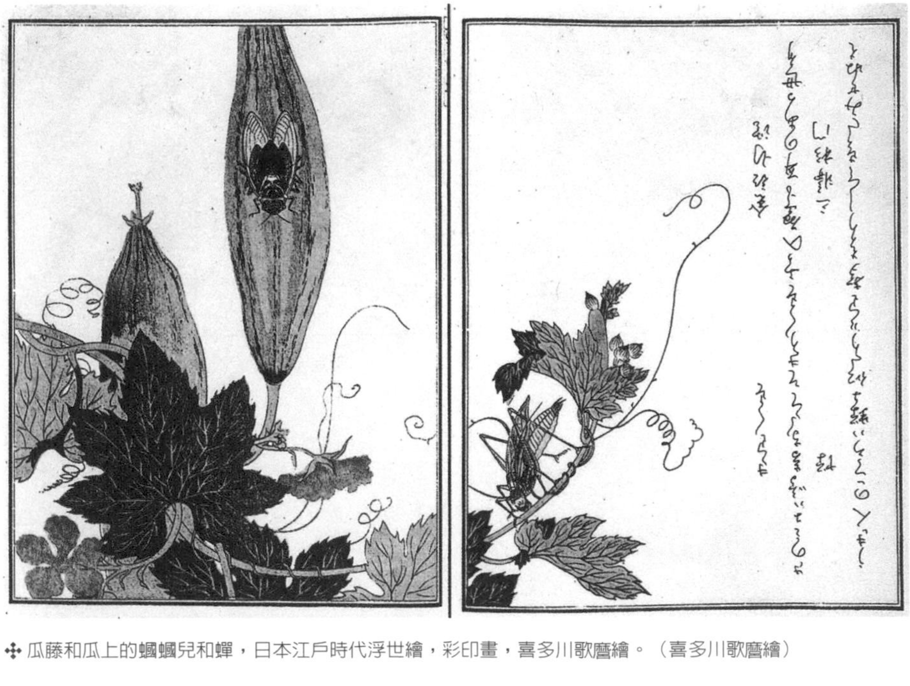

✣瓜藤和瓜上的蟈蟈兒和蟬，日本江戶時代浮世繪，彩印畫，喜多川歌麿繪。（喜多川歌麿繪）

姥姥去了麼？」鳳姐定了一會神，也不言語。

只見平兒同劉姥姥帶了一個小女孩兒進來，說：「我們姑奶奶在那裏？」平兒引到炕邊，劉姥姥便說：「請姑奶奶安。」鳳姐睜眼一看，不覺一陣傷心，說：「姥姥你好？怎麼這時候才來？你瞧你外孫女兒也長的這麼大了。」劉姥姥看著鳳姐骨瘦如柴，神情恍惚，◎5心裏也就悲慘起來，說：「我的奶奶，怎麼這幾個月不見，就病到這個分兒。我糊塗的要死，怎麼不早來請姑奶奶的安！」便叫青兒給姑奶奶請安。青兒只是笑，鳳姐看了倒也十分喜歡，便叫小紅招呼著。劉姥姥道：「我們屯鄉裏的人不會病的，若一病了就要求神許願，從不知道吃藥的。我想姑奶奶的病不要撞著什麼了罷？」平兒聽著那話不在理，便在背地裏扯他。劉姥姥會意，便不言語。那裏知道這句話倒合了鳳姐的意，扎掙著說：「姥姥你是有年紀的人，說的不錯。你見過的趙姨娘也死了，你知道麼？」劉姥姥詫異道：「阿彌陀佛！好端端一個人怎麼就死了？我記得他也有一個小哥兒，這便怎麼樣呢？」平兒道：「這怕什麼，他還有老爺、太太呢。」劉姥姥道：「姑娘，你那裏知道，不好死了是親生的，隔了肚皮子是不中用的。」這句話又招起鳳姐的愁腸，嗚嗚咽咽的哭起來了。衆人都來勸解。

巧姐兒聽見他母親悲哭，便走到炕前用手拉著鳳姐的手，也哭起來。鳳姐一面哭著道：「你見過了姥姥了沒有？」巧姐兒道：「沒有。」鳳姐道：「你的名字還是他起的呢，就和乾娘一樣，你給他請個安。」巧姐兒便走到跟前，劉姥姥忙著拉著道：

評點

◎5.鳳姐病境，從劉姥姥眼中看出。（姚燮）

「阿彌陀佛，不要折殺我了！巧姑娘，我一年多不來，你還認得我麼？」巧姐兒道：「怎麼不認得。那年在園裏見的時候我還小，前年你來，我還合你要隔年的蟈蟈兒，你也沒有給我，必是忘了。」劉姥姥道：「好姑娘，我是老糊塗了。若說蟈蟈兒，我們屯裏多得很，只是不到我們那裏去，若去了，要一車也容易。」鳳姐道：「不然你帶了他去罷。」◎6劉姥姥笑道：「姑娘這樣千金貴體，綾羅裹大了的，吃的是好東西，到了我們那裏，我拿什麼哄他頑，拿什麼給他吃呢？這倒不是坑殺我了麼。」說著，自己還笑，他說：「那麼著，我給姑娘作個媒罷。我們那裏雖說是屯鄉裏，也有大財主人家，幾千頃地，幾百牲口，銀子錢亦不少，只是不像這裏有金的、有玉的。◎7姑奶奶是瞧不起這種人家，我們莊家人瞧著這樣大財主，也算是天上的人了。」鳳姐道：「你說去，我願意就給。」劉姥姥道：「這是頑話兒罷咧。放著姑奶奶這樣，大官大府的人家只怕還不肯給，那裏肯給莊家人。就是姑奶奶肯了，上頭太太們也不給。」巧姐因他這話不好聽，便走了去和青兒說話。兩個女孩兒倒說得上，漸漸的就熟起來了。

✣ 鳳姐重病之中托劉姥姥照顧巧姐。（朱寶榮繪）

這裏平兒恐劉姥姥話多，攪煩了鳳姐，便拉了劉姥姥說：「你提起太太來，你還沒有過去呢。我出去叫人帶了你去見見，也不枉來這一趟。」劉姥姥便要走。鳳姐道：「忙什麼，你坐下，我問你近來的日子還過的麼？」劉姥姥千恩萬謝的說道：「我們若不仗著姑奶奶，」說著，指著青兒說：「他的老子娘都要餓死了。如今雖說是莊家人苦，家裏也掙了好幾畝地，又打了一眼井，種些菜蔬瓜果，一年賣的錢也不少，盡夠他們嚼吃的了。這兩年姑奶奶還時常給些衣服布匹，在我們村裏算過得的了。阿彌陀佛，前日他老子進城，聽見姑奶奶這裏動了家，我就幾乎唬殺了。虧得又有人說不是這裏，我才放心。後來又聽見說這裏老爺陞了，我又喜歡，就要來道喜，為的是滿地的莊家來不得。昨日又聽說老太太沒有了，我在地裏打豆子，聽見了這話，唬的連豆子都拿不起來了，就在地裏狠狠的哭了一大場。我和女婿說，我也顧不得你們了，不管真話謊話，我是要進城瞧瞧去的。』我女兒女婿也不是沒良心的，聽見了也哭了一回子。今兒天沒亮就趕著我進城來了。我也不認得一個人，沒有地方打聽，一逕來到後門，見是門神都糊了※1，我這一唬又不小。進了門找周嫂子，再找不著，撞見一個小姑娘，說周嫂子他得了不是了，攆了。◎8我又等了好半天，遇見了熟人，才得進來。不打諒姑奶奶也是那麼病。」說著，又掉下淚來。平兒等著急，也不等他說完拉著就走，說：「你老人家說了半天，口乾了，咱們喝碗茶去罷。」拉著

註

※1：舊俗，將大門貼的門神用白紙遮蓋，表示有喪事。

評點

◎6.正伏下文。（王希廉）
◎7.「金玉」二字，久不提矣。（陳其泰）
◎8.上回叫捆起周瑞送官，說得一句話，並非發落。今於劉姥姥口中補出周瑞家有事被攆，一絲不漏。（王希廉）

劉姥姥到下房坐著，青兒在巧姐兒那邊。劉姥姥道：「茶倒不要。好姑娘，叫人帶了我去請太太的安，哭哭老太太去罷。」平兒道：「你不用忙，今兒也趕不出城的了。方才我是怕你說話不防頭招的我們奶奶哭，所以催你出來的。別思量。」劉姥姥道：「阿彌陀佛，姑娘是你多心，我知道。倒是奶奶的病怎麼好呢？」平兒道：「你瞧去妨礙不妨礙？」劉姥姥道：「說是罪過，我瞧著不好。」

正說著，又聽鳳姐叫呢。平兒及到床前，鳳姐又不言語了。平兒正問豐兒，賈璉進來，向炕上一瞧，也不言語，走到裏間氣哼哼的坐下。只有秋桐跟了進去，倒了茶，殷勤一回，不知嘁嘁喳喳的說些什麼回來，賈璉叫平兒來問道：「奶奶不吃藥麼？」平兒道：「不吃藥。怎麼樣呢？」賈璉道：「我知道麼！你拿櫃子上的鑰匙來罷。」平兒見賈璉有氣，又不敢問，只得出來鳳姐耳邊說了一聲。鳳姐不言語，平兒便將一個匣子擱在賈璉那裏就走。賈璉道：「有鬼叫你嗎！你擱著叫誰拿呢？」平兒忍氣打開，取了鑰匙開了櫃子，便問道：「拿什麼？」賈璉道：「咱們有什麼嗎？」平兒氣的哭道：「有話明白說，人死了也願意！」賈璉道：「還要說麼！頭裏的事是你們鬧的。如今老太太的還短了四五千銀子，老爺叫我拿公中的地賬弄銀子，你說有麼？外頭拉的賬不開發使得麼？誰叫我應這個名兒！只好把老太太給我的東西折變去罷了。你不依麼？」平兒聽了，一句不言語，將櫃裏東西搬出。只見小紅過來說：「平姐姐快走，奶奶不好呢。」◎9平兒也顧不得賈璉，急忙過來，見鳳姐用手空抓，

平兒用手攥著哭叫。賈璉也過來一瞧，把腳一跺道：「若是這樣，是要我的命了。」說著，掉下淚來。豐兒進來說：「外頭找二爺呢。」賈璉只得出去。

這裏鳳姐愈加不好，豐兒等不免哭起來。巧姐聽見趕來。劉姥姥也急忙走到炕前，嘴裏念佛，搗了些鬼，果然鳳姐好些。一時王夫人聽了丫頭的信，也過來了，先見鳳姐安靜些，心下略放心，見了劉姥姥，便說：「劉姥姥，你好？什麼時候來的？」劉姥姥便說：「請太太安。」不及細說，只言鳳姐的病。講究了半天，彩雲進來說：「老爺請太太呢。」王夫人叮嚀了平兒幾句話，便過去了。鳳姐鬧了一回，此時又覺清楚些，見劉姥姥在這裏，心裏信他求神禱告，便把豐兒等支開，叫劉姥姥坐在頭邊，告訴他心神不寧如見鬼怪的樣。劉姥姥便說我們屯裏什麼菩薩靈，什麼廟有感應。鳳姐道：「求你替我禱告，要用供獻的銀錢我有。」便在手腕上褪下一支金鐲子來交給他。劉姥姥道：「姑奶奶，不用那個。我們村莊人家許了願，好了，花上幾百錢就是了，那用這些。就是我替姑奶奶求去，也是許願。等姑奶奶好了，要花什麼自己去花罷。」鳳姐明知劉姥姥一片好心，不好勉強，只得留下，說：「姥姥，我的命交給你了。我的巧姐兒也是千災百病的，也交給你了。」劉姥姥順口

清代鑲金玉鐲，首都博物館藏品。（聶鳴提供）

評點

◎9.一波方平下去，一波又激起來。（姚燮）

答應，便說：「這麼著，我看天氣尚早，還趕得出城去，我就去了。明兒姑奶奶好了，再請還願去。」鳳姐因被眾冤魂纏繞害怕，巴不得他就去，便說：「你若肯替我用心，我能安穩睡一覺，我就感激你了。◎10你外孫女兒叫他在這裏住下罷。」劉姥姥道：「莊家孩子沒有見過世面，沒的在這裏打嘴。我帶他去的好。」鳳姐道：「這就是多心了。既是咱們一家，這怕什麼。雖說我們窮了，這一個人吃飯也不礙什麼。」劉姥姥見鳳姐眞情，落得叫青兒住幾天，又省了家裏的嚼吃。只怕青兒不肯，不如叫他來問問，若是他肯，就留下。於是和青兒說了幾句。青兒因與巧姐兒頑得熟了，巧姐又不願他去，青兒又願意在這裏。劉姥姥便吩咐了幾句，辭了平兒，忙忙的趕出城去。不提。

＊　＊　＊

且說櫳翠庵原是賈府的地址，因蓋省親園

✣「懺宿冤鳳姐托村嫗」，描繪《紅樓夢》第一百十三回中的場景。很多事鳳姐自己心裏明白，奈何貪欲太重，以致有今日之危。清代孫溫繪《全本紅樓夢》圖冊第二十三冊之三。（清．孫溫繪）

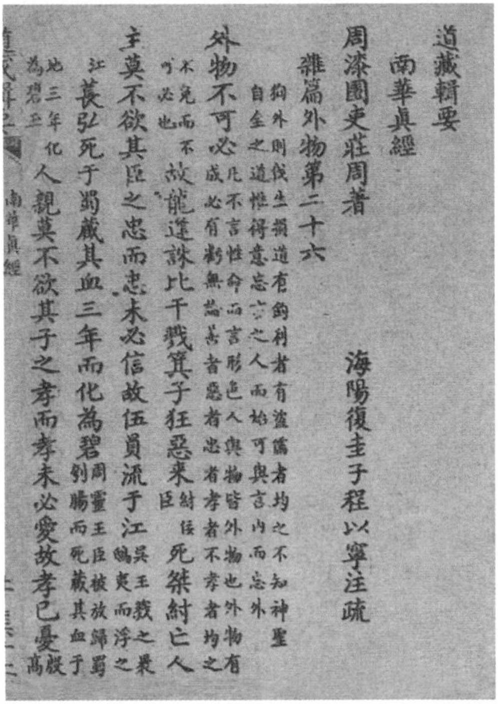
道藏輯要
南華眞經
周漆園吏莊周著
海陽復圭子程以寧注疏
雜篇外物第二十六
外物不可必故龍逢誅比干戮箕子狂惡來死桀紂亡人主莫不欲其臣之忠而忠未必信故伍員流于江萇弘死于蜀藏其血三年而化爲碧人親莫不欲其子之孝而孝未必愛故孝己憂

✣ 清刻道藏輯要本郭象注《南華真經》（局部）。《南華真經》即《莊子》，唐玄宗於天寶元年詔封莊子為「南華真人」，《莊子》一書亦被尊為《南華真經》。郭象（約252年～312年），字子玄，河南人，西晉哲學家。（fotoe提供）

子，將那庵圈在裏頭，向來食用香火並不動賈府的錢糧。今日妙玉被劫，那女尼呈報到官，一則候官府緝盜的下落，二則是妙玉基業不便離散，依舊住下。不過回明了賈府。那時賈府的人雖都知道，只爲賈政新喪，且又心事不寧，也不敢將這些沒要緊的事回稟。只有惜春知道此事，日夜不安。漸漸傳到寶玉耳邊，說妙玉被賊劫去，又有的說妙玉凡心動了跟人而走。寶玉聽得十分納悶，想來必是被強徒搶去，這個人必不肯受，一定不屈而死。但是一無下落，心下甚不放心，◎11每日長噓短嘆。還說：「這樣一個人自稱爲『檻外人』，怎麼遭此結局！」◎12又想到：「當日園中何等熱鬧，自從二姐姐出閣一來，死的死，嫁的嫁，我想他一塵不染是保得住的了，豈知風波頓起，比林妹妹死的更奇！」由是一而二，二而三，追思起來，想到《莊子》上的話，虛無縹緲，人生在世，難免風流

評點

◎10.鳳姐生平好勝，至死不肯降氣，未便公然祈福。奈心中甚餒，怨鬼時見，正在無可如何之際，忽聞劉姥姥到來。托其在村行事，人所不知，或可希冀萬一，聊以自慰。（陳其泰）

◎11.黛死寶走是放心，叙無所終，是不放心。（張新之）

◎12.誰知一塵不染者，往往一塵即染。（姚燮）

雲散，不禁的大哭起來。襲人等又道是他的瘋病發作，百般的溫柔解勸。寶釵初時不知何故，也用話箴規。怎奈寶玉抑鬱不解，又覺精神恍惚。寶釵想不出道理，再三打聽，方知妙玉被劫不知去向，也是傷感。只爲寶玉愁煩，便用正言解釋。因提起「蘭兒自送殯回來，雖不上學，聞得日夜攻苦。他是老太太的重孫。老太太素來望你成人，老爺爲你日夜焦心，你爲閑情痴意糟蹋自己，我們守著你如何是個結果！」說得寶玉無言可答，過了一回才說道：「我那管人家的閑事，只可嘆咱們家的運氣衰頹。」寶釵道：「可又來，老爺太太原爲是要你成人，接續祖宗遺緒，你只是執迷不悟，如何是好。」寶玉聽來，話不投機，便靠在桌上睡去。寶釵也不理他，叫麝月等伺候著，自己卻去睡了。

寶玉見屋裏人少，想起：「紫鵑到了這裏，我從沒合他說句知心的話兒，冷冷清清撂著他，我心裏甚不過意。他呢，又比不得麝月秋紋，我可以安放得的。想起從前我病的時候，他在我這裏伴了好些時，如今他的那一面小鏡子還在我這裏，他的情義卻也不薄了。如今不知爲什麼，見我就是冷冷的。若說爲我們這一個呢，他是和林妹妹最好的，我看他待紫鵑也不錯。我有不在家的日子，紫鵑原也與他有說有講的；到我來了，紫鵑便走開了。想來自然是爲林妹妹死了我便成了家的原故。嗳，紫鵑，紫鵑，你這樣一個聰明女孩兒，難道連我這點子苦處都看不出來麼！」因又一想：「今晚他們睡的睡，作活的作活，不如趁著這個空兒我找他去，看他有什麼話。倘或我還

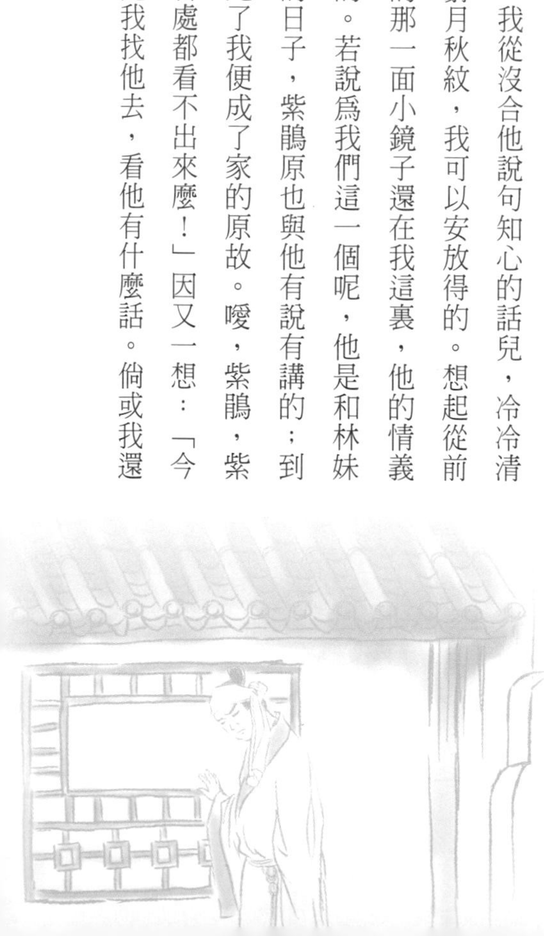

有得罪之處，便陪個不是也使得。」想定主意，輕輕的走出了房門，來找紫鵑。

那紫鵑的下房也就在西廂裏間。寶玉悄悄的走到窗下，只見裏面尙有燈光，便用舌頭舐破窗紙往裏一瞧，見紫鵑獨自挑燈，又不是作什麼，呆呆的坐著。寶玉便輕輕的叫道：「紫鵑姐姐還沒有睡麼？」紫鵑聽了唬了一跳，怔怔的半日才說：「是誰？」寶玉道：「是我。」紫鵑聽著，似乎是寶玉的聲音，便問：「是寶二爺麼？」寶玉在外輕輕的答應了一聲。紫鵑問道：「你來作什麼？」寶玉道：「我有一句心裏的話要和你說說，你開了門，我到你屋裏坐坐。」紫鵑停了一會兒說道：「二爺有什麼話，天晚了，請回罷，明日再說罷。」寶玉聽了，寒了半截。自己還要進去，恐紫鵑未必開門，欲要回去，這一肚子的隱情，越發被紫鵑這一句話勾起。無奈，說道：「我也沒有多餘的話，只問你一句。」紫鵑道：「既是一句，就請說。」寶玉半日反不言語。紫鵑在屋裏不見寶玉言語，知他素有痴病，恐怕一時實在搶白了他，勾起他的舊病倒也不好了，因站起來細聽了一聽，又問道：「是走了，還是傻站著呢？有什麼又不說，盡著在這裏慪人。已經慪死了一個，難道還要慪死一個麼！這是何苦來呢！」說著，也從寶玉舐破之處往外一張，見寶玉在那裏呆聽。紫鵑不便再說，回身剪了剪燭花。忽聽寶玉嘆了一聲道：「紫鵑姐姐，你從來不是這樣鐵心石腸，怎麼近來連一句好好兒的話都不和我說了？我固然是個濁物，不配你們理我；但只我有什麼不是，只望姐姐說明了，那怕姐姐一輩子不理我，我死了倒作個明白鬼呀！」紫鵑聽了，冷笑道：「二爺就是這個話呀，還有什麼？若就是這個話呢，我們姑娘在時我也跟著聽俗了！若是我們有什麼不好處呢，我是太太派來的，二爺倒是回太太去，左右我們丫頭們更算不得什麼了。」◎13說到這裏，那聲兒便哽咽起來，說著又醒鼻涕，寶玉在外知他傷心哭了，便急的跺腳道：「這是怎麼說，我的事情你在這裏幾個月還有什麼不知道的。就便別人不肯替我告訴你，難道你還不叫我說，叫我憋死了不成！」說著，也嗚咽起來了。

寶玉正在這裏傷心，忽聽背後一個人接言道：「你叫誰替你說呢？誰是誰的什麼？自己得罪了人自己央及呀，人家賞臉不賞在人家，何苦來拿我們這些沒要緊的墊踹兒※2呢。」這一句話把裏外兩個人都嚇了一跳。你道是誰，原來卻是麝月。寶玉自覺臉上沒趣。只見麝月又說道：「到底是怎麼著？一個陪不是，一個人又不理。你倒是快快的央及呀。◎14噯，我們紫鵑姐姐也就太狠心了，外頭這麼怪冷的，人家央及了這半天，總連個活動氣兒也沒有。」又向寶玉道：「剛才二奶奶說了，多早晚了，打諒你在那裏呢，你卻一個人站在這房檐底下作什麼！」紫

✣ 寶玉一心想取得紫鵑的諒解。（朱寶榮繪）

鵑裏面接著說道：「這可是什麼意思呢？早就請二爺進去，有話明日說罷。這是何苦來！」寶玉還要說話，因見麝月在那裏，不好再說別的，只得一面同麝月走回，一面說道：「罷了，罷了！我今生今世也難白陪這個心了！惟有老天知道罷了！」說到這裏，那眼淚也不知從何處來的，滔滔不斷了。麝月道：「二爺，依我勸你死了心罷，白陪眼淚也可惜了兒的。」寶玉也不答言，遂進了屋子。只見寶釵睡了，寶玉也知寶釵裝睡。卻是襲人說了一句道：「有什麼話明日說不得，巴巴兒的跑那裏去鬧，鬧出——」說到這裏也就不肯說，遲了一遲才接著道：「身上不覺怎麼樣？」寶玉也不言語，只搖搖頭兒，襲人一面才打發睡下。一夜無眠，自不必說。

這裏紫鵑被寶玉一招，越發心裏難受，直直的哭了一夜。思前想後，「寶玉的事，明知他病中不能明白，所以衆人弄鬼弄神的辦成了。後來寶玉明白了，舊病復發，常時哭想，並非忘情負義之徒。今日這種柔情，一發叫人難受，只可憐我們林姑娘眞眞是無福消受他。◎15如此看來，人生緣分都有一定，在那未到頭時，大家都是痴心妄想。乃至無可如何，那糊塗的也就不理會了，那情深義重的也不過臨風對月，洒淚悲啼。可憐那死的倒未必知道，這活的眞眞是苦惱傷心，無休無了。◎16算來竟不如草木石頭，無知無覺，倒也心中乾淨！」想到此處，倒把一片酸熱之心一時冰冷了。◎17才要收拾睡時，只聽東院裏吵嚷起來。未知何事，下回分解。

註

※2：遷怒他人以洩憤。

評點

◎13.一「更」字，是爲黛玉抱恨。（黃小田）
◎14.其言若恨紫鵑，心實笑寶玉。（姚燮）
◎15.「釋舊憾」者，寫寶玉，非寫紫鵑也。寶玉不負黛玉，紫鵑早已諒之。平日赤心，有以取信於人，豈幾句虛言，果能釋恨哉？紫鵑因此勘破一切，向來熱腸，化作冰冷，恰好引起隨惜春出家事。（陳其泰）
◎16.兩心糾結，歸之於生死不侔。鵑姑娘已超悟境矣。（姚燮）
◎17.以「乾淨」二字，結一部冷熱之局。（張新之）

✣「釋舊憾情婢感痴郎」，描繪《紅樓夢》第一百十三回中的場景。續書有時對人物心理的摹擬還算準確，但筆力不逮，有點弄巧成拙。清代孫溫繪《全本紅樓夢》圖冊第二十三冊之四。（清．孫溫繪）

# 第一百十四回

## 王熙鳳歷幻返金陵　甄應嘉蒙恩還玉闕

卻說寶玉寶釵聽說鳳姐病的危急，趕忙起來。丫頭秉燭伺候。正要出院，只見王夫人那邊打發人來說：「璉二奶奶不好了，還沒有咽氣，二爺二奶奶且慢些過去罷。璉二奶奶的病有些古怪，從三更天起到四更時候，璉二奶奶沒有住嘴說些胡話，◎1要船要轎的，說到金陵歸入冊子去。眾人不懂，他只是哭哭喊喊的。璉二爺沒有法兒，只得去糊了船轎，還沒拿來，璉二奶奶喘著氣等呢。叫我們過來說，等璉二奶奶去了再過去罷。」寶玉道：「這也奇，他到金陵作什麼？」襲人輕輕的和寶玉說道：「你不是那年作夢，我還記得說有多少冊子，不是璉二奶奶也到那裏去麼？」◎2寶玉聽了點頭道：「是呀，可惜我都不記得那上頭的話了。這麼說起來，人都有個定數的了。但不知林妹妹又到那裏去了？我如今被你一說，

✣《增評補圖石頭記》第一百十四回繪畫。（fotoe提供）

我有些懂得了。若再作這個夢時，我得細細的瞧一瞧，便有未卜先知的分兒了。」襲人道：「你這樣的人可是不可和你說話的，偶然提了一句，你便認起眞來了嗎？就算你能先知了，你有什麼法兒！」寶玉道：「只怕不能先知，若是能了，我也犯不著爲你們瞎操心了。」

兩個正說著，寶釵走來問道：「你們說什麼？」寶玉恐他盤詰，只說：「我們談論鳳姐姐。」寶釵道：「人要死了，你們還只管議論人。舊年你還說我咒人，那個籤不是應了麼？」寶玉又想了一想，拍手道：「是的，是的。這麼說起來，你倒能先知了。我索性問問你，你知道我將來怎麼樣？」寶釵笑道：「這是又胡鬧起來了。我是就他求的籤上的話混解的，你就認了眞了。你就和邢妹妹一樣的了，你失了玉，他去求妙玉扶乩，批出來的衆人不解，他還背地裏和我說妙玉怎麼前知，怎麼參禪悟道。如今他遭此大難，他如何自己都不知道，這可是算得前知嗎？就是我偶然說著了二奶奶的事情，其實知道他是怎麼樣了，只怕我連我自己也不知道呢。◎3這樣下落可不是虛誕的事，是信得的麼！」寶玉道：「別提他了。你只說邢妹妹罷，自從我們這裏連連的有事，把他這件事竟忘記了。你們家這麼一件大事怎麼就草草的完了，也沒請親喚友的。」寶釵道：「你這話又是迂了。我們家的親戚只有咱們這裏和王家最近。王家沒了什麼正經人了。咱們家遭了老太太的大事，所以也沒請，就是璉二哥張羅了張羅。別的親戚雖也有一兩門子，你沒過去，如何知道。算起來我們這二嫂子的命和

評點

◎1.想鳳姐一生積惡，於病囈中傾吐無遺，今以「胡話」二字諱之。（姚燮）
◎2.直應初識雲雨時。（陳其泰）
◎3.絕妙機鋒。（姚燮）

我差不多，好好的許了我二哥哥，我媽媽原想要體體面面的給二哥哥娶這房親事的。一則爲我哥哥在監裏，二哥哥也不肯大辦；二則爲咱家的事；三則爲我二嫂子在大太太那邊忒苦，又加著抄了家，大太太是苛刻一點的，他也實在難受，所以我和媽媽說了，便將將就就的娶了過去。◎[4]我看二嫂子如今倒是安心樂意的孝敬我媽媽，比親媳婦還強十倍呢。待二哥哥也是極盡婦道的，和香菱又甚好，二哥哥不在家，他兩個和和氣氣的過日子。◎[5]雖說是窮些，我媽媽近來倒安逸好些。就是想起我哥哥來不免悲傷。況且常打發人家裏來要使用，多虧二哥哥在外頭賬頭兒上討來應付他的。我聽見說城裏有幾處房子已經典去，還剩了一所在那裏，打算著搬去住。」寶玉道：「爲什麼要搬？住在這裏你來去也便宜些，若搬遠了，你去就要一天了。」寶釵道：「雖說是親戚，到底各自的穩便些。那裏有個一輩子住在親戚家的呢。」

寶玉還要講出不搬去的理，王夫人打發人來說：「璉二奶奶咽了氣了。所有的人多過去了，請二爺二奶奶就過去。」寶玉聽了，也掌不住跺腳要哭。寶釵雖也悲戚，恐寶玉傷心，便說：「有在這裏哭的，不如到那邊哭去。」

於是兩人一直到鳳姐那裏，只見好些人圍著哭呢。寶釵走到跟前，見鳳姐已經停床，便大放悲聲。寶玉也拉著賈璉的手大哭起來。賈璉也重新哭泣。平兒等因見無人勸解，只得含悲上來勸止了。衆人都悲哀不止。賈璉此時手足無措，叫人傳了賴大來，叫他辦理喪事。自己回明了賈政去，然後行事。但是手頭不濟，諸事拮据，又

想起鳳姐素日來的好處，更加悲哭不已，又見巧姐哭的死去活來，越發傷心。哭到天明，即刻打發人去請他大舅子王仁過來。那王仁自從王子騰死後，王子勝又是無能的人，任他胡爲，已鬧的六親不和。今知妹子死了，只得趕著過來哭了一場。見這裏諸事將就，心下便不舒服，說：「我妹妹在你家辛辛苦苦當了好幾年家，也沒有什麼錯處，你們家該認眞的發送發送才是。怎麼這時候諸事還沒有齊備！」賈璉本與王仁不睦，見他說些混賬話，知他不懂的什麼，也不大理他。王仁便叫了他外甥女兒巧姐過來說：「你娘在時，本來辦事不周到，只知道一味的奉承老太太，把我們的人都不大看在眼裏。外甥女兒，你也大了，看見我曾經沾染過你們沒有！如今你娘死了，諸事要聽著舅舅的話。你母親娘家的親戚就是我和你二舅舅了。你父親的爲人我也早知道的了，只有重別人，那年什麼尤姨娘死了，我雖不在京，聽見人說花了好些銀子。如今你娘死了，你父親倒是這樣的將就辦去嗎！你也不快些勸勸你父親。」◎6

巧姐道：「我父親巴不得要好看，只是如今比不得從前了。現在手裏沒錢，所以諸事省些是有的。」王仁道：「你的東西還少麼！」巧姐兒道：「舊年抄去，何嘗還了呢。」王仁道：「你也這樣說。我聽見老太太又給了好些東西，你該拿出來。」巧姐又不好說父親用去，只推不知道。王仁便道：「哦，我知道了，不過是你要留著作嫁妝罷咧。」巧姐聽了，不敢回言，只氣的哽噎難鳴的哭起來了。平兒生氣說道：「舅老爺有話，等我們二爺進來再說，姑娘這麼點年紀，他懂的什麼。」王仁道：

評點

◎4.敘岫煙事，苦無瑕筆，妙在說話中帶過，作者省力。（王希廉）
◎5.從寶釵口中略述大概，補得毫無斧鑿痕跡。（王希廉）
◎6.伏後來串賣情事。（王希廉）

「你們是巴不得二奶奶死了，你們就好為王了。我並不要什麼，好看些也是你們的臉面。」說著，賭氣坐著。巧姐滿懷的不舒服，心想：「我父親並不是沒情，我媽媽在時舅舅不知拿了多少東西去，如今說得這樣乾淨。」於是便不大瞧得起他舅舅了。豈知王仁心裏想來，他妹妹不知攢積了多少，雖說抄了家，那屋裏的銀子還怕少嗎？◎7「必是怕我來纏他們，所以也幫著這麼說。這小東西兒也是不中用的。」從此王仁也嫌了巧姐兒了。

賈璉並不知道，只忙著弄銀錢使用。外頭的大事叫賴大辦了，裏頭也要用好些錢，一時實在不能張羅。平兒知他著急，便叫賈璉道：「二爺也別過於傷了自己的身子。」賈璉道：「什麼身子，現在日用的錢都沒有，這件事怎麼辦！偏有個糊塗行子又在這裏蠻纏，你想有什麼法兒！」平兒道：「二爺也不用著急，若說沒錢使喚，我還有些東西舊年幸虧沒有抄去，在裏頭。二爺要就拿去當著使喚罷。」賈璉聽了，心想難得這樣，便笑道：「這樣更好，省得我各處張羅。等我銀子弄到手了還你。」平兒道：「我的也是奶奶給的，什麼還不還，只要這件事辦的好看些就是了。」賈璉心裏倒著實感激他，便將平兒的東西拿了去當錢使用。諸凡事情便與平兒商量。秋桐看著心裏就有些不甘，每每口角裏頭便說：「平兒沒有了奶奶，他要上去了。我是老爺

✣ 王熙鳳死後，其兄王仁待巧姐不善。（朱寶榮繪）

的人，他怎麼就越過我去了呢。」平兒也看出來了，只不理他。倒是賈璉一時明白，越發把秋桐嫌了，一時有些煩惱便拿著秋桐出氣。邢夫人知道，反說賈璉不好。賈璉忍氣。不提。

* * *

再說鳳姐停了十餘天，送了殯。賈政守著老太太的孝，總在外書房。那時清客相公漸漸的都辭去了，只有個程日興還在那裏，時常陪著說說話兒。提起「家運不好，一連人口死了好些，大老爺和珍大爺又在外頭，家計一天難似一天。外頭東莊地畝也不知道怎麼樣，總不得了呀！」程日興道：「我在這裏好些年，也知道府上的人那一個不是肥己的。一年一年都往他家裏拿，那自然府上是一年不夠一年了。又添了大老爺珍大爺那邊兩處的費用，外頭又有些債務，前兒又破了好些財，要想衙門裏緝賊追贓是難事。老世翁若要安頓家事，除非傳那些管事的來，派一個心腹的人各處去清查清查，該去的去，該留的留，有了虧空著在經手的身上賠補，這就有了數兒了。那一座大的園子人家是不敢買的。這裏頭的出息也不少，又不派人管了。那年老世翁不在

✣ 邢夫人，只知順承賈赦以自保，對自己的媳婦王熙鳳也都無可奈何，活得非常委曲。（《紅樓夢煙標精華》杜春耕編著，北京圖書館出版社提供）

評點

◎7.其居心不可問，眞是忘仁。（姚燮）

家，這些人就弄神弄鬼兒的，鬧的一個人不敢到園裏。這都是家人的弊。此時把下人查一查，好的使著，不好的便攆了，這才是道理。」賈政點頭道：「先生你所不知，不必說下人，便是自己的侄兒也靠不住。若要我查起來，那能一一親見親知。況我又在服中，不能照管這些了。我素來又兼不大理家，有的沒的，我還摸不著呢。」程日興道：「老世翁最是仁德的人，若在別家的，這樣的家計，就窮起來，十年五載還不怕，便向這些管家的要也就夠了。我聽見世翁的家人還有作知縣的呢。」賈政道：「一個人若要使起家人們的錢來，便了不得了，只好自己儉省些。◎8但是冊子上的產業，若是實有還好，生怕有名無實了。」程日興道：「老世翁所見極是。晚生爲什麼說要查查呢！」賈政道：「先生必有所聞。」程日興道：「我雖知道些那些管事的神通，晚生也不敢言語的。」賈政聽了，便知話裏有因，便嘆道：「我自祖父以來都是仁厚的，從沒有刻薄過下人。我看如今這些人一日不似一日了。在我手裏行出主子樣兒來，又叫人笑話。」

兩人正說著，門上的進來回道：「江南甄老爺到來了。」賈政便問道：「甄老爺進京爲什麼？」那人道：「奴才也打聽了，說是蒙聖恩起復了。」賈政道：「不用說了，快請罷。」那人出去請了進來。那甄老爺即是甄寶玉之父，名叫甄應嘉，表字友忠，也是金陵人氏，功勛之後。原與賈府有親，素來走動的。因前年掛誤革了職，動了家產。今遇主上眷念功臣，賜還世職，行取※1來京陛見。知道賈母新喪，特備祭禮

擇日到寄靈的地方拜奠，所以先來拜望。賈政有服不能遠接，在外書房門口等著。那位甄老爺一見，便悲喜交集，因在制中不便行禮，便拉著了手敘了些闊別思念的話，然後分賓主坐下，獻了茶，彼此又將別後事情的話說了。

賈政問道：「老親翁幾時陛見的？」甄應嘉道：「前日。」賈政道：「主上隆恩，必有溫諭。」甄應嘉道：「主上的恩典眞是比天還高，下了好些旨意。」賈政道：「什麼好旨意？」甄應嘉道：「近來越※2寇猖獗，海疆一帶小民不安，派了安國公征剿賊寇。主上因我熟悉土疆，命我前往安撫，但是即日就要起身。昨日知老太太仙逝，謹備瓣香至靈前拜奠，稍盡微忱。」賈政即忙叩首拜謝，便說：「老親翁即此一行，必是上慰聖心，下安黎庶，誠哉莫大之功，正在此行。但弟不克親睹奇才，只好遙聆捷報。現在鎭海統制是弟舍親，會時務望青照。」甄應嘉道：「老親翁與統制是什麼親戚？」賈政道：「弟那年在江西糧道任時，將小女許配與統制少君，結褵已經三載。因海口案內未清，繼以海寇聚奸，所以音信不通。弟深念小女，俟老親翁安撫事竣後，拜懇便中請爲一視。弟即修數行煩尊紀※3帶去，便

✣ 甄應嘉蒙恩還玉闕。（《紅樓夢煙標精華》杜春耕編著，北京圖書館出版社提供）

註

※1：由朝廷行文調職京師。
※2：浙江省的別名。
※3：對他人僕人的敬稱，此處指請對方幫忙的意思。

評點

◎8.賈政不肯使家人銀錢，固是仁厚。但明知家業凋殘，既不能選人清查，又不能親自料理，眞是毫無主意人。（王希廉）

感激不盡了。」甄應嘉道：「兒女之情，人所不免，我正在有奉托老親翁的事。日蒙聖恩召取來京，因小兒年幼，家下乏人，將賤眷全帶來京。我因欽限迅速，晝夜先行，賤眷在後緩行，到京尚需時日。弟奉旨出京，不敢久留。將來賤眷到京，少不得要到尊府，定叫小犬叩見。如可進教，遇有姻事可圖之處，望乞留意為感。」賈政一一答應。那甄應嘉又說了幾句話，就要起身，說：「明日在城外再見。」賈政見他事忙，諒難再坐，只得送出書房。

賈璉、寶玉早已伺候在那裏代送，因賈政未叫，不敢擅入。甄應嘉出來，兩人上去請安。應嘉一見寶玉，呆了一呆，心想：「這個怎麼甚像我家寶玉？只是渾身縞素。」因問：「至親久闊，爺們都不認得了。」賈政忙指賈璉道：「這是家兄名赦之子璉二侄兒。」又指著寶玉道：「這是第二小犬，名叫寶玉。」應嘉拍手道奇：「我在家聽見說老親翁有個銜玉生的愛子，名叫寶玉。因與小兒同名，心中甚為罕異。後來想著這個也是常有的事，不在意了。豈知今日一見，不但面貌相同，且舉止一般，這

✣「王鳳姐歷幻返金陵」，描繪《紅樓夢》第一百十四回中的場景。清代孫溫繪《全本紅樓夢》圖冊第二十三冊之五。（清．孫溫繪）

✣賈政、甄應嘉相互施禮。（朱寶榮繪）

更奇了。」問起年紀，比這裏的哥兒略小一歲。賈政便因提起承屬包勇，問及令郎哥兒與小兒同名的話述了一遍。應嘉因屬意寶玉，也不暇問及那包勇的得妥，只連連的稱道：「眞眞罕異！」因又拉了寶玉的手，極致慇勤。又恐安國公起身甚速，急須預備長行，勉強分手徐行。賈璉寶玉送出，一路又問了寶玉好些的話。及至登車去後，賈璉寶玉回來見了賈政，便將應嘉問的話回了一遍。

賈政命他二人散去。賈璉又去張羅算明鳳姐喪事的賬目。寶玉回到自己房中，告訴了寶釵，說是：「常提的甄寶玉，我想一見不能，今日倒先見了他父親了。我還聽得說寶玉也不日要到京了，要來拜望我老爺呢。又人人說和我一模一樣的，我只不信。若是他後兒到了咱們這裏來，你們都去瞧去，看他果然和我像不像。」寶釵聽了道：「噯，你說話怎麼越發不留神了，什麼男人同你一樣都說出來了，還叫我們瞧去嗎！」寶玉聽了，知是失言，臉上一紅，連忙的還要解說。不知何話，下回分解。

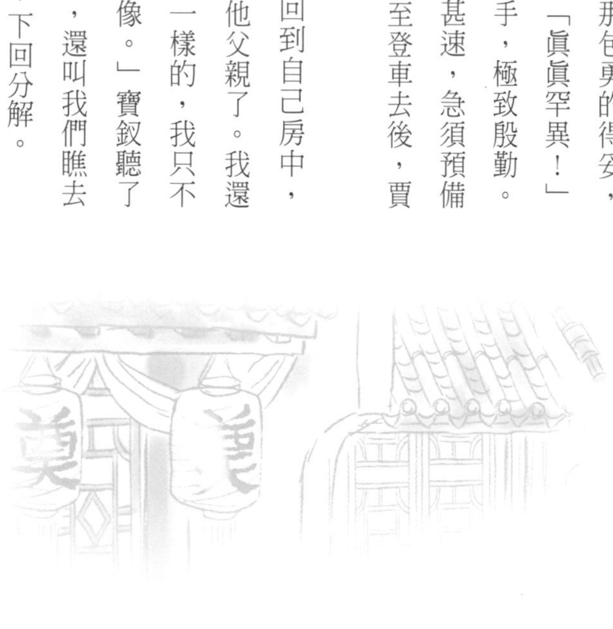

# 第一百十五回

## 惑偏私惜春矢素志　證同類寶玉失相知

話說寶玉爲自己失言被寶釵問住，想要掩飾過去，只見秋紋進來說：「外頭老爺叫二爺呢。」寶玉巴不得一聲，便走了。去到賈政那裏，賈政道：「我叫你來不爲別的，現在你穿著孝，不便到學裏去，你在家裏必要將你念過的文章溫習溫習。我這幾天倒也閑著，隔兩三日要作幾篇文章我瞧瞧，看你這些時進益了沒有。」寶玉只得答應著。賈政又道：「你環兄弟蘭侄兒我也叫他們溫習去了。倘若你作的文章不好，反倒不及他們，那可就不成事了。」寶玉不敢言語，答應了個「是」，站著不動。賈政道：「去罷。」寶玉退了出來，正撞見賴大諸人拿著些冊子進來。

寶玉一溜煙回到自己房中，寶釵問了知道叫他作文章，倒也喜歡，惟有寶玉不願意，也不敢怠

✣《增評補圖石頭記》第一百十五回繪畫。（fotoe提供）

慢。正要坐下靜靜心，見有兩個姑子進來，寶玉看是地藏庵的，來和寶釵說：「請二奶奶安。」寶釵待理不理的說：「你們好？」因叫人來：「倒茶給師父們喝。」寶玉原要和那姑子說話，見寶釵似乎厭惡這些，也不好兜搭。那姑子知道寶釵是個冷人，也不久坐，辭了要去。寶釵道：「再坐坐去罷。」那姑子道：「我們因在鐵檻寺作了功德，好些時沒來請太太奶奶們的安，今日來了，見過了奶奶太太們，還要看四姑娘呢。」寶釵點頭，由他去了。

那姑子便到惜春那裏，見了彩屏，說：「姑娘在那裏呢？」彩屏道：「不用提了。姑娘這幾天飯都沒吃，只是歪著。」那姑子道：「爲什麼？」彩屏道：「說也話長。你見了姑娘只怕他便和你說了。」惜春早已聽見，急忙坐起來，說：「你們兩個人好啊？見我們家事差了，便不來了。」那姑子道：「阿彌陀佛！有也是施主，沒也是施主，別說我們是本家庵裏的，受過老太太多少恩惠呢。如今老太太的事，太太奶奶們都見了，只沒有見姑娘，心裏惦記，今兒是特特的來瞧姑娘來的。」惜春便問起水月庵的姑子來。那姑子道：「他們庵裏鬧了些事，如今門上也不肯常放進來了。」◎1便問惜春道：「前兒聽見說櫳翠庵的妙師父怎麼跟了人去了？」◎2惜春道：「那裏的話！說這個話的人隄防著割舌頭。人家遭了強盜搶去，怎麼還說這樣的壞話。」那姑子道：「妙師父的爲人怪癖，只怕是假惺惺罷。◎3在姑娘面前我們也不好說的。那裏像我們這些粗夯人，只知道諷經念佛，給人家懺悔，也爲著自己修個善果。」惜春

評點

◎1.水月、鐵檻、饅頭、地藏，一而已矣。（張新之）
◎2.只一「跟」字，壞人名節。（姚燮）
◎3.妙玉是假惺惺，於遭劫後始爲點破。地藏庵姑子，以成敗論英雄。（姚燮）

道：「怎麼樣就是善果呢？」那姑子道：「除了咱們家這樣善德人家兒不怕，若是別人家，那些誥命夫人小姐也保不住一輩子的榮華。到了苦難來了，可就救不得了。只有個觀世音菩薩大慈大悲，遇見人家有苦難的就慈心發動，設法兒救濟。爲什麼如今都說大慈大悲救苦救難的觀世音菩薩呢。我們修了行的人，雖說比夫人小姐們苦多著呢，只是沒有險難的了。雖不能成佛作祖，修修來世或者轉個男身，自己也就好了。不像如今脫生了個女人胎子，什麼委曲煩難都說不出來。姑娘你還不知道呢，要是人家姑娘們出了門子，這一輩子跟著人是更沒法兒的。◎4若說修行，也只要修得眞。那妙師父自爲才情比我們強，他就嫌我們這些人俗，豈知俗的才能得善緣呢。◎5他如今到底是遭了大劫了。」

惜春被那姑子一番話說得合在機上，也顧不得丫頭們在這裏，便將尤氏待他怎樣，前兒看家的事說了一遍。◎6並將頭髮指給他瞧道：「你打諒我是什麼沒主意戀火坑的人麼？早有這樣的心，只是想不出道兒來。」◎7那姑子聽了，假作驚慌道：「姑娘再別說這個話！珍大奶奶聽見還要罵殺我們，攆出庵去呢！姑娘這樣人品，這樣人家，將來配個好姑爺，享一輩子的榮華富貴。」惜春不等說完，便紅了臉說：「珍

✣ 觀世音菩薩和施主們的畫像，宋代太平興國8年，絹本著色，中國甘肅敦煌莫高窟第十七窟出土，英國倫敦大英博物館藏。觀音的左手持如意珠寶，伴在其兩旁的是手持大卷軸的善惡兩童子。（fotoe提供）

✣惜春被地藏庵姑子言語所激，更加堅定了出家之念。（朱寶榮繪）

大奶奶撵得你，我就撵不得麼？」那姑子知是眞心，便索性激他一激，說道：「姑娘別怪我們說錯了話，太太奶奶們那裏就依得姑娘的性子呢？那時鬧出沒意思來倒不好。我們倒是爲姑娘的話。」惜春道：「這也瞧罷咧。」彩屏等聽這話頭不好，便使個眼色兒給姑子叫他走。那姑子會意，本來心裏也害怕，不敢挑逗，便告辭出去。惜春也不留他，便冷笑道：「打諒天下就是你們一個地藏庵麼！」那姑子也不敢答言去了。

彩屏見事不妥，恐擔不是，悄悄的去告訴了尤氏說：「四姑娘絞頭髮的念頭還沒有息呢。他這幾天不是病，竟是怨命。奶奶隄防些，別鬧出事來，那會子歸罪我們身上。」尤氏道：「他那裏是爲要出家，他爲的是大爺不在家，安心和我過不去，也只好由他罷了。」彩屏等沒法，也只好常常勸解。豈知惜春一天一天的不吃飯，只想絞頭髮。◎8彩屏等吃不住，只得到各處告訴。邢王二夫人等也都勸了好幾次，怎奈惜春執迷不解。◎9

評點

◎4.只怕你作姑子的，雖不跟人，人也要跟著你。（姚燮）
◎5.「俗的才有善緣」，殺有妙旨。（姚燮）
◎6.可知只是爲此要出家也。（陳其泰）
◎7.放下屠刀立地成佛，爲甚麼想不出道兒？（姚燮）
◎8.可知是執迷，不是了悟。（姚燮）
◎9.如四姑娘者，殆可與獅子比潔矣。（許葉芬）

邢王二夫人正要告訴賈政，只聽外頭傳進來說：「甄家的太太帶了他們家的寶玉來了。」衆人急忙接出，便在王夫人處坐下。衆人行禮，敘些溫寒，不必細述。只言王夫人提起甄寶玉與自己的寶玉無二，要請甄寶玉一見。傳話出去，回來說道：「甄少爺在外書房同老爺說話，說的投了機了，打發人來請我們二爺三爺，還叫蘭哥兒，在外頭吃飯。吃了飯進來。」說畢，裏頭也便擺飯。不提。

＊　＊　＊

且說賈政見甄寶玉相貌果與寶玉一樣，試探他的文才，竟應對如流，甚是心敬，故叫寶玉等三人出來警勵他們。再者到底叫寶玉來比一比。◎10寶玉聽命，穿了素服，帶了兄弟侄兒出來，見了甄寶玉，竟是舊相識一般。那甄寶玉也像那裏見過的。◎11兩人行了禮，然後賈環賈蘭相見。本來賈政席地而坐，要讓甄寶玉在椅子上坐。甄寶玉因是晚輩，不敢上坐，就在地下鋪了褥子坐下。如今寶玉等出來，又不能同賈政一處坐著，爲甄寶玉又是晚一輩，又不好叫寶玉等站著。賈政知是不便，站著又說了幾句話，叫人擺飯，說：「我失陪，叫小兒輩陪著，大家說說話兒，好叫他們領領大教。」甄寶玉遜謝道：「老伯大人請便。侄兒正欲領世兄們的教呢。」賈政回覆了幾句，便自往內書房去。那甄寶玉反要送出來，賈政攔住。寶玉等先搶了一步出了書房門檻，站立著看賈政進去，然後進來讓甄寶玉坐下。彼此套敘了一回，諸如久慕竭想的話，也不必細述。

且說賈寶玉見了甄寶玉，想到夢中之景，並且素知甄寶玉爲人必是和他同心，以爲得了知己。◎12因初次見面，不便造次。且又賈環賈蘭在坐，只有極力誇贊說：「久仰芳名，無由親炙※1。今日見面，眞是謫仙※2一流的人物。」那甄寶玉素來也知賈寶玉的爲人，今日一見，果然不差，「只是可與我共學，不可與你適道※3，他既和我同名同貌，也是三生石上的舊精魂了。既我略知了些道理，怎麼不和他講講。但是初見，尚不知他的心與我同不同，只好緩緩的來。」便道：「世兄的才名，弟所素知的，在世兄是數萬人的裏頭選出來最清最雅的，在弟是庸庸碌碌一等愚人，忝附同名，殊覺玷辱了這兩個字。」賈寶玉聽了，心想：「這個人果然同我的心一樣的。但是你我都是男人，不比那女孩兒們清潔，怎麼他拿我當作女孩兒看待起來？」◎13便道：「世兄謬贊，實不敢當。弟是至濁至愚，只不過一塊頑石耳，何敢比世兄品望高清，實稱此兩字。」甄寶玉道：「弟少時不知分量，自謂尚可琢磨。豈知家遭消索，數年來更比瓦礫猶賤，雖不敢說歷盡甘苦，然世道人情略略的

孤高乖僻的妙玉，為太多世人不能理解。但她自有一套凜然不可侵犯的內在處世邏輯。（張羽琳繪）

註

※1：親身受到教益。
※2：貶謫人間的神仙，可用來讚美才學出眾、風度瀟灑之人。
※3：語出《論語．子罕》：「可與共學，未可與適道。」意思是可以一道學習卻不能共同完成某種事業。

評點

◎10. 兩寶玉至此才見面，而此書殆將盡矣。所謂「眞事隱」也。（陳其泰）
◎11. 甄賈兩寶玉，從《西遊記》兩行者脫胎。（周春）
◎12. 反跌下文。（王希廉）
◎13. 並非將你作女孩兒看待，只怕是你自己如此看待。（姚燮）

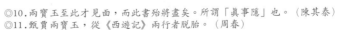

領悟了好些。世兄是錦衣玉食，無不遂心的，必是文章經濟高出人上，所以老伯鍾愛，將爲席上之珍。弟所以才說尊名方稱。」

賈寶玉聽這話頭又近了祿蠹的舊套，想話回答。賈環見未與他說話，心中早不自在。倒是賈蘭聽了這話甚覺合意，便說道：「世叔所言固是太謙，若論到文章經濟，實在從歷練中出來的，方爲眞才實學。在小侄年幼，雖不知文章爲何物，然將讀過的細味起來，那膏粱文繡，比著令聞廣譽，眞是不啻百倍的了。」◎14甄寶玉未及答言，賈寶玉聽了蘭兒的話心裏越發不合，想道：「這孩子從幾時也學了這一派酸論。」◎15便說道：「弟聞得世兄也詆盡流俗，性情中另有一番見解。今日弟幸會芝範※4，想欲領教一番超凡入聖的道理，從此可以淨洗俗腸，重開眼界，不意視弟爲蠢物，所以將世路的話來酬應。」甄寶玉聽說，心裏曉得：「他知我少年的性情，所以疑我爲假。我索性把話說明，或者與我作個知心朋友也是好的。」便說道：「世兄高論，固是眞切。但弟少時也曾深惡那些舊套陳言，只是一年長似一年，家君致仕※5在家，懶於酬應，委弟接待。後來見過那些大人先生盡都是顯親揚名的人，便是著書立說，無非言忠言孝，自有一番立德立言的事業，方不枉生在聖明之時，也不致負了父親師長養育教誨之恩，所以把少時那一派迂想痴情漸漸的淘汰了些。如今尙欲訪師覓友，教導愚蒙，幸會世兄，定當有以教我。適才所言，並非虛意。」◎16賈寶玉愈聽愈不耐煩，又不好冷淡，只得將言語支吾。幸喜裏頭傳出話來

✣ 清代紫檀雕花獸太師椅。太師椅是唯一用官職來命名的椅子，最早使用於宋代，至清代成為一種扶手椅的專稱，在人們生活中占據了主要地位。（莫健超提供）

說：「若是外頭爺們吃了飯，請甄少爺裏頭去坐呢。」寶玉聽了，趁勢便邀甄寶玉進去。◎17

那甄寶玉依命前行，賈寶玉等陪著來見王夫人。賈寶玉見是甄太太上坐，便先請過了安，賈環賈蘭也見了。甄寶玉也請了王夫人的安。兩母兩子互相廝認。雖是賈寶玉是娶過親的，那甄夫人年紀已老，又是老親，因見賈寶玉的相貌身材與他兒子一般，不禁親熱起來。王夫人更不用說，拉著甄寶玉問長問短，覺得比自己家的寶玉老成些。回看賈蘭，也是清秀超群的，雖不能像兩個寶玉的形像，也還隨得上。只有賈環粗夯，未免有偏愛之色。眾人一見兩個寶玉在這裏，都來瞧看，說道：「眞眞奇事，名字同了也罷，怎麼相貌身材都是一樣的。虧得是我們寶玉穿孝，若是一樣的衣服穿著，一時也認不出來。」內中紫鵑一時痴意發作，便想起黛玉來，心裏說道：「可惜林姑娘死了，若不死時，就將那甄寶玉配了他，只怕也是願意的。」◎18正想著，只聽得甄夫人道：「前日聽得我們老爺回來說，我們寶玉年紀也大了，求這裏老爺留心一門親事。」王夫人正愛甄寶玉，順口便說道：「我也想要與令郎作伐※6。我家有四個姑娘，那三個都不用說，死的死、嫁的嫁了，還

註

※4：高尚的典範。
※5：辭職。
※6：爲人作媒，亦作「執柯」。

評點

◎14.賈蘭習於寶玉而不溺其志，習於賈環而不亂其行，可謂出淤泥而不染矣。然乳臭未脫，即淳淳然以八股爲務，是於下下乘中覓立足地也，其陷溺似比甄寶玉猶深。嗣是而仕途中多一熱人矣，嗣是而性靈中少一韻人矣。可以救庸而不可以醫俗，惜哉！然而李紈有子矣。（涂瀛）

◎15.賈蘭卻是甄寶玉知己，是旁襯法。（王希廉）

◎16.前此之眞玉，未離璞也……今此之眞玉，已雕琢成器也。（陳其泰）

◎17.從創作立意上看，《紅樓夢》中寫甄寶玉是採用「假作眞時眞亦假」的手法。寫賈寶玉是「眞」寶玉，寫的甄寶玉則是「假」寶玉。一個有「靈」氣，一個無「靈」氣；一個是作者心中追求的新時代的典型，一個是作者心中厭惡要加抨擊的物件。這是兩個對立的形象，作者歌頌姓賈的眞寶玉，抨擊姓甄的假寶玉。這一眞一假正好是顛倒著的，「眞」（甄）的徒有虛名而已。（胡文彬）

◎18.果能如此，可謂之弄假成眞。（姚燮）

有我們珍大侄兒的妹子，只是年紀過小幾歲，恐怕難配。倒是我們大媳婦的兩個堂妹子生得人才齊整，二姑娘呢，已經許了人家，三姑娘正好與令郎爲配。◎[19]過一天我給令郎作媒，但是他家的家計如今差些。」甄夫人道：「太太這話又客套了。如今我們家還有什麼，只怕人家嫌我們窮罷了。」王夫人道：「現今府上復又出了差，將來不但復舊，必是比先前更要鼎盛起來。」甄夫人笑著道：「但願依著太太的話更好。這麼著就求太太作個保山。」甄寶玉聽他們說起親事，◎[20]便告辭出來。賈寶玉等只得陪著來到書房，見賈政已在那裏，復又立談幾句。聽見甄家的人來回甄寶玉道：「太太要走了，請爺回去罷。」於是甄寶玉告辭出來。賈政命寶玉環蘭相送。不提。

且說寶玉自那日見了甄寶玉之父，知道甄寶玉來京，朝夕盼望。今兒見面原想得一知己，豈知談了半天，竟有些冰炭不投※7。悶悶的回到自己房中，也不言，也不笑，只管發怔。寶釵便問：「那甄寶玉果然像你麼？」寶玉道：「相貌倒還是一樣的。只是言談間看起來並不知道什麼，不過也是個祿蠹。」寶釵道：「你又編派人家了。怎麼就見得也是個祿蠹呢？」寶玉道：「他說了半天，並沒個明心見性之談，不過說些什麼文章經濟，又說什麼爲忠爲孝，這樣人可不是個祿蠹麼？只可惜他也生了這樣一個相貌。我想來，有了他，我竟要連我這個相貌都不要了。」◎[21]寶釵見他又發

✣ 甄寶玉，賈寶玉的一個影子。（《紅樓夢煙標精華》杜春耕編著，北京圖書館出版社提供）

✣ 惜春。本回惜春在打定主意出家修行後，不知她面對畫布是否越來越難以下筆？（《紅樓夢煙標精華》杜春耕編著，北京圖書館出版社提供）

呆話，便說道：「你眞眞說出句話來叫人發笑，這相貌怎麼能不要呢。況且人家這話是正理，作了一個男人原該要立身揚名的，◎22誰像你一味的柔情私意。不說自己沒有剛烈，倒說人家是祿蠹。」寶玉本聽了甄寶玉的話甚不耐煩，又被寶釵搶白了一場，心中更加不樂，悶悶昏昏，不覺將舊病又勾起來了，並不言語，只是傻笑。寶釵不知，只道是「我的話錯了，他所以冷笑」，也不理他。豈知那日便有些發呆，襲人等慪他也不言語。過了一夜，次日起來只是發呆，竟有前番病的樣子。

一日，王夫人因爲惜春定要絞髮出家，尤氏不能攔阻，看著惜春的樣子是若不依他必要自盡的，雖然晝夜著人看著，終非常事，便告訴了賈政。賈政嘆氣跺腳，只說：「東府裏不知幹了什麼，鬧到如此地位。」叫了賈蓉來說了一頓，叫他去和他母親說，認眞勸解勸解。「若是必要這樣，就不是我們家的姑娘了。」豈知尤氏不勸還好，一勸了更要尋死，說：「作了女孩兒終不能在家一輩子的，若像二姐姐一樣，老

註

※7：彼此不能相容。

評點

◎19.書中有名之女子，皆有歸結。惟敘史湘雲，後半截太覺草草。（陳其泰）
◎20.吾意總以湘雲配之爲最妙。（陳其泰）
◎21.作者雖然是寫了兩個人物，卻只有一個鮮明的形象出現在我們的面前，那就是賈寶玉形象，甄寶玉不過是賈寶玉的影子，是作者爲了適應賈寶玉形象的需要而塑造的一個陪襯性人物。甄寶玉這個形象的意義不能孤立地來看，而應該聯繫賈寶玉的形象來探究。（曹金鐘）
◎22.薛寶釵眞是甄寶玉之配。（陳其泰）

爺太太們倒要煩心，況且死了。如今譬如我死了似的，放我出了家，乾乾淨淨的一輩子，就是疼我了。◎23況且我又不出門，就是櫳翠庵，原是咱們家的基趾，我就在那裏修行。我有什麼，你們也照應得著。現在妙玉的當家的在那裏。你們依我呢，我就算得了命了；若不依我呢，我也沒法，只有死就完了。我如若遂了自己的心願，那時哥哥回來我和他說，並不是你們逼著我的。若說我死了，未免哥哥回來倒說他們不容我。」尤氏本與惜春不合，聽他的話也似乎有理，只得去回王夫人。

王夫人已到寶釵那裏，見寶玉神魂失所，心下著忙，便說襲人道：「你們忒不留神，二爺犯了病也不來回我。」襲人道：「二爺的病原來是常有的，一時好，一時不好。天天到太太那裏仍舊請安去，原是好好兒的，今兒才發糊塗些。二奶奶正要來回太太，恐防太太說我們大驚小怪。」寶玉聽見王夫人說他們，心裏一時明白，恐他們受委曲，便說道：「太太放心，我沒什麼病，只是心裏覺著有些悶悶的。」王夫人道：「你是有這病根子，早說了好請大夫瞧瞧，吃兩劑藥好了不好！若再鬧到頭裏

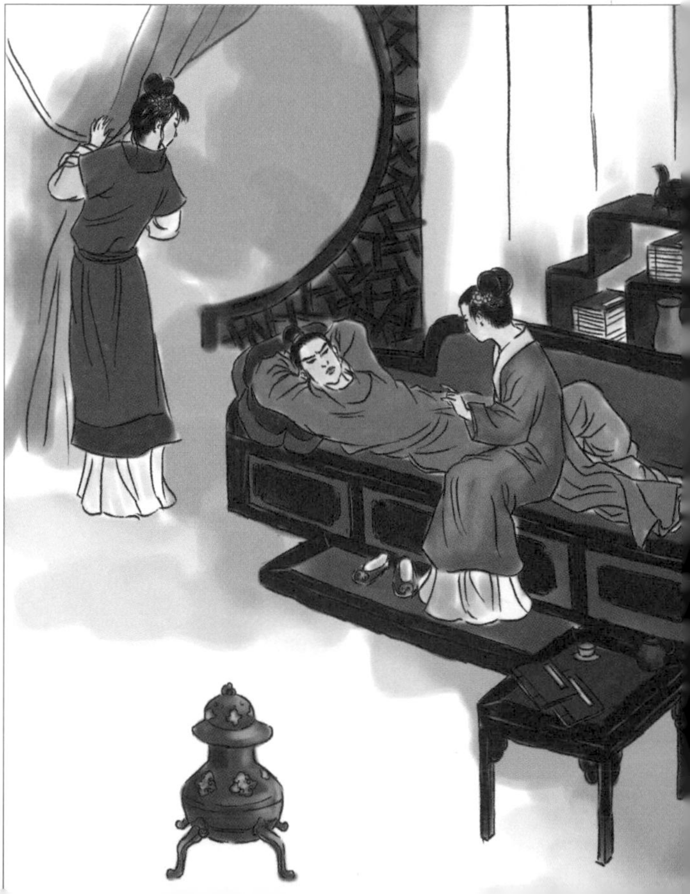

✣ 賈寶玉見過甄寶玉後，方知不是知己，大失所望。（朱寶榮繪）

丟了玉的時候似的，就費事了。」寶玉道：「太太不放心便叫個人來瞧瞧，我就吃藥。」王夫人便叫丫頭傳話出來請大夫。這一個心思都在寶玉身上，便將惜春的事忘了。遲了一回，大夫看了，服藥。王夫人回去。

過了幾天，寶玉更糊塗了，甚至於飯食不進，大家著急起來。恰又忙著脫孝，家中無人，又叫了賈芸來照應大夫。賈璉家下無人，請了王仁來在外幫著料理。那巧姐兒是日夜哭母，也是病了。所以榮府中又鬧得馬仰人翻。

一日又當脫孝來家，王夫人親身又看寶玉，見寶玉人事不醒，急的衆人手足無措。一面哭著，一面告訴賈政說：「大夫回了，不肯下藥，只好預備後事。」賈政嘆氣連連，只得親自看視，見其光景果然不好，便又叫賈璉辦去。賈璉不敢違拗，只得叫人料理。手頭又短，正在爲難，只見一個人跑進來說：「二爺，不好了，又有饑荒來了。」賈璉不知何事，這一唬非同小可，瞪著眼說道：「什麼事？」那小廝道：「門上來了一個和尚，手裏拿著二爺的這塊丟的玉，說要一萬賞銀。」賈璉照臉啐道：「我打諒什麼事，這樣慌張。前番那假的你不知道麼！就是眞的，現在人要死了，要這玉作什麼！」小廝道：「奴才也說了，那和尚說給他銀子就好了。」又聽著外頭嚷進來說：「這和尚撒野，各自跑進來了，衆人攔他攔不住。」賈璉道：「那裏有這樣怪事，你們還不快打出去呢。」正鬧著，賈政聽見了，也沒了主意了。裏頭又哭出來說：「寶二爺不好了！」賈政益發著急。只見那和尚嚷道：「要命拿銀子

評點

◎23.明寫惜春歸空出於不得已，爲黛映也。看「乾淨」二字著眼。（張新之）

來！」賈政忽然想起，頭裏寶玉的病是和尚治好的，這會子和尚來，或者有救星。但是這玉倘或是眞，他要起銀子來怎麼樣呢？想了一想姑且不管他，果眞人好了再說。

賈政叫人去請，那和尚已進來了，也不施禮，也不答話，便往裏就跑。賈璉拉著道：「裏頭都是內眷，你這野東西混跑什麼！」那和尚道：「遲了就不能救了。」賈璉急的一面走一面亂嚷道：「裏頭的人不要哭了，和尚進來了。」王夫人等只顧著哭，那裏理會。賈璉走近來又嚷，王夫人等回過頭來，見一個長大的和尚，唬了一跳，躲避不及。那和尚直走到寶玉炕前，寶釵避過一邊，襲人見王夫人站著，不敢走開。只見那和尚道：「施主們，我是送玉來的。」說著，把那塊玉擎著道：「快把銀子拿出來，我好救他。」王夫人等驚惶無措，也不擇眞假，便說道：「若是救活了人，銀子是有的。」那和尚笑道：「拿來。」王夫人道：「你放心，橫豎折變的出來。」和尚哈哈大笑，手拿著玉在寶玉耳邊叫道：「寶玉，寶玉，你的寶玉回來了。」說了這一句，王夫人等見寶玉把眼一睜。襲人說道：「好了。」◎24只見寶玉便問道：「在那裏呢？」那和尚把玉遞給他手裏。寶玉先前緊緊的攥著，後來慢慢的得過手來，放在自己眼前細細的一看說：「噯呀，久違了！」裏外衆人都喜歡的念佛，連寶釵也顧不得有和尚了。賈璉也走過來一看，果見寶玉回過來了，心裏一喜，疾忙躲出去了。

那和尚也不言語，趕來拉著賈璉就跑。賈璉只得跟著到了前頭，趕著告訴賈政。

賈政聽了喜歡，即找和尚施禮叩謝。和尚還了禮坐下。賈璉心下狐疑：「必是要了銀子才走。」賈政細看那和尚，又非前次見的，便問：「寶剎何方？法師大號？這玉是那裏得的？怎麼小兒一見便會活過來呢？」那和尚微微笑道：「我也不知道，只要拿一萬銀子來就完了。」賈政見這和尚粗魯，也不敢得罪，便說：「有。」和尚道：「有便快拿來罷，我要走了。」賈政道：「略請少坐，待我進內瞧瞧。」和尚道：「你去快出來才好。」

賈政果然進去，也不及告訴便走到寶玉炕前。寶玉見是父親來，欲要爬起，因身子虛弱起不來。王夫人按著說道：「不要動。」寶玉笑著拿這玉給賈政瞧道：「寶玉來了。」賈政略略一看，知道此事有些根源，也不細看，◎25便和王夫人道：「寶玉好過來了。這賞銀怎麼樣？」王夫人道：「盡著我所有的折變了給他就是了。」寶玉道：「只怕這和尚不是要銀子的罷。」◎26賈政點頭道：「我也看來古怪，但是他口口聲聲的要銀子。」王夫人道：「老爺出去先款留著他再說。」賈政出來，寶玉便嚷餓了，喝了一碗粥，還說要飯。婆子們果然取了飯來，王夫人還不敢給他吃。寶玉說：「不妨的，我已經好了。」便爬著吃了一碗，漸漸的神氣果然好過來了，便要坐起來。麝月上去輕輕的扶起，因心裏喜歡，忘了情說道：「眞是寶貝，才看見了一會兒就好了。虧的當初沒有砸破。」◎27寶玉聽了這話，神色一變，把玉一撂，身子往後一仰。未知死活，下回分解。

評點

◎24.「好了」二字，必用襲人說出。（張新之）
◎25.知有根源而不細看，乃賈政生平罪案。（張新之）
◎26.言下大悟。（姚燮）
◎27.錘心語。（姚燮）

# 第一百十六回 得通靈幻境悟仙緣　送慈柩故鄉全孝道

話說寶玉一聽**麝月**的話，身往後仰，復又死去，急的王夫人等哭叫不止。**麝月**自知失言致禍，此時王夫人等也不及說他。那麝月一面哭著，一面打定主意，心想：「若是寶玉一死，我便自盡跟了他去！」不言**麝月**心裏的事。且言王夫人等見叫不回來，趕著叫人出來找和尚救治。豈知賈政進內出去時，那和尚已不見了。賈政正在詫異，聽見裏頭又鬧，急忙進來。見寶玉又是先前的樣子，口關緊閉，脈息全無。用手在心窩中一摸，尚是溫熱。賈政只得急忙請醫灌藥救治。

那知那寶玉的魂魄早已出了竅了。你道死了不成？卻原來恍恍惚惚趕到前廳，見那送玉的和尚坐著，便施了禮。那知和尚站起身來，拉著寶玉就走。寶玉跟了和尚，◎[1]覺得身輕如葉，**飄飄颻颻**，也沒

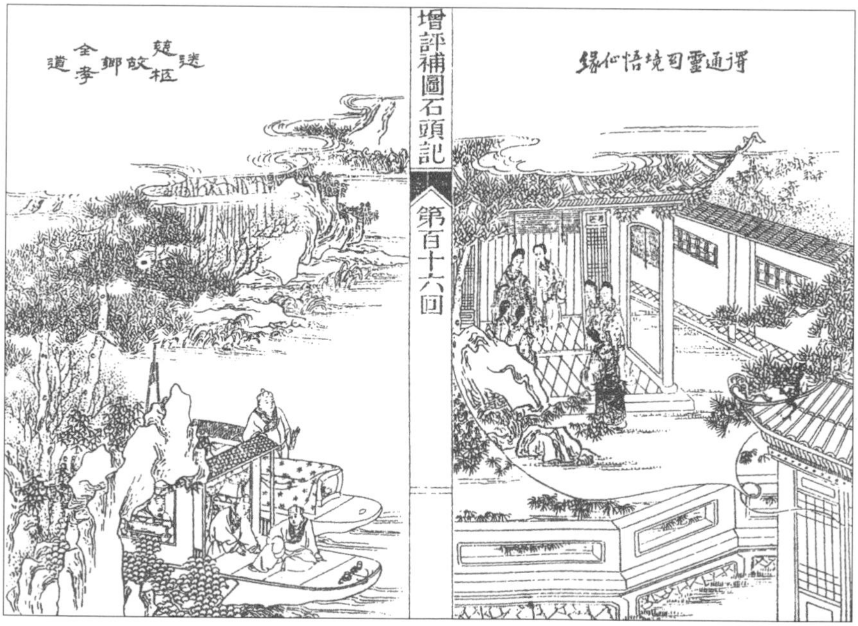


✣《增評補圖石頭記》第一百十六回繪畫。（fotoe提供）

出大門，不知從那裏走了出來。行了一程，到了個荒野地方，遠遠的望見一座牌樓，好像曾到過的。正要問那和尚時，只見恍恍惚惚來了一個女人。◎2寶玉心裏想道：「這樣曠野地方，那得有如此的麗人，必是神仙下界了。」寶玉想著，走近前來細細一看，竟有些認得的，只是一時想不起來。見那女人和和尚打了一個照面就不見了。◎3寶玉一想，竟是尤三姐的樣子，◎4越發納悶：「怎麼他也在這裏？」又要問時，那和尚拉著寶玉過了那牌樓，只見牌上寫著「眞如福地」四個大字，兩邊一副對聯，乃是：

假去眞來眞勝假，無原有是有非無。◎5

轉過牌坊，便是一座宮門。門上橫書四個大字道：「福善禍淫」。又有一副對子，大書云：

過去未來，莫謂智賢能打破；前因後果，須知親近不相逢。

寶玉看了，心下想道：「原來如此。我倒要問問因果來去的事了。」這麼一想，只見鴛鴦站在那裏招手兒叫他。寶玉想道：「我走了半日，原不曾出園子，怎麼改了樣子了呢？」趕著要和鴛鴦說話，豈知一轉眼便不見了，心裏不免疑惑起來。走到鴛鴦站的地方兒，乃是一溜配殿，各處都有匾額。寶玉無心去看，只向鴛鴦立的所在奔去。見那一間配殿的門半掩半開，寶玉也不敢造次進去，心裏正要問那和尚一聲，回過頭來，和尚早已不見了。寶玉恍惚，見那殿宇巍峨，絕非大觀園景象。便立住腳，抬頭

評點

◎1.夢遊以警幻爲線索，魂遊以和尚爲線索，蓋前是引入情關，此則跳出情關矣。指引度脱，各得其宜。（陳其泰）
◎2.以子之矛攻子之盾。（姚燮）
◎3.轉眼不見，色即是空也。（姚燮）
◎4.卻用兩貞死女爲先導。（東觀閣主人）
◎5.與第一回上甄士隱所見對聯似同而異。（哈斯寶）

看那匾額上寫道：「引覺情痴」。兩邊寫的對聯道：

喜笑悲哀都是假，貪求思慕總因痴。◎6

寶玉看了，便點頭嘆息。想要進去找鴛鴦問他是什麼所在，細細想來甚是熟識，便仗著膽子推門進去。滿屋一瞧，並不見鴛鴦，裏頭只是黑漆漆的。心下害怕。正要退出，見有十數個大櫥，櫥門半掩。

寶玉忽然想起：「我少時作夢曾到過這個地方。如今能夠親身到此，也是大幸。」恍惚間，把找鴛鴦的念頭忘了。便壯著膽把上首的大櫥開了櫥門一瞧，見有好幾本冊子，心裏更覺喜歡，想道：「大凡人作夢，說是假的，豈知有這夢便有這事。我常說還要作這個夢再不能的，不料今兒被我找著了。但不知那冊子是那個見過的不是？」伸手在上頭取了一本，冊上寫著《金陵十二釵正冊》。寶玉拿著一想道：「我恍惚記得是那個，只恨記不得清楚。」便打開頭一頁看去，見上頭有畫，但是畫跡模糊，再瞧不出來。後面有幾行字跡也不清楚，尚可摹擬，便細細的看去，見有什麼「玉帶」，上頭有個好像「林」字，心裏想道：「不要是說林妹妹罷？」便認眞看去，底下又有「金簪雪裏」四字，詫異道：「怎麼又像他的名字呢。」復將前後四句合起來一念道：「也沒有什麼道理，只是暗藏著他兩個名字，並不爲奇。獨有那『憐』字『嘆』字不好。這是怎麼解？」想到那

✣雲門舞集「紅樓夢」。（游輝弘攝影）

✣ 明代透雕玉帶板，山東鄒城朱檀墓出土文物。玉帶指的是古時以玉為飾的腰帶。（聶鳴提供）

裏，又自啐道：「我是偷著看，若只管呆想起來，倘有人來，又看不成了。」遂往後看去，也無暇細頑那畫圖，只從頭看去。看到尾兒有幾句詞，什麼「相逢大夢歸」一句，便恍然大悟道：「是了，果然機關不爽，這必是元春姐姐了。若都是這樣明白，我要抄了去細頑起來，那些姐妹們的壽夭窮通沒有不知的了。我回去自不肯泄漏，只作一個未卜先知的人，也省了多少閑想。」◎7又向各處一瞧，並沒有筆硯，又恐人來，只得忙著看去。只見圖上影影有一個放風箏的人兒，也無心去看。急急的將那十二首詩詞都看遍了。也有一看便知的，也有一想便得的，也有不大明白的，心下牢牢記著。◎8一面嘆息，一面又取那《金陵又副冊》一看，看到「堪羨優伶有福，誰知公子無緣」先前不懂，見上面尚有花席的影子，便大驚痛哭起來。

待要往後再看，聽見有人說道：「你又發呆了！林妹妹請你呢。」好似鴛鴦的聲氣，回頭卻不見人。心中正自驚疑，忽鴛鴦在門外招手。寶玉一見，喜的趕出來。但見鴛鴦在前影影綽綽的走，只是趕不上。寶玉叫道：「好姐姐，等等我。」那鴛鴦並不理，只顧前走。寶玉無奈，盡力趕去，忽見別有一洞天，樓閣高聳，殿角玲瓏，

評點

◎6. 當頭棒喝。（姚燮）

◎7. 參破機關，味如嚼蠟。（姚燮）

◎8. 寶玉初次之夢是眞夢，所以畫冊題詞俱不記得；此番是神遊幻境，並不是夢，故十二首詩詞牢牢記得，讀者莫亦作夢看。（王希廉）

且有好些宮女隱約其間。寶玉貪看景致，竟將鴛鴦忘了。寶玉順步走入一座宮門，內有奇花異卉，都也認不明白。惟有白石花闌圍著一顆青草，葉頭上略有紅色，但不知是何名草，這樣矜貴。只見微風動處，那青草已搖擺不休，雖說是一枝小草，又無花朵，其嫵媚之態，不禁心動神怡，魂消魄喪。寶玉只管呆呆的看著，只聽見旁邊有一人說道：「你是那裏來的蠢物，在此窺探仙草！」寶玉聽了，吃了一驚，回頭看時，卻是一位仙女，便施禮道：「我找鴛鴦姐姐，誤入仙境，恕我冒昧之罪。請問神仙姐姐，這裏是何地方？怎麼我鴛鴦姐姐到此還說是林妹妹叫我？望乞明示。」那人道：「誰知你的姐姐妹妹，我是看管仙草的，不許凡人在此逗留。」寶玉欲待要出來，又捨不得，只得央告道：「神仙姐姐既是那管理仙草的，必然是花神姐姐了。但不知這草有何好處？」那仙女道：「你要知道這草，說起來話長著呢。那草本在靈河岸上，名曰絳珠草。因那時萎敗，幸得一個神瑛侍者日以甘露灌溉，得以長生。後來降凡歷劫，還報了灌溉之恩，今返歸眞境。所以警幻仙子命我看管，不令蜂纏蝶戀。」寶玉聽了不解，一心疑定必是遇見了花神了，今日斷不可當面錯過，便問：「管這草的是神仙姐姐了。還有無數名花必有專管的，我也不敢煩問，只有看管芙蓉花的是那位神仙？」那仙女道：「我卻不知，除是我主人方曉。」寶玉便問道：「姐姐的主人是誰？」那仙女道：「我主人是瀟湘妃子。」寶玉聽道：「是了，你不知道這位妃子就是我的表妹林黛玉。」那仙女道：「胡說。此地乃上界神女之所，雖號爲瀟湘妃子，

✣ 湘君和湘夫人。傳說她們是堯帝的女兒，又名娥皇、女英，都愛上了舜，在舜死後，她們淚灑青竹，投湘江而死。（fotoe提供）

並不是娥皇女英之輩，何得與凡人有親。你少來混說，瞧著叫力士打你出去。」

寶玉聽了發怔，只覺自形穢濁，正要退出，又聽見有人趕來說道：「裏面叫請神瑛侍者。」那人道：「我奉命等了好些時，總不見有神瑛侍者過來，你叫我那裏請去。」那一個笑道：「才退去的不是麼？」那侍女慌忙趕出來說：「請神瑛侍者回來。」寶玉只道是問別人，又怕被人追趕，只得踉蹌而逃。正走時，只見一人手提寶劍迎面攔住說：「那裏走！」唬的寶玉驚慌無措，仗著膽抬頭一看，卻不是別人，就是尤三姐。寶玉見了，略定些神，央告道：「姐姐怎麼你也來逼起我來了。」那人道：「你們弟兄沒有一個好人，敗人名節，破人婚姻。◎9今兒你到這裏，是不饒你的了！」寶玉聽去話頭不好，正自著急，只聽後面有人叫道：「姐姐快快攔住！不要放他走了。」尤三姐道：「我奉妃子之命等候已久，今兒見了，必定要一劍斬斷你的塵緣。」◎10寶玉聽了益發著忙，又不懂這些話到底是什麼意思，只得回頭要跑。豈知身後說話的並非別人，卻是晴雯。◎11寶玉一見，悲喜交集，便說：「我一個人走迷了道兒，遇見仇人，我要逃回，卻不見你們一人跟

評點

◎9.尤三姐死於寶玉之一言，責之不為過也。（陳其泰）
◎10.塵緣一斷，回頭是岸。（姚燮）
◎11.未見黛玉，先見晴雯，指明一形一影。（張新之）

著我。如今好了，晴雯姐姐，快快的帶我回家去罷。」晴雯道：「侍者不必多疑，我非晴雯，我是奉妃子之命特來請你一會，並不難爲你。」寶玉滿腹狐疑，只得問道：「姐姐說是妃子叫我，那妃子究是何人？」晴雯道：「此時不必問，到了那裏自然知道。」寶玉沒法，只得跟著走。細看那人背後舉動恰是晴雯，那面目聲音是不錯的了。「怎麼他說不是？我此時心裏模糊。且別管他，到了那邊見了妃子，就有不是，那時再求他，到底女人的心腸是慈悲的，必是恕我冒失。」

正想著，不多時到了一個所在。只見殿宇精緻，色彩輝煌，庭中一叢翠竹，戶外數本蒼松。◎[12]廊檐下立著幾個侍女，都是宮妝打扮，見了寶玉進來，便悄悄的說道：「這就是神瑛侍者麼？」引著寶玉的說道：「就是。你快進去通報罷。」有一侍女笑著招手，寶玉便跟著進去。過了幾層房舍，見一正房，珠簾高掛。那侍女說：「站著候旨。」寶玉聽了，也不敢則聲，只得在外等著。那侍女進去不多時，出來說：「請侍者參見。」又有一人捲起珠簾。只見一女子，頭戴花冠，身穿繡服，端坐在內。寶

✣ 賈寶玉神遊太虛幻境，將冊子上的判詞等大半記住，得悟仙機，漸漸看破紅塵。（朱寶榮繪）

玉略一抬頭，見是黛玉的形容，便不禁的說道：「妹妹在這裏！叫我好想。」◎13那簾外的侍女悄咤道：「這侍者無禮，快快出去！」說猶未了，又見一個侍兒將珠簾放下。寶玉此時欲待進去又不敢，要走又不捨，待要問明，見那些侍女並不認得，又被驅逐，無奈出來。心想要問晴雯，回頭四顧，並不見有晴雯。心下狐疑，只得快快出來，又無人引著，正欲找原路而去，卻又找不出舊路了。

正在爲難，見鳳姐站在一所房檐下招手。寶玉看見喜歡道：「可好了，原來回到自己家裏了。我怎麼一時迷亂如此。」急奔前來說：「姐姐在這裏麼，我被這些人捉弄到這個分兒。林妹妹又不肯見我，不知何原故。」說著，走到鳳姐站的地方，細看起來並不是鳳姐，原來卻是賈蓉的前妻秦氏。◎14寶玉只得立住腳要問「鳳姐姐在那裏」，那秦氏也不答言，竟自往屋裏去了。寶玉恍恍惚惚的又不敢跟進去，只得呆呆的站著，嘆道：「我今兒得了什麼不是，眾人都不理我。」便痛哭起來。見有幾個黃巾力士執鞭趕來，說是：「何處男人敢闖入我們這天仙福地來，快走出去！」寶玉聽得，不敢言語。正要尋路出來，遠遠望見一群女子說笑前來。寶玉看時，又像有迎春等一干人走來，心裏喜歡，叫道：「我迷住在這裏，你們快來救我！」正嚷著，後面力士趕來。寶玉急的往前亂跑，忽見那一群女子都變作鬼怪形象，也來追撲。

寶玉正在情急，只見那送玉來的和尚手裏拿著一面鏡子一照，說道：「我奉元妃娘娘旨意，特來救你。」◎15登時鬼怪全無，仍是一片荒郊。寶玉拉著和尚說道：「我

評點

◎12.全書凡說竹木，無非是說黛玉。（張新之）
◎13.此一「好」一「想」兩字極重。（張新之）
◎14.一書演敗倫蔑理，總是秦、鳳。（張新之）
◎15.元妃爲氣數之天，故終歸於此。（張新之）

記得是你領我到這裏，你一時又不見了。看見了好些親人，只是都不理我，忽又變作鬼怪，到底是夢是眞，望老師明白指示。」那和尚道：「你到這裏曾偷看什麼東西沒有？」寶玉一想道：「他既能帶我到天仙福地，自然也是神仙了，如何瞞得他。況且正要問個明白。」便道：「我倒見了好些冊子來著。」那和尚道：「可又來，你見了冊子還不解麼！世上的情緣都是那些魔障。只要把歷過的事情細細記著，將來我與你說明。」說著，把寶玉狠命的一推，說：「回去罷！」寶玉站不住腳，一交跌倒，口裏嚷道：「啊喲！」

王夫人等正在哭泣，聽見寶玉蘇來，連忙叫喚。寶玉睜眼看時，仍躺在炕上，見王夫人寶釵等哭的眼泡紅腫。定神一想，心裏說道：「是了，我是死去過來的。」遂把神魂所歷的事呆呆的細想，幸喜多還記得，◎16便哈哈的笑道：「是

❖「賈寶玉悟道知因果」，描繪《紅樓夢》第一百十六回中的場景。因果既知，凡塵便要待不下去了。清代孫溫繪《全本紅樓夢》圖冊第二十三冊之八。（清・孫溫繪）

✣ 龍眼，無患子科植物。別名：桂圓。寶玉喝桂圓湯，因其有補神益氣健脾之效。（fotoe提供）

了，是了。」王夫人只道舊病復發，便好延醫調治，即命丫頭婆子快去告訴賈政，說是「寶玉回過來了，頭裏原是心迷住了，如今說出話來，不用備辦後事了。」賈政聽了，即忙進來看視，果見寶玉蘇來，便道：「沒的痴兒你要唬死誰麼！」說著，眼淚也不知不覺流下來了。又嘆了幾口氣，仍出去叫人請醫生診脈服藥。這裏麝月正思自盡，見寶玉一過來，也放了心。只見王夫人叫人端了桂圓湯叫他喝了幾口，漸漸的定了神。王夫人等放心，也沒有說麝月，只叫人仍把那玉交給寶釵給他帶上，「想起那和尚來，這玉不知那裏找來的，也是古怪。怎麼一時要銀一時又不見了，莫非是神仙不成？」寶釵道：「說起那和尚來的蹤跡去的影響，那玉並不是找來的。頭裏丟的時候，必是那和尚取去的。」◎[17]王夫人道：「玉在家裏怎麼能取的了去？」寶釵道：「既可送來，就可取去。」襲人麝月道：「那年丟了玉，林大爺測了個字，後來二奶奶過了門，我還告訴過二奶奶，說測的那字是什麼『賞』字。二奶奶還記得麼？」寶釵想道：「是了！你們說測的是當鋪裏找去，如今才明白了，竟是個和尚的『尙』字在上頭，可不是和尚取了去的麼？」◎[18]王夫人道：「那和尚本來古怪。那年寶玉病的時候，那和尚來說是我們家有寶貝可解，說的就是這塊玉了。他既知道，自然這塊玉到底有些來

評點

◎16.甄士隱出夢忘了一半，忘得妙。寶玉出夢多還記得，記得妙。（張新之）
◎17.惟釵知玉收放。（張新之）
◎18.只怕此玉不是寶玉的寶貝，乃是和尚的寶貝。（姚燮）

歷。況且你女婿養下來就嘴裏含著的。古往今來，你們聽見過這麼第二個麼？只是不知終久這塊玉到底是怎麼著，就連咱們這一個也還不知是怎麼著。病也是這塊玉，好也是這塊玉，生也是這塊玉——」說到這裏忽然住了，不免又流下淚來。寶玉聽了，心裏卻也明白，更想死去的事愈加有因，只不言語，心裏細細的記憶。

那時惜春便說道：「那年失玉，還請妙玉請過仙，說是『青埂峰下倚古松』，還有什麼『入我門來一笑逢』的話。想起來『入我門』三字大有講究。◎19佛教的法門最大，只怕二哥不能入得去。」寶玉聽了，又冷笑幾聲。寶釵聽了，不覺的把眉頭兒肐揪※1著發起怔來。尤氏道：「偏你一說又是佛門了。你出家的念頭還沒有歇麼？」惜春笑道：「不瞞嫂子說，我早已斷了葷了。」王夫人道：「好孩子，阿彌陀佛，這個念頭是起不得的。」惜春聽了，也不言語。寶玉想「青燈古佛前」的詩句，不禁連嘆幾聲。忽又想起一床席一枝花的詩句來，拿眼睛看著襲人，不覺又流下淚來。◎20眾人都見他忽笑忽悲，也不解是何意，只道是他的舊病。豈知寶玉觸處機來，竟能把偷看冊上詩句俱牢牢記住了，只是不說出來，心中早有一個成見在那裏了，暫且不提。

*　*　*

且說眾人見寶玉死去復生，神氣清爽，又加連日服藥，一天好似一天，漸漸的復原起來。便是賈政見寶玉已好，現在丁憂無事，想起賈赦不知幾時遇赦，老太太的靈柩久停寺內，終不放心，欲要扶柩回南安葬，◎21便叫了賈璉來商議。賈璉便道：「老

✣ 賈政護送賈母等人的靈柩返回故鄉安葬。（朱寶榮繪）

爺想得極是，如今趁著丁憂幹了一件大事更好。將來老爺起了服，生恐又不能遂意了。但是我父親不在家，侄兒呢又不敢僭越。老爺的主意很好，只是這件事也得好幾千銀子。衙門裏緝贓那是再緝不出來的。」賈政道：「我的主意是定了，只為大爺不在家，叫你來商議商議怎麼個辦法。你是不能出門的。現在這裏沒有人，我為是好幾口材都要帶回去的，一個怎麼樣的照應呢，想起把蓉哥兒帶了去。況且有他媳婦的棺材也在裏頭。還有你林妹妹的，那是老太太的遺言說跟著老太太一塊兒回去的。我想這一項銀子只好在那裏挪借幾千，也就夠了。」賈璉道：「如今的人情過於淡薄。老爺呢，又丁憂；我們老爺呢，又在外頭，一時借是借不出來的了。只好拿房地文書出去押去。」賈政道：「住的房子是官蓋的，那裏動得。」賈璉道：「住房是不能動的。外頭還有幾所可以出脫的，

註

※1：緊皺眉頭。

評點

◎19.惜春獨能悟入。（黃小田）

◎20.情根未斷。（姚燮）

◎21.賈政扶柩回南，了卻無數未完事件，且好敘後來一切家事；若賈政在家，便有許多掣肘處。（王希廉）

✣「送慈柩故鄉全孝道」，描繪《紅樓夢》第一百十六回中的場景。清代孫溫繪《全本紅樓夢》圖冊第二十三冊之九。（清・孫溫繪）

等老爺起復後再贖也使得。將來我父親回來了，倘能也再起用，也好贖的。只是老爺這麼大年紀，辛苦這一場，侄兒們心裏實不安。」賈政道：「老太太的事是應該的。只要你在家謹愼些，把持定了才好。」賈璉道：「老爺這倒只管放心，侄兒雖糊塗，斷不敢不認眞辦理的。況且老爺回南少不得多帶些人去，所留下的人也有限了，這點子費用還可以過的來。就是老爺路上短少些，必經過賴尚榮的地方，可也叫他出點力兒。」賈政道：「自己的老人家的事叫人家幫什麼。」賈璉答應了「是」，便退出來打算銀錢。

賈政便告訴了王夫人，叫他管了家，自己便擇了發引長行的日子，就要起身。寶玉此時身體復原，賈環賈蘭倒認眞念書，賈政都交付給賈璉，叫他管教，「今年是大比※2的年頭。環兒是有服的，不能入場；蘭兒是孫子，服滿了也可以考的；務必叫寶玉同著侄兒考去。能夠中一個舉人，也好贖一贖咱們的罪名。」賈璉等唯唯應命。賈政又吩咐了在家的人，說了好些話，才別了宗祠，便在城外念了幾天經，就發引下船，帶了林之孝等而去。也沒有驚動親友，惟有自家男女送了一程回來。

寶玉因賈政命他赴考，王夫人便不時催逼查考起他的工課來。那寶釵襲人時常勸勉，自不必說。那知寶玉病後雖精神日長，他的念頭一發更奇僻了，竟換了一種。不但厭棄功名仕進，竟把那兒女情緣也看淡了好些。只是眾人不大理會，寶玉也並不說

出來。一日，恰遇紫鵑送了林黛玉的靈柩回來，悶坐自己屋裏啼哭，想著：「寶玉無情，見他林妹妹的靈柩回去並不傷心落淚，見我這樣痛哭也不來勸慰，反瞅著我笑。這樣負心的人，從前都是花言巧語來哄著我們！前夜虧我想得開，不然幾乎又上了他的當。只是一件叫人不解，如今我看他待襲人等也是冷冷兒的。二奶奶是本來不喜歡親熱的，麝月那些人就不抱怨他麼？我想女孩子們多半是痴心的，白操了那些時的心，看將來怎樣結局！」正想著，只見五兒走來瞧他，見紫鵑滿面淚痕，便說：「姐姐又想林姑娘了？想一個人聞名不如眼見，頭裏聽著寶二爺女孩子跟前是最好的，我母親再三的把我弄進來。豈知我進來了，盡心竭力的伏侍了幾次病，如今病好了，連一句好話也沒有剩出來，如今索性連眼兒也都不瞧了。」◎22紫鵑聽他說的好笑，便撲哧的一笑，啐道：「呸，你這小蹄子，你心裏要寶玉怎麼個樣兒待你才好？女孩兒家也不害臊，連名公正氣的屋裏人瞧著他還沒事人一大堆呢，有工夫理你去！」因又笑著拿個指頭往臉上抹著問道：「你到底算寶玉的什麼人哪？」那五兒聽了，自知失言，便飛紅了臉。待要解說不是要寶玉怎樣看待，說他近來不憐下的話，只聽院門外亂嚷說：「外頭和尚又來了，要那一萬銀子呢。太太著急，叫璉二爺和他講去，偏偏璉二爺又不在家。那和尚在外頭說些瘋話，太太叫請二奶奶過去商量。」不知怎樣打發那和尚，下回分解。

註

※2：三年舉行一次的科舉考試。

評點

◎22.又在五兒口中自述寶玉冷淡光景，可想又打破一令情關矣。（東觀閣主人）

## 第一百十七回

# 阻超凡佳人雙護玉　欣聚黨惡子獨承家

話說王夫人打發人來叫寶釵過去商量，寶玉聽見說是和尚在外頭，趕忙的獨自一人走到前頭，嘴裏亂嚷道：「我的師父在那裏？」叫了半天，並不見有和尚，只得走到外面。見李貴將和尚攔住，不放他進來。寶玉便說道：「太太叫我請師父進去。」李貴聽了鬆了手，那和尚便搖搖擺擺的進去。寶玉看見那僧的形狀與他死去時所見的一般，心裏早有些明白了，便上前施禮，連叫：「師父，弟子迎候來遲。」那僧說：「我不要你們接待，只要銀子，拿了來我就走。」寶玉聽來又不像有道行的話，看他滿頭癩瘡，渾身腌臢破爛，心裏想道：「自古說『眞人不露相，露相不眞人』，也不可當面錯過，我且應了他謝銀，並探探他的口氣。」便說道：「師父不必性急，現在家母料理，請師父坐下略等片刻。弟子請問，師

✣《增評補圖石頭記》第一百十七回繪畫。（fotoe提供）

父可是從『太虛幻境』而來？」那和尙道：「什麼幻境，不過是來處來去處去罷了！◎1我是送還你的玉來的。我且問你，那玉是從那裏來的？」寶玉一時對答不來。那僧笑道：「你自己的來路還不知，便來問我！」寶玉本來穎悟，又經點化，早把紅塵看破，只是自己的底裏未知；一聞那僧問起玉來，好像當頭一棒，便說道：「你也不用銀子了，我把那玉還你罷。」那僧笑道：「也該還我了。」◎2

寶玉也不答言，往裏就跑，走到自己院內，見寶釵襲人等都到王夫人那裏去了，忙向自己床邊取了那玉便走出來。迎面碰見了襲人，撞了一個滿懷，把襲人唬了一跳，說道：「太太說，你陪著和尙坐著很好，太太在那裏打算送他些銀兩。你又回來作什麼？」寶玉道：「你快去回太太，說不用張羅銀兩了，我把這玉還了他就是了。」襲人聽說，即忙拉住寶玉道：「這斷使不得的！那玉就是你的命，若是他拿去了，你又要病著了。」寶玉道：「如今不再病的了，我已經有了心了，◎3要那玉何用！」摔脫襲人，便要想走。襲人急的趕著嚷道：「你回來，我告訴你一句話。」寶玉回過頭來道：「沒有什麼說的了。」襲人顧不得什麼，一面趕著跑，一面嚷道：「上回丟了玉，幾乎沒有把我的命要了！剛剛兒的有了，你拿了去，你也活不成，我也活不成了！你要還他，除非是叫我死了！」說著，趕上一把拉住。寶玉急了道：「你死也要還，你不死也要還！」狠命的把襲人一推，抽身要走。怎奈襲人兩隻手繞著寶玉的帶子不放鬆，哭喊著坐在地下。◎4裏面的丫頭聽見連忙趕來，瞧見他兩個人

評點

◎1.眞是當頭一棒，喝醒痴迷。凡人眷戀妻兒名利，至死依依不捨，皆是不知來路。若曉得來路，便是去路，有何可戀處。（王希廉）

◎2.須知不是還玉，是反眞還原。（王希廉）

◎3.又應前文林黛玉夢中寶玉云「我的心沒有了」一語。（陳其泰）

◎4.筆曲能達。（姚燮）

的神情不好，只聽見襲人哭道：「快告訴太太去，寶二爺要把那玉去還和尚呢！」丫頭趕忙飛報王夫人。那寶玉更加生氣，用手來掰開了襲人的手，幸虧襲人忍痛不放。紫鵑在屋裏聽見寶玉要把玉給人，這一急比別人更甚，把素日冷淡寶玉的主意都忘在九霄雲外了，連忙跑出來幫著抱住寶玉。那寶玉雖是個男人，用力摔打，怎奈兩個人死命的抱住不放，也難脫身，嘆口氣道：「為一塊玉這樣死命的不放，若是我一個人走了，又待怎麼樣呢？」襲人紫鵑聽到那裏，不禁嚎啕大哭起來。

正在難分難解，王夫人寶釵急忙趕來，見是這樣形景，便哭著喝道：「寶玉，你又瘋了嗎！」寶玉見王夫人來了，明知不能脫身，只得陪笑說道：「這當什麼，又叫太太著急。他們總是這樣大驚小怪的，我說那和尚不近人情，他必要一萬銀子，少一個不能。我生氣進來拿這玉還他，就說是假的，要這玉幹什麼。他見得我們不希罕那玉，便隨意給他些就過去了。」王夫人道：「我打諒真要還他，這也罷了。為什麼不告訴明白了他

「阻超凡佳人雙護玉」，描繪《紅樓夢》第一百十七回中的場景。這一回的描寫，與曹雪芹的文筆大異其趣。清代孫溫繪《全本紅樓夢》圖冊第二十三冊之十。（清・孫溫繪）

✣ 襲人和紫鵑死命拉住寶玉，不讓他把玉給了和尚。（朱寶榮繪）

們，叫他們哭哭喊喊的像什麼。」寶釵道：「這麼說呢倒還使得。要是眞拿那玉給他，那和尚有些古怪，倘或一給了他，又鬧到家口不寧，豈不是不成事了麼？至於銀錢呢，就把我的頭面折變了，也還夠了呢。」王夫人聽了道：「也罷了，且就這麼辦罷。」寶玉也不回答。只見寶釵走上來在寶玉手裏拿了這玉，說道：「你也不用出去，我和太太給他錢就是了。」寶玉道：「玉不還他也使得，只是我還得當面見他一見才好。」◎5襲人等仍不肯放手，到底寶釵明決，說：「放了手由他去就是了。」襲人只得放手。寶玉笑道：「你們這些人原來重玉不重人哪。你們既放了我，我便跟著他走了，看你們就守著那塊玉怎麼樣！」襲人心裏又著急起來仍要拉他，只礙著王夫人和寶釵的面前，又不好太露輕薄。恰好寶玉一撒手就走了。襲人忙叫小丫頭在三門口傳了茗煙等，「告訴外頭照應著二爺，他有些瘋了。」小丫頭答應了出去。

評點

◎5.玉可有可無，而還見一見，所謂「復見天心」。（張新之）

王夫人、寶釵等進來坐下，問起襲人來由，襲人便將寶玉的話細細說了。王夫人寶釵甚是不放心，又叫人出去吩咐衆人伺候，聽著和尚說些什麼。回來小丫頭傳話進來回王夫人道：「二爺眞有些瘋了。外頭小廝們說，裏頭不給他玉，他也沒法，如今身子出來了，求著那和尚帶了他去。」王夫人聽了說道：「這還了得！那和尚說什麼來著？」小丫頭回道：「和尚說要玉不要人。」寶釵道：「不要銀子了麼？」小丫頭道：「沒聽見說，後來和尚和二爺兩個人說著笑著，有好些話外頭小廝們都不大懂。」王夫人道：「糊塗東西，聽不出來，學是自然學得來的。」便叫小丫頭：「你把那小廝叫進來。」小丫頭連忙出去叫進那小廝，站在廊下，隔著窗戶請了安。王夫人便問道：「和尚和二爺的話你們不懂，難道學也學不來嗎？」那小廝回道：「我們只聽見說什麼『大荒山』，什麼『青埂峰』，又說什麼『太虛境』，『斬斷塵緣』這些話。」王夫人聽了也不懂。寶釵聽了，唬的兩眼直瞪，半句話都沒有了。

正要叫人出去拉寶玉進來，只見寶玉笑嘻嘻的進來說：「好了，好了。」◎6寶釵仍是發怔。王夫人道：「你瘋瘋顛顛的說的是什麼？」寶玉道：「正經話又說我瘋顛。那和尚與我原認得的，他不過也是要來見我一見。他何嘗是眞要銀子呢，也只當化個善緣就是了。所以說明了他自己就飄然而去了。這可不是好了麼！」王夫人不信，又隔著窗戶問那小廝。那小廝連忙出去問了門上的人，進來回說：「果然和尚走了。說請太太們放心，我原不要銀子，只要寶二爺時常到他那裏去去就是了。諸事

✣ 清代山西枕頂繡「金榜題名」，中國國家博物館展品。自古以來，在功名上用心以求金榜題名，早已成為多數人心中的最高理想。（聶鳴提供）

只要隨緣，自有一定的道理。」王夫人道：「原來是個好和尚，你們曾問住在那裏？」門上道：「奴才也問來著，他說我們二爺是知道的。」王夫人問寶玉道：「他到底住在那裏？」寶玉笑道：「這個地方說遠就遠，說近就近。」寶釵不待說完，便道：「你醒醒兒罷，別盡著迷在裏頭。現在老爺太太就疼你一個人，老爺還吩咐叫你幹功名長進呢。」寶玉道：「我說的不是功名麼！你們不知道，『一子出家，七祖昇天』呢。」王夫人聽到那裏，不覺傷心起來，說：「我們的家運怎麼好，一個四丫頭口口聲聲要出家，如今又添出一個來了。◎7我這樣個日子過他作什麼！」說著，大哭起來。寶釵見王夫人傷心，只得上前苦勸。寶玉笑道：「我說了這一句頑話，太太又認起眞來了。」王夫人止住哭聲道：「這些話也是混說的麼！」

* * *

正鬧著，只見丫頭來回話：「璉二爺回來了，顏色大變，說請太太回去說話。」王夫人又吃了一驚，說道：「將就些，叫他進來罷，小嬸子也是舊親，不用迴避了。」賈璉進來，見了王夫人請了安。寶釵迎著也問了賈璉的安。回說道：「剛才接

評點

◎6.應第一回《好了歌》，照一百十九回出門時語。（陳其泰）

◎7.寶玉悟澈一切，即時可脫紅塵。然畢竟塵緣未了，且未報賈母賜玦之命，其身暫留，其心已去也。惜春出家，只是寶玉片面文字。乃眞正修行，非如寶玉爲情緣了悟，遁跡太虛耳。寶釵、襲人，了無見解，只以玉歸爲喜，豈知寶玉初不以玉爲重輕耶。（陳其泰）

了我父親的書信，說是病重的很，叫我就去，若遲了恐怕不能見面。」說到那裏，眼淚便掉下來了。王夫人道：「書上寫的是什麼病？」賈璉道：「寫的是感冒風寒起來的，如今成了癆病了。現在危急，專差一個人連日連夜趕來的，說如若再耽擱一兩天就不能見面了。故來回太太，侄兒必得就去才好。只是家裏沒人照管。薔兒芸兒雖說糊塗，到底是個男人，外頭有了事來還可傳個話。侄兒家裏倒沒有什麼事，秋桐是天天哭著喊著不願意在這裏，侄兒叫了他娘家的人來領了去了，◎8倒省了平兒好些氣。雖是巧姐沒人照應，還虧平兒的心不很壞。妞兒心裏也明白，只是性氣比他娘還剛硬些，求太太時常管教管教他。」說著眼圈兒一紅，連忙把腰裏拴檳榔荷包的小絹子拉下來擦眼。王夫人道：「放著他親祖母在那裏，托我作什麼？」賈璉輕輕的說道：「太太要說這個話，侄兒就該活活兒的打死了。沒什麼說的，總求太太始終疼侄兒就是了。」◎9說著，就跪下來了。王夫人也眼圈兒紅了，說：「你快起來，娘兒們說話兒，這是怎麼說。只是一件，孩子也大了，倘或你父親有個一差二錯又耽擱住了，或者有個門當戶對的來說親，還是等你回來，還是你太太作主？」賈璉道：「現在太太們在家，自然是太太們作主，不必等我。」王夫人道：「你要去，就寫了稟帖給二老爺送個信，說家下無人，你父親不知怎樣，快請二老爺將老太太的大事早早的完結，快快回來。」賈璉答應了「是」，正要走出去，復轉回來回說道：「咱們家的家下人家裏還夠使喚，只是園裏沒有人太空了。包勇又跟了他們老爺去了。姨太太住

的房子，薛二爺已搬到自己的房子內住了。園裏一帶屋子都空著，忒沒照應，還得太太叫人常查看查看。那櫳翠庵原是咱們家的地基，如今妙玉不知那裏去了，所有的根基他的當家女尼不敢自己作主，要求府裏一個人管理管理。」王夫人道：「自己的事還鬧不，還擱得住外頭的事麼。這句話好歹別叫四丫頭知道，若是他知道了，又要吵著出家的念頭出來了。你想咱們家什麼樣的人家，好好的姑娘出了家，還了得！」賈璉道：「太太不提起侄兒也不敢說，四妹妹到底是東府裏的，又沒有父母，他親哥哥又在外頭，他親嫂子又不大說的上話。侄兒聽見要尋死覓活了好幾次。他既是心裏這麼著的了，若是牛著他，將來倘或認眞尋了死，比出家更不好了。」王夫人聽了點頭道：「這件事眞眞叫我也難擔。我也作不得主，由他大嫂子去就是了。」

賈璉又說了幾句才出來，叫了衆家人來交代清楚，寫了書，收拾了行裝，平兒等不免叮嚀了好些話。只有巧姐兒慘傷的了不得。賈璉又欲托王仁照應，巧姐到底不願意；聽見外頭托了芸薔二人，心裏更不受用，嘴裏卻說不出來，只得送了他父親，謹謹愼愼的隨著平兒過日子。豐兒小紅因鳳姐去世，告假的告假，告病的告病，◎10平兒意欲接了家中一個姑娘來，一則給巧姐作伴，二則可以帶量他。遍想無人，只有喜鸞四姐兒是賈母舊日鍾愛的，偏偏四姐兒新近出了嫁了，喜鸞也有了人家兒，不日就要出閣，也只得罷了。

評點

◎8.收拾秋桐，所以收拾鳳之棲止。（張新之）
◎9.可見邢夫人平日行爲，甚不合乃郎之意。（王希廉）
◎10.鳳死風息，黛死林空，故豐兒、小紅從此收拾。（張新之）

且說賈芸賈薔送了賈璉，便進來見了邢王二夫人。

*　*　*

他兩個倒替著在外書房住下，日間便與家人廝鬧，有時找了幾個朋友吃個車箍轆會※1，甚至聚賭，裏頭那裏知道。一日邢大舅王仁來，瞧見了賈芸賈薔住在這裏，知他熱鬧，也就借著照看的名兒時常在外書房設局賭錢喝酒。◎11所有幾個正經的家人，賈政帶了幾個去，賈璉又跟去了幾個，只有那賴、林諸家的兒子侄兒。那些少年托著老子娘的福吃喝慣了的，那知當家立計的道理。況且他們長輩都不在家，便是沒籠頭的馬了。又有兩個旁主人慫恿，無不樂爲。這一鬧，把個榮國府鬧得沒上沒下，沒裏沒外。◎12那賈薔還想勾引寶玉。賈芸攔住道：「寶二爺那個人沒運氣的，不用惹他。那一年我給他說了一門子絕好的親，父親在外頭作稅官，家裏開幾個當舖，姑娘長的比仙女兒還好看。我巴巴兒的細細的寫了一封書子給他，誰知他沒造化，——」說到這裏，瞧了瞧左右無人，又說：「他心裏早和咱們這個二嬸娘好上了。你沒聽見說，還有一個林姑娘呢，弄的害了相思病死的，誰不知道。這也罷了，各自的姻緣罷咧。誰知他爲這件事倒惱了我了，總不大理。他打諒誰必是借誰的光兒呢。」賈薔聽了點點頭，才把這個心歇了。

他兩個還不知道寶玉自會那和尚以後，他是欲斷塵緣。一則在王夫人跟前不敢任

✣ 賈薔。他的形象於續書前後也有較大差異。（《紅樓夢煙標精華》杜春耕編著，北京圖書館出版社提供）

✣ 玉釧。（《紅樓夢煙標精華》杜春耕編著，北京圖書館出版社提供）

性，已與寶釵襲人等皆不大款洽了。那些丫頭不知道，還要逗他，寶玉那裏看得到眼裏。他也並不將家事放在心裏。時常王夫人寶釵勸他念書，他便假作攻書，一心想著那個和尚引他到那仙境的機關。心目中觸處皆爲俗人，卻在家難受，閑來倒與惜春閑講。他們兩個人講得上了，那種心更加准了幾分，那裏還管賈環賈蘭等。那賈環爲他父親不在家，趙姨娘已死，王夫人不大理會他，便入了賈薔一路。倒是彩雲時常規勸，反被賈環辱罵。玉釧兒見寶玉瘋顛更甚，早和他娘說了要求著出去。如今寶玉賈環他哥兒兩個各有一種脾氣，鬧得人人不理。獨有賈蘭跟著他母親上緊攻書，作了文字送到學裏請教代儒。因近來代儒老病在床，只得自己刻苦。李紈是素來沉靜，除了請王夫人的安，會會寶釵，餘者一步不走，只有看著賈蘭攻書。所以榮府住的人雖不少，竟是各自過各自的，誰也不肯作誰的主。賈環、賈薔等愈鬧的不像事了，甚至偷典偷賣，不一而足。賈環更加宿娼濫賭，無所不爲。

註

※1：輪流作東的聚餐會。

評點

◎11.用史筆，以著邢、王二夫人之罪。（姚燮）

◎12.譏失教也。（張新之）

一日邢大舅王仁都在賈家外書房喝酒，一時高興，叫了幾個陪酒的來唱著喝著勸酒。賈薔便說：「你們鬧的太俗。我要行個令兒。」衆人道：「使得。」賈薔道：「咱們『月』字流觴罷。我先說起『月』字，數到那個便是那個喝酒，還要酒面酒底。須得依著令官，不依者罰三大杯。」衆人都依了。賈薔喝了一杯令酒，便說：「飛羽觴而醉月。」順飲數到賈環。賈薔說：「酒面要個『桂』字。」賈環便說道：「冷露無聲濕桂花。酒底呢？」賈薔道：「說個『香』字。」賈環道：「天香雲外飄。」大舅說道：「沒趣，沒趣。你又懂得什麼字了，也假斯文起來！這不是取樂，竟是慪人了。咱們都蠲了，倒是搳搳拳，輸家喝輸家唱，叫作『苦中苦』。若是不會唱的，說個笑話兒也使得，只要有趣。」衆人都道：「使得。」於是亂搳起來。王仁輸了，喝了一杯，唱了一個。衆人道好，又搳起來了。是個陪酒的輸了，唱了一個什麼「小姐小姐多丰彩」。以後邢大舅輸了，衆人要他唱曲兒，他道：「我唱不上來的，我說個笑話兒罷。」賈薔道：「若說不笑仍要罰的。」邢大舅就喝了杯，便說道：「諸位聽著：村莊上有一座元帝廟※2，旁邊有個土地祠。那元帝老爺常叫土地來說閑話兒。一日元帝廟裏被了盜，便叫土地去查訪。土地稟道：『這地方沒有賊的，必是神將不小心，被外賊偷了東西去。』元帝道：『胡說，你是土地，失了盜不問你問誰去呢？你倒不去拿賊，反說我的神將不小心嗎？』土地稟道：『雖說是不小心，到底是廟裏的風水不好。』元帝道：『你倒會看風水麼？』土地道：『待小神

看看。』那土地向各處瞧了一會，便來回稟道：『老爺坐的身子背後兩扇紅門就不謹慎。小神坐的背後是砌的牆，自然東西丟不了。以後老爺的背後亦改了牆就好了。』元帝老爺聽來有理，便叫神將派人打牆。衆神將嘆了口氣道：『如今香火一炷也沒有，那裏有磚灰人工來打牆！』元帝老爺沒法，叫衆神將作法，卻都沒有主意。那元

註

※2：即玄帝廟。玄帝爲道教祀神。

✣《四月流觴圖》，清朝院畫十二月令圖之一，是描繪宮廷十二個月生活的圖畫。流觴是一種遊戲，每逢農曆三月上巳日在彎曲的水渠旁聚會，在上游放置酒杯，讓酒杯順水而下，流到誰面前誰就將酒喝下。此畫描繪了農曆三月上巳日這天，宮廷內流觴遊戲的場景。（fotoe提供）

帝老爺腳下的龜將軍站起來道：『你們不中用，我有主意。你們將紅門拆下來，到了夜裏拿我的肚子墊住這門口，難道當不得一堵牆麼？』衆神將都說道：『好，又不花錢，又便當結實。』於是龜將軍便當這個差使，竟安靜了。豈知過了幾天，那廟裏又丟了東西。衆神將叫了土地來說道：『你說砌了牆就不丟東西，怎麼如今有了牆還要丢？』那土地道：『這牆砌的不結實。』衆神將道：『你瞧去。』土地一看，果然是一堵好牆，怎麼還有失事？把手摸了一摸道：『我打諒是眞牆，那裏知道是個假牆！』」衆人聽了大笑起來。賈薔也忍不住的笑，說道：「傻大舅，你好！我沒有罵你，你爲什麼罵我！快拿杯來罰一大杯。」邢大舅喝了，已有醉意。

衆人又喝了幾杯，都醉起來。邢大舅說他姐姐不好，王仁說他妹妹不好，都說的狠狠毒毒的。賈環聽了趁著酒興也說鳳姐不好，怎樣苛刻我們，怎麼樣踏我們的頭。衆人道：「大凡作個人，原要厚道些。看鳳姑娘仗著老太太這樣的利害，如今焦了尾巴梢子※3了，只剩了一個姐兒，只怕也要現世現報呢。」賈芸想著鳳姐待他不好，又

✣ 邢大舅、王仁、賈薔等聚酒生事。（朱寶榮繪）

想起巧姐兒見他就哭，也信著嘴兒混說。還是賈薔道：「喝酒罷，說人家作什麼。」那兩個陪酒的道：「這位姑娘多大年紀了？長得怎麼樣？」賈薔道：「模樣兒是好的很的。年紀也有十三四歲了。」◎13那陪酒的說道：「可惜這樣人生在府裏這樣人家，若生在小戶人家，父母兄弟都作了官還發了財呢。」眾人道：「怎麼樣？」那陪酒的說：「現今有個外藩王爺※4，最是有情的，要選一個妃子。若合了式，父母兄弟都跟了去。可不是好事兒嗎？」眾人都不大理會，只有王仁心裏略動了一動，仍舊喝酒。

只見外頭走進賴林兩家的子弟來，說：「爺們好樂呀！」眾人站起來說道：「老大老三怎麼這時候才來？叫我們好等！」那兩個人說道：「今早聽見一個謠言，說是咱們家又鬧出事來了，心裏著急，趕到裏頭打聽去，並不是咱們。」眾人道：「不是咱們就完了，爲什麼不就來？」那兩個說道：「雖不是咱們，也有些干係。你們知道是誰，就是賈雨村老爺。我們今兒進去，看見帶著鎖子，說要解到三法司※5衙門裏審問去呢。◎14我們見他常在咱們家裏來往，恐有什麼事，便跟了去打聽。」賈芸道：「到底老大用心，原該打聽打聽。你且坐下喝一杯再說。」兩人讓了一回，便坐下，喝著酒道：「這位雨村老爺人也能幹，也會鑽營，官也不小了，只是貪財，被人家參了個婪索屬員的幾款。如今的萬歲爺是最聖明最仁慈的，獨聽了一個『貪』字，或因

註

※3：罵人沒有後代的話。
※4：指分封在京師以外的王爺。
※5：明清以刑部、都察院、大理寺爲三法司，專審重大案件。

評點

◎13.眾人說鳳姐而賈薔迴護之，此點薔、鳳姐也隱情，而巧姐之難乃發於此……眾人報以財，而薔且報以色，意可畏哉。（張新之）
◎14.賈雨村爲一部書中起結之人，若不爲事罷官，如何能歸結《紅樓夢》？趁勢插入，以爲了結地步。（王希廉）

糟蹋了百姓，或因恃勢欺良，是極生氣的，所以旨意便叫拿問。若是問出來了，只怕擱不住。若是沒有的事，那參的人也不便。如今眞眞是好時候，只要有造化作個官兒就好。」衆人道：「你的哥哥就是有造化的，現作知縣還不好麼。」賴家的說道：「我哥哥雖是作了知縣，他的行爲只怕也保不住怎麼樣呢。」衆人道：「手也長麼？」賴家的點點頭兒，便舉起杯來喝酒。衆人又道：「裏頭還聽見什麼新聞？」兩人道：「別的事沒有，只聽見海疆的賊寇拿住了好些，也解到法司衙門裏審問。還審出好些賊寇，也有藏在城裏的，打聽消息，抽空兒就劫搶人家。如今知道朝裏那些老爺們都是能文能武，出力報效，所到之處早就消滅了。」衆人道：「你聽見有在城裏的，不知審出咱們家失盜了一案來沒有？」兩人道：「倒沒有聽見。恍惚有人說是有個內地裏的人，城裏犯了事，搶了一個女人下海去了。那女人不依，被這賊寇殺了。那賊寇正要逃出關去，被官兵拿住了，就在拿獲的地方正了法了。」衆人道：「咱們櫳翠庵的什麼妙玉不是叫人搶去，不要就是他罷？」賈環道：「必是他！」衆人道：「你怎麼知道？」賈環道：「妙玉這個東西是最討人嫌的。他一日家捏酸※6，見了寶玉就眉開眼笑了。我若見了他，他從不拿正眼瞧我一瞧。眞

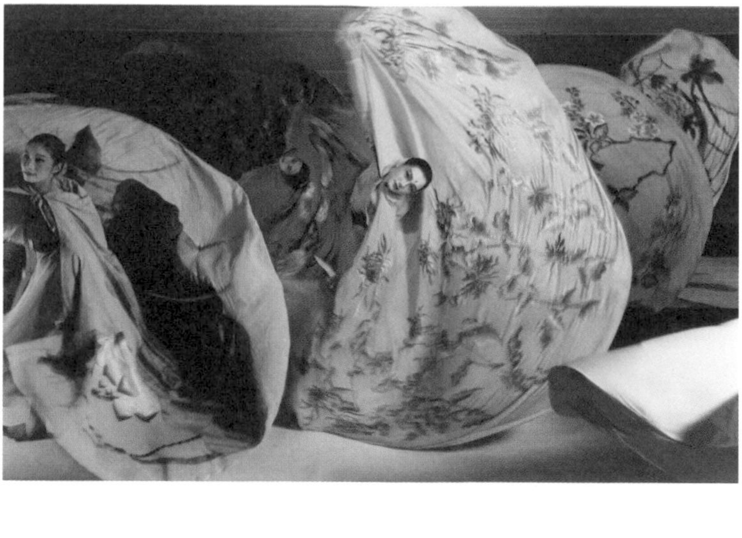

✣ 雲門舞集「紅樓夢」。
（劉振祥攝影）

要是他，我才趁願呢！」衆人道：「搶的人也不少，那裏就是他。」賈芸道：「有點信兒。前日有個人說，他庵裏的道婆作夢，說看見是妙玉叫人殺了。」◎15衆人笑道：「夢話算不得。」邢大舅道：「管他夢不夢，咱們快吃飯罷。今夜作個大輸贏。」衆人願意，便吃畢了飯，大賭起來。

賭到三更多天，只聽見裏頭亂嚷，說是四姑娘和珍大奶奶拌嘴，把頭髮都絞掉了，趕到邢夫人王夫人那裏去磕了頭，說是要求容他作尼姑呢，送他一個地方。若不容他，他就死在眼前。那邢王兩位太太沒主意，叫請薔大爺芸二爺進去。賈芸聽了，便知是那回看家的時候起的念頭，想來是勸不過來的了，便和賈薔商議道：「太太叫我們進去，我們是作不得主的。況且也不好作主，只好勸去。若勸不住，只好由他們罷。咱們商量了寫封書給璉二叔，便卸了我們的干係了。」兩人商量定了主意，進去見了邢王兩位太太，便假意的勸了一回。無奈惜春立意必要出家，就不放他出去，只求一兩間淨屋子給他誦經拜佛。尤氏見他兩個不肯作主，又怕惜春尋死，自己便硬作主張，說是：「這個不是索性我擔了罷。說我作嫂子的容不下小姑子，逼他出了家了就完了。若說到外頭去呢，斷斷使不得。若在家裏呢，太太們都在這裏，算我的主意罷。叫薔哥兒寫封書子給你珍大爺璉二叔就是了。」賈薔等答應了。不知邢王二夫人依與不依，下回分解。

註

※6：假正經。

評點

◎15.雨村之事，信以傳信。妙玉之事，疑以傳疑。妙於閑話中帶出，如風掃落葉，不勞餘力也。（陳其泰）

# 第一百十八回

## 記微嫌舅兄欺弱女　驚謎語妻妾諫痴人

說話邢王二夫人聽尤氏一段話，明知也難挽回。王夫人只得說道：「姑娘要行善，這也是前生的夙根，我們也實在攔不住。只是咱們這樣人家的姑娘出了家，不成了事體。如今你嫂子說了准你修行，也是好處。卻有一句話要說，那頭髮可以不剃的，只要自己的心眞，那在頭髮上頭呢。你想妙玉也是帶髮修行的，不知他怎樣凡心一動，才鬧到那個分兒。姑娘執意如此，我們就把姑娘住的房子便算了姑娘的靜室。所有伏侍姑娘的人也得叫他們來問：他若願意跟的，就講不得說親配人；若不願意跟的，另打主意。」惜春聽了，收了淚，拜謝了邢王二夫人、李紈、尤氏等。王夫人說了，便問彩屏等誰願跟姑娘修行。彩屏等回道：「太太們派誰就是誰。」王夫人知道不願意，正在想人。襲人立在寶玉身後，想來寶

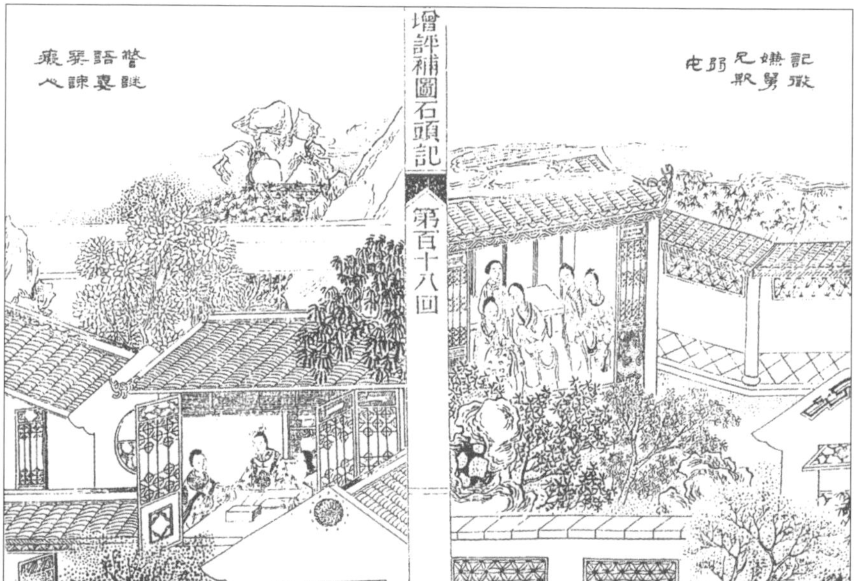


✣《增評補圖石頭記》第一百十八回繪畫。（fotoe提供）

✣ 紫鵑願意跟著惜春一輩子修行。（朱寶榮繪）

玉必要大哭，防著他的舊病。豈知寶玉嘆道：「眞眞難得。」襲人心裏更自傷悲。寶釵雖不言語，遇事試探，見是執迷不醒，只得暗中落淚。

王夫人才要叫了眾丫頭來問，忽見紫鵑走上前去，在王夫人面前跪下，回道：「剛才太太問跟四姑娘的姐姐，太太看著怎麼樣？」王夫人道：「這個如何強派得人的，誰願意他自然就說出來了。」紫鵑道：「姑娘修行自然姑娘願意，並不是別的姐姐們的意思。我有句話回太太，我也並不是拆開姐姐們，各人有各人的心。我伏侍林姑娘一場，林姑娘待我也是太太們知道的，實在恩重如山，無以可報。他死了，我恨不得跟了他去。但是他不是這裏的人，我又受主子家的恩典，難以從死。如今四姑娘既要修行，我就求太太們將我派了跟著姑娘，伏侍姑娘一輩子。不知太太們准不准。若准了，就是我的造化了。」邢王二夫人尚未答言，只見寶玉聽到那裏，想起黛玉一陣心酸，眼淚早下來了。衆人才要問他時，他又哈哈的大笑，◎1走上來道：「我不該說的。這紫鵑蒙太太派給我屋裏，我才敢說。求太太准了他罷，全了他的好心。」王夫人道：「你頭裏姐妹出了嫁，還哭得死去活來；如今看見四妹妹要出家，不但不勸，倒說好事，你如今到底是怎麼個意思，我索性不明白了。」寶玉道：「四妹妹修行是已經准的了，四妹妹也是一定主意了。若是眞的，我有一句話告訴太太；若是不定的，我就不敢混說了。」惜春道：「二哥哥說話也好笑，一個人主意不定便扭得過太太們來了？我也是像紫鵑的話，容我呢，是我的造化；不容我呢，還有一個死呢。那怕什麼！二哥哥既有話，只管說。」寶玉道：「我這也不算什麼洩漏了，這也是一定的。我念一首詩給你們聽聽罷！」衆人道：「人家苦得很的時候，你倒來作詩。慪人！」寶玉道：「不是作詩，我到一個地方兒看了來的。你們聽聽罷。」衆人道：「使得。你就念念，別順著嘴兒胡謅。」寶玉也不分辯，便說道：

勘破三春景不長，緇衣頓改昔年妝。
可憐繡户侯門女，獨臥青燈古佛旁！

李紈寶釵聽了，詫異道：「不好了，這人入了迷了。」王夫人聽了這話，點頭嘆息，便問寶玉：「你到底是那裏看來的？」寶玉不便說出來，回

✣ 紫鵑穎慧誠樸，心地善良，與黛玉名為主奴，情同手足。她對黛玉一片真心，不帶一絲矯情。黛玉的絕望之死，令她看透了世態炎涼，只能以冰冷的心來對待這個冷酷的世界。（張羽琳繪）

道：「太太也不必問，我自有見的地方。」王夫人回過味來，細細一想，便更哭起來道：「你說前兒是頑話，怎麼忽然有這首詩？罷了，我知道了，你們叫我怎麼樣呢！我也沒有法兒了，也只得由著你們去罷！但是要等我合上了眼，各自幹各自的就完了！」

寶釵一面勸著，這個心比刀絞更甚，也掌不住便放聲大哭起來。襲人已經哭的死去活來，幸虧秋紋扶著。寶玉也不啼哭，也不相勸，只不言語。賈蘭賈環聽到那裏，各自走開。李紈竭力的解說：「總是寶兄弟見四妹妹修行，他想來是痛極了，不顧前後的瘋話，這也作不得準的。獨有紫鵑的事情准不准，好叫他起來。」王夫人道：「什麼依不依，橫豎一個人的主意定了，那也是扭不過來的。可是寶玉說的也是一定的了。」紫鵑聽了磕頭。惜春又謝了王夫人。紫鵑又給寶玉寶釵磕了頭。寶玉念聲：「阿彌陀佛！難得，難得。不料你倒先好了！」寶釵雖然有把持，也難掌住。只有襲人，也顧不得王夫人在上，便痛哭不止，說：「我也願意跟了四姑娘去修行。」◎2寶玉笑道：「你也是好心，但是你不能享這個清福的。」襲人哭道：「這麼說，我是要死的了！」寶玉聽到那裏，倒覺傷心，◎3只是說不出來。因時已五更，寶玉請王夫人安歇，李紈等各自散去。彩屏等暫且伏侍惜春回去，後來指配了人家。紫鵑終身伏侍，毫不改初。此是後話。

評點

◎1.寶玉既云「斬斷情緣」，則此處可不哭，而必寫一哭，則既非儒，並非空，止以一黛而走耳。（張新之）
◎2.襲人也願跟惜春出家，亦是反跌後文。（王希廉）
◎3.尚有塵心未淨。（王希廉）

且言賈政扶了賈母靈柩一路南行，因遇著班師的兵將船隻過境，河道擁擠，不能速行，在道實在心焦。幸喜遇見了海疆的官員，聞得鎮海統制欽召回京，想來探春一定回家，略略解些煩心。只打聽不出起程的日期，心裏又煩躁。想到盤費算來不敷，不得已寫書一封，差人到賴尚榮任上借銀五百，叫人沿途迎上來應需用。那人去了幾日，賈政的船才行得十數里。那家人回來，迎上船隻，將賴尚榮的稟啓呈上。書內告了多少苦處，備上白銀五十兩。◎4賈政看了生氣，即命家人立刻送還，將原書發回，叫他不必費心。那家人無奈，只得回到賴尚榮任所。

賴尚榮接到原書銀兩，心中煩悶，知事辦得不周到，又添了一百，央求來人帶回，幫著說些好話。豈知那人不肯帶回，撂下就走了。賴尚榮心下不安，立刻修書到家，回明他父親，叫他設法告假贖出身來。於是賴家托了賈薔賈芸等在王夫人面前乞恩放出。賈薔明知不能，過了一日，假說王夫人不依的話回覆了。賴家一面告假，一面差人到賴尚榮任上，叫他告病辭官。王夫人並不知道。

那賈芸聽見賈薔的假話，心裏便沒想頭，連日在外又輸了好些銀錢，無所抵償，便和賈環相商。賈環本是一個錢沒有的，雖是趙姨娘積蓄些微，早被他弄光了，那能照應人家。便想起鳳姐待他刻薄，要趁賈璉不在家要擺佈巧姐出氣，遂把這個當叫賈

✣ 邢大舅、王仁。賈府不良親戚的代表。（《紅樓夢煙標精華》杜春耕編著，北京圖書館出版社提供）

芸來上，故意的埋怨賈芸道：「你們年紀又大，放著弄銀錢的事又不敢辦，倒和我沒有錢的人相商。」賈芸道：「三叔，你這話說的倒好笑，咱們一塊兒頑，一塊兒鬧，那裏有銀錢的事。」賈環道：「不是前兒有人說是外藩要買個偏房，你們何不和王大舅商量把巧姐說給他呢？」賈芸道：「叔叔，我說句招你生氣的話，外藩花了錢買人，還想能和咱們走動麼？」賈環在賈芸耳邊說了些話，賈芸雖然點頭，只道賈環是小孩子的話，也不當事。恰好王仁走來說道：「你們兩個人商量些什麼，瞞著我麼？」賈芸便將賈環的話附耳低言的說了。王仁拍手道：「這倒是一種好事，又有銀子。只怕你們不能，若是你們敢辦，我是親舅舅，作得主的。只要環老三在大太太跟前那麼一說，我找邢大舅再一說，太太們問起來你們齊打夥說好就是了。」賈環等商議定了，王仁便去找邢大舅，賈芸便去回邢王二夫人，說得錦上添花。

王夫人聽了雖然入耳，只是不信。邢夫人聽得邢大舅知道，心裏願意，便打發人找了邢大舅來問他。那邢大舅已經聽了王仁的話，又可分肥※1，便在邢夫人跟前說道：「若說這位郡王，是極有體面的。若應了這門親事，雖說是不是正配，保管一過了門，姐夫的官早復了，這裏的聲勢又好了。」邢夫人本是沒主意人，被傻大舅一番假話哄得心動，請了王仁來一問，更說得熱鬧。於是邢夫人倒叫人出去追著賈芸去說。王仁即刻找了人去到外藩公館說了。那外藩不知底細，便要打發人來相看。賈

註

※1：分取不正當之利益。

評點

◎4.寫盡奴僕負恩樣子。（王希廉）

芸又鑽了相看的人，說明「原是瞞著合宅的，只說是王府相親。等到成了，他祖母作主，親舅舅的保山，是不怕的。」那相看的人應了。賈芸便送信與邢夫人，並回了王夫人。那李紈寶釵等不知原故，只道是件好事，也都歡喜。

那日果然來了幾個女人，都是艷妝麗服。邢夫人接了進去，敘了些閑話。那來人本知是個誥命，也不敢怠慢。邢夫人因事未定，也沒有和巧姐說明，只說有親戚來瞧，叫他去見。那巧姐到底是個小孩子，那管這些，便跟了奶媽過來。平兒不放心，也跟著來。只見有兩個宮人打扮的，見了巧姐便渾身上下一看，更又起身來拉著巧姐的手又瞧了一遍，略坐了一坐就走了。倒把巧姐看得羞臊，回到房中納悶，想來沒有這門親戚，便問平兒。平兒先看見來頭，卻也猜著八九必是相親的。「但是二爺不在家，大太太作主，到底不知是那府裏的。若說是對頭親※2，不該這樣相看。瞧那幾個人的來頭，不像是本支※3王府，好像是外頭路數。◎5如今且不必和姑娘說明，且打聽明白再說。」

平兒心下留神打聽。那些丫頭婆子都是平兒使過的，平兒一問，所有聽見外頭的風聲都告訴了。平兒便嚇的沒了主意，雖不和巧姐說，便趕著去告訴了李紈寶釵，求他二人告訴

✣ 從巧姐的人生遭際可以看得出，為了孩子，作父母的還是要有所為有所不為才好。（張羽琳繪）

王夫人。王夫人知道這事不好，便和邢夫人說知。怎奈邢夫人信了兄弟並王仁的話，反疑心王夫人不是好意，便說：「孫女兒也大了，現在璉兒不在家，這件事我還作得主。況且是他親舅爺爺和他親舅舅打聽的，難道倒比別人不真麼！我橫豎是願意的。倘有什麼不好，我和璉兒也抱怨不著別人！」◎6

王夫人聽了這些話，心下暗暗生氣，勉強說些閑話，便走了出來，告訴了寶釵，自己落淚。寶玉勸道：「太太別煩惱，這件事我看來是不成的。這又是巧姐兒命裏所招，只求太太不管就是了。」王夫人道：「你一開口就是瘋話。人家說定了就要接過去。若依平兒的話，你璉二哥可不抱怨我麼？別說自己的侄孫女兒，就是親戚家的，也是要好才好。邢姑娘是我們作媒的，配了你二大舅子，如今和和順順的過日子不好麼？那琴姑娘梅家娶了去，聽見說是豐衣足食的很好。就是史姑娘是他叔叔的主意，頭裏原好，如今姑爺癆病死了，你史妹妹立志守寡，也就苦了。◎7若是巧姐兒錯給了人家兒，可不是我的心壞？」

正說著，平兒過來瞧寶釵，並探聽邢夫人的口氣。王夫人將邢夫人的話說了一遍。平兒呆了半天，跪下求道：「巧姐兒終身全仗著太太，若信了人家的話，不但姑娘一輩子受了苦，便是璉二爺回來怎麼說呢！」王夫人道：「你是個明白人，起來，聽我說。巧姐兒到底是大太太孫女兒，他要作主，我能夠攔他麼？」寶玉勸道：「無

註

※2：門當户對的親事。

※3：本宗與子孫。

評點

◎5.平兒看出相看巧姐之人不像是對頭親，也不像是藩王府裏人，靈慧可愛。（王希廉）

◎6.邢夫人勢利薰心，毫無主見，實在不堪，寫得如見其人。文人之筆，令人可畏。（王希廉）

◎7.借王夫人說話中補明寶琴已嫁，湘雲已寡，簡淨得法。（王希廉）

妨礙的，只要明白就是了。」平兒生怕寶玉瘋顛嚷出來，也並不言語，回了王夫人竟自去了。

這裏王夫人想到煩悶，一陣心痛，叫丫頭扶著勉強回到自己房中躺下，不叫寶玉寶釵過來，說睡睡就好的。自己卻也煩悶。聽見說李嬸娘來了也不及接待。只見賈蘭進來請了安，回道：「今早爺爺那裏打發人帶了一封書子來，外頭小子們傳進來的。我母親接了正要過來，因我老娘來了，叫我先呈給太太瞧，回來我母親就過來來回太太。還說我老娘要過來呢。」說著，一面把書子呈上。王夫人一面接書，一面問道：「你老娘來作什麼？」賈蘭道：「我也不知道。我只見我老娘說，我三姨兒的婆婆家有什麼信兒來了。」王夫人聽了，想起來還是前次給甄寶玉說了李綺，後來放定下茶，想來此時甄家要娶過門，所以李嬸娘來商量這件事情，便點點頭兒。◎8一面拆開書信，見上面寫著道：

近因沿途俱係海疆凱旋船隻，不能迅速前行。聞探姐隨翁婿來都，不知曾有信否？前接到璉侄手稟，知大老爺身體欠安，亦不知已有確信否？寶玉蘭哥場期已近，務須實心用功，不可怠惰。老太太靈柩抵家，尚需日時。我身體平善，不必掛念。此諭寶玉等知道。月日手書。蓉兒另稟。

王夫人看了，仍舊遞給賈蘭，說：「你拿去給你二叔叔瞧瞧，還交給你母親罷。」

正說著，李紈同李嬸娘過來。請安問好畢，王夫人讓了坐。李嬸娘便將甄家要

娶李綺的話說了一遍。大家商議了一會子。李紈因問王夫人道：「老爺的書子太太看過了麼？」王夫人道：「看過了。」賈蘭便拿著給他母親瞧。李紈看了道：「三姑娘出門了好幾年，總沒有來，如今要回京了，太太也放了好些心。」王夫人道：「我本是心痛，看見探丫頭要回來了，心裏略好些。只是不知幾時才到。」李嬸娘便問了賈政在路好。李紈因向賈蘭道：「哥兒瞧見了？場期近了，你爺爺惦記得什麼似的。你快拿了去給二叔叔瞧去罷。」李嬸娘道：「他們爺兒兩個又沒進過學，怎麼能下場呢？」王夫人道：「他爺爺作糧道的起身時，給他們爺兒兩個援了例監※4了。」李嬸娘點頭。賈蘭一面拿著書子出來，來找寶玉。

* * *

卻說寶玉送了王夫人去後，正拿著《秋水》※5一篇在那裏細頑。寶釵從裏間走出，見他看得得意忘言，便走過來一看，見是這個，心裏著實煩悶。細想他只顧把這些出世離群的話當作一件正經事，終究不妥。看他這種光景，料勸不過來，便坐在寶玉旁邊，怔怔的坐著。寶玉見他這般，便道：「你這又是爲什麼？」寶釵道：「我想你我既爲夫婦，你便是我終身的倚靠，卻不在情欲之私。論起榮華富貴，原不過是過眼煙雲，但自古聖賢，以人品根柢爲重。」寶玉也沒聽完，把那書本擱在旁邊，微微的笑道：「據你說人品根柢，又是什麼古聖賢，你可知古聖賢說過

註

※4：明清由捐納取得監生資格的稱爲例監。

※5：《莊子》中的一篇寓言，推論天地萬物的道理。

評點

◎8.於賈蘭口中帶敘甄家……是陪襯賓主法。（王希廉）

『不失其赤子之心※6』。那赤子有什麼好處，不過是無知無識無貪無忌。我們生來已陷溺在貪嗔痴愛中，猶如污泥一般，怎麼能跳出這般塵網。如今才曉得『聚散浮生』四字，古人說了，不曾提醒一個。既要講到人品根柢，誰是到那太初一步地位的？」寶釵道：「你既說『赤子之心』，古聖賢原以忠孝爲赤子之心，並不是遁世離群、無關無係爲赤子之心。堯舜禹湯周孔時刻以救民濟世爲心，所謂赤子之心，原不過是『不忍※7』二字。若你方才所說的，忍於拋棄天倫，還成什麼道理？」寶玉點頭笑道：「堯舜不強巢許，武周不強夷齊。」寶釵不等他說完，便道：「你這個話益發不是了。古來若都是巢許夷齊，爲什麼如今人又把堯舜周孔稱爲聖賢呢！況且你自比夷齊，更不成話，伯夷叔齊原是生在商末世，有許多難處之事，所以才有托而逃。當此聖世，咱們世受國恩，祖父錦衣玉食；況你自有生以來，自去世的老太太以及老爺太太視如珍寶。你方才所說，自己想一想是與不是。」寶玉聽了，也不答言，只有仰頭微笑。◎9

寶釵因又勸道：「你既理屈詞窮，我勸你從此把心收一收，好好的用用功。但能博得一第，◎10便是從此而止，也不枉天恩祖德了。」寶玉點了點頭，嘆了口氣說道：「一第呢，其實也不是什麼難事，倒是你這個『從此而止，不枉天恩祖德』卻還不離其宗。」寶釵未及答言，襲人過來說道：「剛才二奶奶說的古聖先賢，我們也不懂。我只想著我們這些人從小兒辛辛苦苦跟著二爺，不知陪了多少小心，論起理來原該當

的，但只二爺也該體諒體諒。況二奶奶替二爺在老爺太太跟前行了多少孝道，就是二爺不以夫妻爲事，也不可太辜負了人心。至於神仙那一層更是謊話，誰見過有走到凡間來的神仙呢！那裏來的這麼個和尚，說了些混話，二爺就信了眞。二爺是讀書的人，難道他的話比老爺太太還重麼！」寶玉聽了，低頭不語。

襲人還要說時，只聽外面腳步走響，隔著窗戶問道：「二叔在屋裏呢麼？」寶玉聽了，是賈蘭的聲音，便站起來笑道：「你進來罷。」寶釵也站起來。賈蘭進來，笑容可掬的給寶玉寶釵請了安，問了襲人的好，——襲人也問了好——便把書子呈給寶玉瞧。寶玉接在手中看了，便道：「你三姑姑回來了。」賈蘭道：「爺爺既如此寫，自然是回來的了。」寶玉點頭不語，默默如有所思。賈蘭便問：「叔叔看見爺爺後頭寫的叫咱們好生念書了？叔叔這一程子只怕總沒作文章罷？」寶玉笑道：「我也要作幾篇熟一熟手，好去誆這個功名。」賈蘭道：「叔叔既這樣，就擬幾個題目，我跟著叔叔作作，也好進去混場，別到那時交了白卷子惹人笑話。不但笑話我，人家連叔叔都要笑話了。」寶玉道：「你也不至如此。」說著，寶釵命賈蘭坐下。寶玉仍坐在原處，賈蘭側身坐了。兩個談了一回文，不覺喜動顏色。寶釵見他爺兒兩個談得高興，便仍進屋裏去了。心中細想寶玉此時光景，或者醒悟過來了，◎11只是剛才說話，他把那從此而止四字單單的許可，這又不知是什麼意思了。寶釵尚自猶豫，惟有襲人看他

註

※6：語出《孟子・離婁下》。赤子：嬰兒。

※7：不忍加害於人的意思。

評點

◎9.寶釵所言，誠是正論。但寶釵志在用世，寶玉志在逃世，其天資本異，則其趣向自不能合也。（陳其泰）

◎10.此語太看輕寶玉。（陳其泰）

◎11.以此爲醒悟，眞乃糊塗。（陳其泰）

✣ 寶釵、襲人以富貴功名、天恩祖德等語勸誡寶玉用功備考。（朱寶榮繪）

愛講文章，提到下場，更又欣然。心裏想道：「阿彌陀佛！好容易講四書似的才講過來了！」這裏寶玉和賈蘭講文，鶯兒沏過茶來。賈蘭站起來接了，又說了一會子下場的規矩並請甄寶玉在一處的話，寶玉也甚似願意。一時賈蘭回去便將書子留給寶玉了。

那寶玉拿著書子，笑嘻嘻走進來遞給麝月收了，便出來將那本《莊子》收了，把幾部向來最得意的，如《參同契》《元命苞》《五燈會元》之類，叫出麝月秋紋鶯兒等都搬了擱在一邊。寶釵見他這番舉動，甚爲罕異，因欲試探他，便笑問道：「不看他倒是正經，但又何必搬開呢。」寶玉道：「如今才明白過來了。這些書都算不得什麼，我還要一火焚之，方爲乾淨。」寶釵聽了，更欣喜異常。只聽寶玉口中微吟道：「內典語中無佛性，金丹法外有仙舟。」寶釵也沒很聽真，只聽得「無佛性」、「有仙舟」幾個字，心中轉又狐疑，且看他作何光景。寶玉便命麝月秋紋等收拾一間靜室，把那些語錄名稿及應制詩之類都找出來擱在靜室中，自己卻當眞靜靜的用起功來。寶釵這才放了心。

那襲人此時眞是聞所未聞，見所未見，便悄悄的笑著向寶釵道：「到底奶奶說話透徹，只一路講究，就把二爺勸明白了。就只可惜遲了一點兒，臨場太近了。」寶釵點頭微笑道：「功名自有定數，中與不中倒也不在用功的遲早。但願他從此一心巴

✣ 過去寶玉曾經看《西廂記》看得太入迷，對黛玉稱讚「真真這是好文章」，如今為了進場考試卻靜靜的用起功來。本圖為崑曲《西廂記》，王振義飾張生。（北方崑曲劇院提供）

結正路，把從前那些邪魔永不沾染就是好了。」說到這裏，見房裏無人，便悄說道：「這一番悔悟過來固然很好，◎12但只一件，怕又犯了前頭的舊病，和女孩兒們打起交道來，也是不好。」襲人道：「奶奶說的也是。二爺自從信了和尚，才把這些姐妹冷淡了；如今不信和尚，眞怕又要犯了前頭的舊病呢。我想奶奶和我二爺原不大理會，紫鵑去了，如今只他們四個，這裏頭就是五兒有些個狐媚子，聽見說他媽求了大奶奶和奶奶，說要討出去給人家兒呢，但是這兩天到底在這裏呢。麝月秋紋雖沒別的，只是二爺那幾年也都有些頑頑皮皮的。如今算來，只有鶯兒二爺倒不大理會，況且鶯兒也穩重。我想倒茶弄水只叫鶯兒帶著小丫頭們伏侍就夠了，不知奶奶心裏怎麼樣。」寶釵道：「我也慮的是這些，你說的倒也罷了。」從此便派鶯兒帶著小丫頭伏侍。

那寶玉卻也不出房門，天天只差人去給王夫人請安。王夫人聽見他這番光景，

那一種欣慰之情，更不待言了。到了八月初三，這一日正是賈母的冥壽。寶玉早晨過來磕了頭，便回去，仍到靜室中去了。飯後，寶釵襲人等都和姐妹們跟著邢王二夫人在前面屋裏說閑話兒。寶玉自在靜室冥心危坐，忽見鶯兒端了一盤瓜果進來◎13說：「太太叫人送來給二爺吃的。這是老太太的克什。」寶玉站起來答應了，復又坐下，便道：「擱在那裏罷。」鶯兒一面放下瓜果，一面悄悄向寶玉道：「太太那裏誇二爺呢。」寶玉微笑。鶯兒又道：「太太說了，二爺這一用功，明兒進場中了出來，明年再中了進士，作了官，老爺太太可就不枉了盼二爺了。」寶玉也只點頭微笑。鶯兒忽然想起那年給寶玉打絡子的時候寶玉說的話來，便道：「眞要二爺中了，那可是我們姑奶奶的造化了。二爺還記得那一年在園子裏，不是二爺叫我打梅花絡子時說的，我們姑奶奶後來帶著我不知到那一個有造化的人家兒去呢。如今二爺可是有造化的罷咧。」寶玉聽到這裏，又覺塵心一動，連忙斂神定息，微微的笑道：「據你說來，我是有造化的，你們姑娘也是有造化的，你呢？」鶯兒把臉飛紅了，勉強道：「我們不過當丫頭一輩子罷咧，有什麼造化呢！」◎14寶玉笑道：「果然能夠一輩子是丫頭，你這個造化比我們還大呢！」鶯兒聽見這話似乎又是瘋話了，恐怕自己招出寶玉的病根來，打算著要走。只見寶玉笑著說道：「傻丫頭，我告訴你罷。」未知寶玉又說出什麼話來，且聽下回分解。

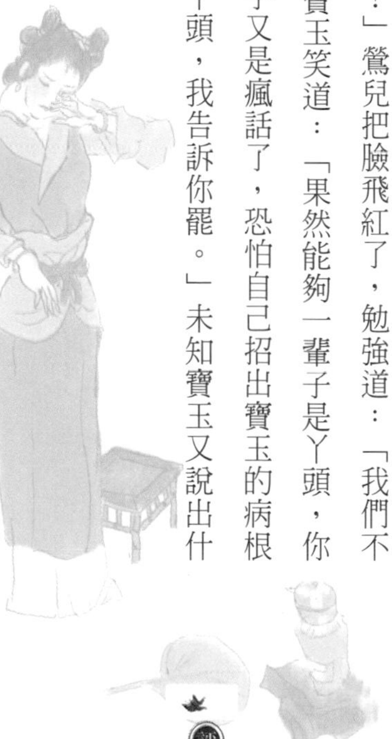

評點

◎12.寫寶釵自結縭後，日與寶玉相處，而絲毫不知寶玉。（陳其泰）
◎13.另生出一種文情。（姚燮）
◎14.若有情，若無情。心如止水，不妨遊戲三昧。（陳其泰）

## 第一百十九回

# 中鄉魁寶玉卻塵緣　沐皇恩賈家延世澤

話說鶯兒見寶玉說話摸不著頭腦，正自要走，只聽寶玉又說道：「傻丫頭，我告訴你罷。你姑娘既是有造化的，你跟著他自然也是有造化的了。你襲人姐姐是靠不住的。只要往後你盡心伏侍他就是了。日後或有好處，也不枉你跟著他熬了一場。」鶯兒聽了前頭像話，後頭說的又有些不像了，便道：「我知道了。姑娘還等我呢。二爺要吃果子時，打發小丫頭叫我就是了。」寶玉點頭，鶯兒才去了。一時寶釵襲人回來，各自房中去了。不提。

且說過了幾天便是場期，別人只知盼望他爺兒兩個作了好文章便可以高中的了，只有寶釵見寶玉的工課雖好，只是那有意無意之間，卻別有一種冷靜的光景。知他要進場了，頭一件，叔侄兩個都是初次赴考，恐人馬擁擠有什麼失閃；第二件，寶玉自和尚去

✣《增評補圖石頭記》第一百十九回繪畫。（fotoe提供）

後總不出門，雖然見他用功喜歡，只是改的太速太好了，反倒有些信不及，只怕又有什麼變故。所以進場的頭一天，一面派了襲人帶了小丫頭們同著素雲等給他爺兒兩個收拾妥當，自己又都過了目，好好的擱起預備著；一面過來同李紈回了王夫人，揀家裏的老成管事的多派了幾個，只說怕人馬擁擠碰了。

次日寶玉賈蘭換了半新不舊的衣服，欣然過來見了王夫人。王夫人囑咐道：「你們爺兒兩個都是初次下場，但是你們活了這麼大，並不曾離開我一天。就是不在我眼前，也是丫鬟媳婦們圍著，何曾自己孤身睡過一夜。今日各自進去，孤孤淒淒，舉目無親，須要自己保重。早些作完了文章出來，找著家人早些回來，也叫你母親媳婦們放心。」王夫人說著不免傷心起來。賈蘭聽一句答應一句。只見寶玉一聲不哼，待王夫人說完了，走過來給王夫人跪下，滿眼流淚，磕了三個頭，說道：「母親生我一世，我也無可答報，只有這一入場用心作了文章，好好的中個舉人出來。那時太太喜歡喜歡，便是兒子一輩的事也完了，一輩子的不好也都遮過去了。」王夫人聽了，更覺傷心起來，便道：「你有這個心自然是好的，可惜你老太太不能見你的面了！」一面說，一面拉他起來。那寶玉只管跪著不肯起來，便說道：「老太太見與不見，總是知道的，喜歡的，既能知道了，喜歡了，便不見也和見了的一樣。只不過隔了形質，並非隔了神氣啊。」李紈見王夫人和他如此，一則怕勾起寶玉的病來，二則也覺得光景不大吉祥，連忙過來說道：「太太，這是大喜的事，為什麼這樣傷心？況且寶兄弟近來很知好歹，很孝順，又肯用功，只要帶了侄兒進去好好的作文章，早早的回來，寫出來請咱們的世交老先生們看了，等著爺兒兩個都報了喜就完了。」◎1一面叫人攙起寶玉來。寶玉卻轉過身來給李紈作了個揖，說：「嫂子放心。我們爺兒兩個都是必中的。日後蘭哥還有大出息，大嫂子還要戴鳳冠穿霞帔呢。」李紈笑道：「但願應了叔叔的話，也不枉——」說到這裏，恐怕又惹起王夫人的傷心來，連忙咽住了。寶玉笑道：「只要有了個好兒子能夠接續祖基，就是大哥哥不能見，也算他的後事完了。」李紈見天氣不早了，也不肯盡著和他說話，只好點點頭兒。

此刻，寶釵聽得早已呆了，這些話不但寶玉，便是王夫人李紈所說，句句都是不祥之兆，卻又不敢認眞，只得忍淚無言。那寶玉走到跟前，深深的作了一個揖。◎2衆人見他行事古怪，也摸不著是怎麼樣，又不敢笑他。只見寶釵的眼淚直流下來。衆人更是納罕。又聽寶玉說道：「姐姐，我要走了，◎3你好生跟著太太聽我的喜信兒罷。」寶釵道：「是時候了，你不必說這些嘮叨話了。」寶玉道：「你倒催的我緊，我自己也知道該走了。」◎4回頭見衆人都在這裏，只沒惜春、紫鵑，便說道：「四妹妹和紫鵑姐姐跟前替我說一句罷，橫豎是再見就完了。」衆人見他的話又像有理，又像瘋話。大家只說他從沒出過門，都是太太的一套話招出來的，不如早早催他去了就完了事了，便說道：「外面有人等你呢，你再鬧就誤了時辰了。」寶玉仰面大笑道：「走了，走了！不用胡鬧了，完了事了！」◎5衆人也都笑道：「快走罷。」獨有王夫

✣ 鳳冠霞帔是古代貴族婦女穿戴的服飾，是地位崇高的象徵。此圖所示是明代孝端皇后鳳冠，北京故宮博物院珍寶館館藏文物。（fotoe提供）

✣寶玉仰面大笑，出門赴試。（朱寶榮繪）

人和寶釵娘兒兩個倒像生離死別的一般，那眼淚也不知從那裏來的直流下來，幾乎失聲哭出。◎6但見寶玉嘻天哈地，大有瘋傻之狀，遂從此出門走了。正是：

走求名利無雙地，
打出樊籠※1第一關。

* * *

不言寶玉賈蘭出門赴考。且說賈環見他們考去，自己又氣又恨，便自大爲王說：「我可要給母親報仇了。家裏一個男人沒有，上頭大太太依了我，還怕誰！」想定了主意，跑到邢夫人那邊請了安，說了些奉承的話。那邢夫人自然喜歡，便說道：「你這才是明理的孩子呢。像那巧姐兒的事，原該我作主的，你璉二哥糊塗，放著親奶奶，倒托別人去！」賈環道：「人家那頭兒也說了，只認得這一門子。現在定了，還要備一分大禮來送太太呢。如今太太有了這樣的藩王孫女婿兒，還怕大老爺沒大官作麼？不是我說自己的太太，他們有了元妃姐姐，便欺壓的人難受。將來巧姐兒別也

註

※1：鳥籠。

評點

◎1.果然報了喜，此書也完了。（黃小田）
◎2.夫婦之緣，盡此一揖了。（黃小田）
◎3.寶釵可謂「早知今日，何必當初」，然「姐姐，我要走了」一語，雖無情人亦應墮淚。（黃小田）
◎4.早一刻也完事了，遲一刻也完事了。（姚燮）
◎5.撒手虛空悟澈人語。（姚燮）以前眞是胡鬧，以後眞是「完了事了」。（黃小田）
◎6.王夫人與寶釵一樣流淚，兩樣心事。王夫人是說話傷心，寶釵是慧心窺破，所以王夫人尚可明說，寶釵竟有不能說之苦。（王希廉）

是這樣沒良心，等我去問問他。」邢夫人道：「你也該告訴他，他才知道你的好處。只怕他父親在家也找不出這麼門子好親事來！但只平兒那個糊塗東西，他倒說這件事不好，說是你太太也不願意。想來恐怕我們得了意。若遲了你二哥回來，又聽人家的話，就辦不成了。」賈環道：「那邊都定了，只等太太出了八字。王府的規矩，三天就要來娶的。但是一件，只怕太太不願意，那邊說是不該娶犯官的孫女，只好悄悄的抬了去，等大老爺免了罪作了官，再大家熱鬧起來。」邢夫人道：「這有什麼不願意，也是禮上應該的。」賈環道：「既這麼著，這帖子太太出了就是了。」邢夫人道：「這孩子又糊塗了，裏頭都是女人，你叫芸哥兒寫了一個就是了。」賈環聽說，喜歡的了不得，連忙答應了出來，趕著和賈芸說了，邀著王仁到那外藩公館立文書兌銀子去了。

那知剛才所說的話，早被跟邢夫人的丫頭聽見。那丫頭是求了平兒才挑上的，便抽空兒趕到平兒那裏，一五一十都告訴了。平兒早知此事不好，已和巧姐細細的說明。巧姐哭了一夜，必要等他父親回來作主，大太太的話不能遵。今兒又聽見這話，便大哭起來，要和太太講去。平兒急忙攔住道：「姑娘且慢著。大太太是你的親祖母，他說二爺不在家，大太太作得主的，況且還有舅舅作保山。他們都是一氣，姑娘一個人那裏說得過呢。我到底是下人，說不上話去。如今只可想法兒，斷不可冒失的。」邢夫人那邊的丫頭道：「你們快快的想主意，不然可就要抬走了。」說著，各

自去了。平兒回過頭來見巧姐哭作一團，連忙扶著道：「姑娘，哭是不中用的，如今是二爺夠不著，聽見他們的話頭——」這句話還沒說完，只見邢夫人那邊打發人來告訴：「姑娘大喜的事來了。叫平兒將姑娘所有應用的東西料理出來。若是賠送呢，原說明了等二爺回來再辦。」平兒只得答應了。

回來又見王夫人過來，巧姐兒一把抱住，哭得倒在懷裏。王夫人也哭道：「妞兒不用著急，我爲你吃了大太太好些話，看來是扭不過來的。我們只好應著緩下去，即刻差個家人趕到你父親那裏去告訴。」平兒道：「太太還不知道麼？早起三爺在大太太跟前說了，什麼外藩規矩三日就要過去的。如今大太太已叫芸哥兒寫了名字年庚去了，還等得二爺麼？」王夫人聽說是「三爺」，便氣的說不出話來，呆了半天，一疊聲叫人找賈環。找了半日，人回：「今早同薔哥兒王舅爺出去了。」王夫人問：「芸哥呢？」衆人回說不知道。巧姐屋內人人瞪眼，一無方法。王夫人也難和邢夫人爭論，只有大家抱頭大哭。

有個婆子進來，回說：「後門上的人說，那個劉姥姥又來了。」◎7王夫人道：「咱們家遭著這樣事，那有工夫接待人。不拘怎麼回了他去罷。」平兒道：「太太該叫他進來，他是姐兒的乾媽，也得告訴告訴他。」王夫人不言語，那婆子便帶了劉姥姥進來。各人見了問好。劉姥姥見衆人的眼圈兒都是紅的，也摸不著頭腦，遲了一會子，便問道：「怎麼了？太太姑娘們必是想二姑奶奶了。」巧姐兒聽見提起他母親，

評點

◎7.眞是山窮水盡，忽有柳暗花明之景。（王希廉）

越發大哭起來。平兒道：「姥姥別說閑話，你既是姑娘的乾媽，也該知道的。」便一五一十的告訴了。把個劉姥姥也唬怔了，等了半天，忽然笑道：「你這樣一個伶俐姑娘，沒聽見過鼓兒詞※2麼，這上頭的方法多著呢。這有什麼難的。」平兒趕忙問道：「姥姥你有什麼法兒快說罷。」劉姥姥道：「這有什麼難的呢，一個人也不叫他們知道，扔崩一走，就完了事了。」平兒道：「這可是混說了。我們這樣人家的人，走到那裏去！」劉姥姥道：「只怕你們不走，你們要走，就到我屯裏去。我就把姑娘藏起來，即刻叫我女婿弄了人，叫姑娘親筆寫個字兒，趕到姑老爺那裏，少不得他就來了。可不好麼？」平兒道：「大太太知道呢？」劉姥姥道：「我來他們知道麼？」平兒道：「大太太住在後頭，他待人刻薄，有什麼信沒有送給他的。你若前門走來就知道了，

✣「侯門女寄身鄉村中」，描繪《紅樓夢》第一百十九回中的場景。家有一老，甚似一寶，雖然只是一個遠房親戚，卻成了巧姐的救命恩人。清代孫溫繪《全本紅樓夢》圖冊第二十四冊之五。（清．孫溫繪）

如今是後門來的，不妨事。」劉姥姥道：「咱們說定了幾時，我叫女婿打了車來接了去。」平兒道：「這還等得幾時呢，你坐著罷。」急忙進去，將劉姥姥的話避了旁人告訴了。王夫人想了半天不妥當。平兒道：「只有這樣。爲的是太太才敢說明，太太就裝不知道，回來倒問大太太。我們那裏就有人去，想二爺回來也快。」王夫人不言語，嘆了一口氣。巧姐兒聽見，便和王夫人道：「只求太太救我，橫豎父親回來只有感激的。」平兒道：「不用說了，太太回去罷。回來只要太太派人看屋子。」王夫人道：「掩密些。你們兩個人的衣服鋪蓋是要的。」平兒道：「要快走了才中用呢，若是他們定了，回來就有了饑荒了。」一句話提醒了王夫人，便道：「是了，你們快辦去罷，有我呢。」於是王夫人回去，倒過去找邢夫人說閑話兒，把邢夫人先絆住了。◎8平兒這裏便遣人料理去了，囑咐道：「倒別避人，有人進來看見，就說是大太太吩咐的，要一輛車子送劉姥姥去。」這裏又買囑了看後門的人僱了車來。平兒便將巧姐裝作青兒模樣，急急的去了。◎9後來平兒只當送人，眼錯不見，也跨上車去了。◎10

原來近日賈府後門雖開，只有一兩個人看著，餘外雖有幾個家下人，因房大人少，空落落的，誰能照應。且邢夫人又是個不憐下人的，衆人明知此事不好，又都感念平兒的好處，所以通同一氣放走了巧姐。邢夫人還自和王夫人說話，那裏理會。

註

※2：一種說唱藝術。

評點

◎8.布置周密。（王希廉）

◎9.熙鳳待劉姥姥獨厚，卒得其力，非佛家所謂因緣乎？（二知道人）

◎10.其實王夫人並不是「木頭」，如在巧姐的事情上，王夫人開始要「應著緩下去」，但到了緊要關頭，又「過去找邢夫人說閑話兒」，絆住她，才使巧姐順利逃走。「木頭」有這樣靈巧的智慧嗎？（曹芸生）

只有王夫人甚不放心，說了一回話，悄悄的走到寶釵那裏坐下，心裏還是惦記著。寶釵見王夫人神色恍惚，便問：「太太的心裏有什麼事？」王夫人將這事背地裏和寶釵說了。寶釵道：「險得很！如今得快快兒的叫芸哥兒止住那裏才妥當。」王夫人道：「我找不著環兒呢。」寶釵道：「太太總要裝作不知，等我想個人去叫大太太知道才好。」王夫人點頭，一任寶釵想人。暫且不言。

且說外藩原是要買幾個使喚的女人，據媒人一面之辭，所以派人相看。相看的人回去稟明了藩王。藩王問起人家，眾人不敢隱瞞，只得實說。那外藩聽了，知是世代勛戚，便說：「了不得！這是有干例禁的，幾乎誤了大事！況我朝覲已過，便要擇日起程，倘有人來再說，快快打發出去。」這日恰好賈芸王仁等遞送年庚，只見府門裏頭的人便說：「奉王爺的命，再敢拿賈府的人來冒充民女者，要拿住究治的。如今太平時候，

✣「平兒憐孤女託劉姥」，描繪《紅樓夢》第一百十九回中的場景。平兒的善良，屢屢可見。清代孫溫繪《全本紅樓夢》圖冊第二十四冊之六。（清．孫溫繪）

誰敢這樣大膽！」這一嚷，唬的王仁等抱頭鼠竄的出來，埋怨那說事的人，大家掃興而散。

賈環在家候信，又聞王夫人傳喚，急的煩躁起來。見賈芸一人回來，趕著問道：「定了麼？」賈芸慌忙跺足道：「了不得，了不得！不知誰露了風了！」還把吃虧的話說了一遍。賈環氣的發怔說：「我早起在大太太跟前說的這樣好，如今怎麼樣處呢？這都是你們衆人坑了我了！」正沒主意，聽見裏頭亂嚷，叫著賈環等的名字說：「大太太、二太太叫呢！」兩個人只得蹭進去。只見王夫人怒容滿面說：「你們幹的好事！如今逼死

了巧姐和平兒了，快快的給我找還屍首來完事！」兩個人跪下。賈環不敢言語。賈芸低頭說道：「孫子不敢幹什麼，爲的是邢舅太爺和王舅爺說給巧妹妹作媒，我們才回太太們的。大太太願意，才叫孫子寫帖兒去的。人家還不要呢。怎麼我們逼死了妹妹呢！」王夫人道：「環兒在大太太那裏說的，三日內便要抬了走。說親作媒有這樣的麼！我也不問你們，快把巧姐兒還了我們，等老爺回來再說。」邢夫人如今也是一句話兒說不出了，只有落淚。王夫人便罵賈環說：「趙姨娘這樣混賬的東西，留的種子也是這混賬的！」說著，叫丫頭扶了回到自己房中。

那賈環賈芸邢夫人三個人互相埋怨，說道：「如今且不用埋怨，想來死是不死的，必是平兒帶了他到那什麼親戚家躲著去了。」邢夫人叫了前後的門人來罵著，問巧姐兒和平兒知道那裏去了。豈知下人一口同音說是：「大太太不必問我們，問當家的爺們就知道了。在大太太也不用鬧，等我們太太問起來我們有話說。要打大家打，要發大家都發。自從璉二爺出了門，外頭鬧的還了得！我們的月錢月米是不給了，賭錢喝酒鬧小旦，還接了外頭的媳婦兒到宅裏來。這不是爺嗎？」說得賈芸等頓口無言。王夫人那邊又打發人來催說：「叫爺們快找來！」那賈環等急的恨無地縫可鑽，又不敢盤問巧姐那邊的人。明知衆人深恨，是必藏起來了，但是這句話怎敢在王夫人面前說，只得各處親戚家打聽，毫無蹤跡。裏頭一個邢夫人，外頭環兒等，這幾天鬧的晝夜不寧。

看看到了出場日期，王夫人只盼著寶玉賈蘭回來。等到晌午，不見回來，王夫人李紈寶釵著忙，打發人去到下處打聽。去了一起，又無消息，連去的人也不來了。回來又打發一起人去，又不見回來。三個人心裏如熱油熬煎。等到傍晚有人進來，見是賈蘭。衆人喜歡問道：「寶二叔呢？」賈蘭也不及請安，便哭道：「二叔丟了。」王夫人聽了這話便怔了，半天也不言語，便直挺挺的躺倒床上。虧得彩雲等在後面扶著，下死的叫醒轉來哭著。見寶釵也是白瞪兩眼。襲人等已哭得淚人一般，只有哭著罵賈蘭道：「糊塗東西，你同二叔在一處，怎麼他就丟了？」◎11賈蘭道：「我和二叔在下處，是一處吃一處睡。進了場，相離也不遠，刻刻在一處的。今兒一早，二叔的卷子早完了，還等我呢。我們兩個人一起去交了卷子，一同出來，在龍門口※3一擠，回頭就不見了。我們家接場的人都問我，李貴還說看見的，相離不過數步，怎麼一擠就不見了。現叫李貴等分頭的找去，我也帶了人各處號裏都找遍了，沒有，我所以這時候才回來。」王夫人是哭的一句話也說不出來，寶釵心裏已知八九，襲人痛哭不已。賈薔等不等吩咐，也是分頭而去。可憐榮府的人個個死多活少，空備了接場的酒飯。賈蘭也忘卻了辛苦，還要自己找去。倒是王夫人攔住道：「我的兒，你叔叔丟了，還禁得再丟了你麼。好孩子，你歇歇去罷。」賈蘭那裏肯走。尤氏等苦勸不止。衆人中只有惜春心裏卻明白了，只不好說出來，便問寶釵道：「二哥哥帶了玉去了沒

註

※3：科舉考場的門口。

評點

◎11.「恩愛夫妻不到頭」，果然果然。（姚燮）

有？」寶釵道：「這是隨身的東西，怎麼不帶！」惜春聽了便不言語。襲人想起那日搶玉的事來，也是料著那和尚作怪，柔腸幾斷，珠淚交流，嗚嗚咽咽哭個不住。追想當年寶玉相待的情分，有時慪他，他便惱了，也有一種令人回心的好處，那溫存體貼是不用說了。若慪急了他，便賭誓說作和尚。那知道今日卻應了這句話！看看那天已覺是四更天氣，並沒有個信兒。李紈又怕王夫人苦壞了，極力的勸著回房。眾人都跟著伺候，只有邢夫人回去。賈環躲著不敢出來。王夫人叫賈蘭去了，一夜無眠。次日天明，雖有家人回來，都說沒有一處不尋到，實在沒有影兒。於是薛姨媽、薛蝌、史湘雲、寶琴、李嬸等，接二連三的過來請安問信。

如此一連數日，王夫人哭得飲食不進，命在垂危。忽有家人回道：「海疆來了一人，口稱統制大人那裏來的，說我們家的三姑奶奶明日到京了。」◎[12]王夫人聽說探春回京，雖不能解寶玉之愁，那個心略放了些。到了明日，果然探春回來。眾人遠遠接著，見探春出跳得比先前更好了，服采鮮明。◎[13]見了王夫人形容枯槁，眾人眼腫腮紅，便也大哭起來，哭了一會，然後行禮。看見惜春道姑打扮，心裏很不舒服。又聽見寶玉心迷走失，家中多少不順的事，大家又哭起來。還虧得探春能言，見解亦高，把話來慢慢兒的勸解了好些時，王夫人等略覺好些。再明兒，三姑爺也來了。知有這樣的事，探春住下勸解。跟探春的丫頭老婆也與眾姐妹們相聚，各訴別後的事。從此上上下下的人，竟是無晝無夜專等寶玉的信。

那一夜五更多天，外頭幾個家人進來到二門口報喜。幾個小丫頭亂跑進來，也不及告訴大丫頭了，進了屋子便說：「太太奶奶們大喜。」王夫人打諒寶玉找著了，便喜歡的站起身來說：「在那裏找著的，快叫他進來。」那人道：「中了第七名舉人。」王夫人道：「寶玉呢？」家人不言語，王夫人仍舊坐下。探春便問：「第七名中的是誰？」家人回說：「是寶二爺。」◎14正說著，外頭又嚷道：「蘭哥兒中了。」那家人趕忙出去接了報單回稟，見賈蘭中了一百三十名。◎15李紈心下喜歡，因王夫人不見了寶玉，不敢喜形於色。◎16王夫人見賈蘭中了，心下也是喜歡，只想：「若是寶玉一回來，咱們這些人不知怎樣樂呢！」獨有寶釵心下悲苦，又不好掉淚。衆人道喜，說是「寶玉既有中的命，自然再不會丟的。況天下那有迷失了的舉人。」王夫人等想來不錯，略有笑容。衆人便趁勢勸王夫人等多進了些飲食。只見三門外頭茗煙亂嚷說：「我們二爺中了舉人，是丟不了的了。」衆人問道：「怎見得呢？」茗煙道：「『一舉成名天下聞』，如今二爺走到那裏，那裏就知道的。誰敢不送來！」裏頭的衆人都說：「這小子雖是沒規矩，這句話是不錯的。」惜春道：「這樣大人了，那裏有走失的。只怕他勘破世情，入了空門，這就難找著他了。」這句話又招得王夫人等又大哭起來。李紈道：「古來成佛作祖成神仙的，果然把

評點

◎12.全書都用影兒，故此處提湘雲；全書都入一嘆，故此處提探春。書至結尾，最難收煞，看他層層伸，層層縮，一段結構穿插，眞好手筆。（張新之）

◎13.賈氏四春，惟探春最爲銳利，而結果獨好。（姚燮）

◎14.寶玉爲人，清妙不群，爲世俗所驚。以彼之才，取科第如拾芥耳。其於舉業，有不屑爲。（陳其泰）

◎15.在稻香村中，經過將近十年的勤學與「歷練」，賈蘭及第了。及第不及第無關重要，至關重要的是，賈蘭成了德才兼備、重視「歷練」的新人，成爲註定要衰敗的賈府中能使家業復興、家聲重振的唯一希望。這是李紈在育人方面的重大成就，她完成了賈府當時任何一個母親都沒有完成的艱巨而偉大的任務。（顧紹炯）

◎16.我認爲李紈、賈蘭在後回書中應是：賈家事敗後，賈蘭年紀尚輕，李紈攜賈蘭居於「竹籬茅舍」之中。後賈蘭科舉成功，繼而參加戰爭，立下戰功，受到皇帝的封賞。然而不久即死去，獨留李紈得享「老來富貴」。（韓東）

爵位富貴都抛了也多得很。」王夫人哭道：「他若抛了父母，這就是不孝，怎能成佛作祖。」探春道：「大凡一個人不可有奇處。二哥哥生來帶塊玉來，都道是好事，這麼說起來，都是有了這塊玉的不好。若是再有幾天不見，我不是叫太太生氣，就有些原故了，只好譬如沒有生這位哥哥罷了。果然有來頭成了正果，也是太太幾輩子的修積。」寶釵聽了不言語，襲人那裏忍得住，心裏一疼，頭上一暈，便栽倒了。王夫人見了可憐，命人扶他回去。賈環見哥哥、侄兒中了，又爲巧姐的事大不好意思，只報怨薔、芸兩個。知道探春回來，此事不肯甘休，又不敢躲開，這幾天竟是如在荊棘之中。

明日賈蘭只得先去謝恩，◎17知道甄寶玉也中了，大家序了同年※4。提起賈寶玉心迷走失，甄寶玉嘆息勸慰。知貢舉※5的將考中的卷子奏聞，皇上一一的披閱，看取中的文章俱是平正通達的。見第七名賈寶玉是金陵籍貫，第一百三十名又是金陵賈蘭，皇上傳旨詢問，兩個姓賈的是金陵人氏，是否賈妃一族。大臣領命出來，傳賈寶玉賈蘭問話。賈蘭將寶玉場後迷失的話並將三代陳明，大臣代爲轉奏。皇上最是聖明仁德，想起賈氏功勛，命大臣查復，大臣便細細的奏明。皇上甚是憫恤，命有司將賈赦犯罪情由查案呈奏。皇上又看到海疆靖寇班師善後事宜一本，奏的是海宴河清，萬民樂業的事。皇上聖心大悅，命九卿敘功議賞，並大赦天下。賈蘭等朝臣散後拜了座師※6，並聽見朝內有大赦的信，便回了王夫人等。合家略有喜色，只盼寶玉回來。薛姨

✣黃荊，別名：布荊子。「負荊」比喻認錯賠罪，荊棘（棘指酸棗）比喻困難阻礙。（謝國材提供）

以往賈府只要有宴客活動，少不了請戲班子或是雜耍的表演，如今家勢敗落後，雖然仍沐皇恩，但往昔風光不在。圖中為清代賣西洋鏡（拉洋片）和耍猴兒戲的藝人。（fotoe提供）

媽更加喜歡，便要打算贖罪。

一日，人報甄老爺同三姑爺來道喜，王夫人便命賈蘭出去接待。不多一時，賈蘭進來笑嘻嘻的回王夫人道：「太太們大喜了。甄老伯在朝內聽見有旨意，說是大老爺的罪名免了，珍大爺不但免了罪，仍襲了寧國三等世職。榮國世職仍是老爺襲了，俟丁憂服滿，仍升工部郎中。所抄家產，全行賞還。◎18二叔的文章，皇上看了甚喜，問知元妃兄弟，北靜王還奏說人品亦好，皇上傳旨召見，衆大臣奏稱據伊侄賈蘭回稱出場時迷失，現在各處尋訪，皇上降旨著五營各衙門用心尋訪。這旨意一下，請太太們放心，皇上這樣聖恩，再沒有找不著了。」王夫人等這才大家稱賀，喜歡起來，只有賈環等心下著急，四處找尋巧姐。

註

※4：同科考中的人稱爲「同年」。

※5：知貢舉：主考官。

※6：明清時代舉人、進士稱本科主考官爲「座師」。

評點

◎17.賈蘭厚重，且好讀書，似乎有志，實則無能也。滿洲勳戚，何必定以科目進。且賈珠死，蘭爲嫡孫，寶玉既昵於閨閣，有志者即當自立。政、璉外出，托家事於薔、芸，一時邢舅肆謀，巧姐出走，蘭當是時，已非童年，曾不聞有一言一事之設，而徒閉户苦讀，斤斤自守……謂之自了漢可矣，必推之爲佳子弟也，吾嘗應之曰：否，否。（許葉芬）

◎18.書最無謂是團圓，戲文如此處赦罪還產，近之矣。（張新之）

那知巧姐隨了劉姥姥帶著平兒出了城，到了莊上，劉姥姥也不敢輕褻巧姐，便打掃上房讓給巧姐平兒住下。每日供給雖是鄉村風味，倒也潔淨。又有青兒陪著，暫且寬心。那莊上也有幾家富戶，知道劉姥姥家來了賈府姑娘，誰不來瞧，都道是天上神仙。也有送菜果的，也有送野味的，倒也熱鬧。內中有個極富的人家，姓周，家財巨萬，良田千頃。只有一子，生得文雅清秀，年紀十四歲，他父母延師讀書，新近科試中了秀才。那日他母親看見了巧姐，心裏羨慕，自想：「我是莊家人家，那能配得起這樣世家小姐？」呆呆的想著。劉姥姥知他心事，拉著他說：「你的心事我知道了，我給你們作個媒罷。」周媽媽笑道：「你別哄我，他們什麼人家，肯給我們莊家人麼？」劉姥姥道：「說著瞧罷。」於是兩人各自走開。

劉姥姥惦記著賈府，叫板兒進城打聽，那日恰好到寧榮街，只見有好些車轎在那裏。板兒便在鄰近打聽，說是：「寧榮兩府復了官，賞還抄的家產，如今府裏又要起來了。只是他們的寶玉中了官，不知走到那裏去了。」板兒心裏喜歡，便要回去，又見好幾匹馬到來，在門前下馬。只見門上打千兒請安說：「二爺回來了，大喜！大老爺身上安了麼？」那位爺笑著道：「好了。又遇恩旨，就要回來了。」還問：「那些人作什麼的？」門上回說：「是皇上派官在這裏下旨意，叫人領家產。」那位爺便喜歡進去。板兒便知是賈璉了。也不用打聽，趕忙回去告訴了他外祖母。劉姥姥聽說，喜的眉開眼笑，去和巧姐兒賀喜，將板兒的話說了一遍。平兒笑說道：「可不是，虧

得姥姥這樣一辦，不然姑娘也摸不著那好時候。」巧姐更自歡喜。正說著，那送賈璉信的人也回來了，說是：「姑老爺感激得很，叫我一到家快把姑娘送回去。又賞了我好幾兩銀子。」劉姥姥聽了得意，便叫人趕了兩輛車，請巧姐平兒上車。巧姐等在劉姥姥家住熟了，反是依依不捨，更有青兒哭著，恨不能留下。劉姥姥知他不忍相別，便叫青兒跟了進城，一逕直奔榮府而來。

且說賈璉先前知道賈赦病重，趕到配所，父子相見，痛哭了一場，漸漸的好起來。賈璉接著家書，知道家中的事，稟明賈赦回來，走到中途，聽得大赦，又趕了兩天，今日到家，恰遇頒賞恩旨。裏面邢夫人等正愁無人接旨，雖有賈蘭，終是年輕。人報璉二爺回來，大家相見，悲喜交集，此時也不及敘話，即到前廳叩見了欽命大人。問了他父親好，說：「明日到內府領賞，寧國府第發交居住。」衆人起身辭別，賈璉送出門去。見有幾輛屯車，家人們不許停歇，正在吵鬧。賈璉早知道是巧姐來的車，便罵家人道：「你們這班糊塗忘八崽子，我不在家，就欺心害主，將巧姐兒都逼走了。如今人家送來，還要攔阻，必是你們和我有什麼仇麼！」◎19衆家人原怕賈璉回來不依，想來少時才破，豈知賈璉說得更明，心下不懂，只得站著回道：「二爺出門，奴才們有病的，有告假的，都是三爺、薔大爺、芸大爺作主，不與奴才們相干。」賈璉道：「什麼混賬東西！我完了事再和你們說，快把車趕進來！」

賈璉進去見邢夫人，也不言語，轉身到了王夫人那裏，跪下磕了個頭，回道：

評點

◎19.焦大一罵書此頭，賈璉一罵書結尾，彼罵色，此罵財。（張新之）

✣ 賈璉回家後，劉姥姥、平兒和巧姐才敢回到賈府。（朱寶榮繪）

「姐兒回來了，全虧太太。環兒弟太太也不用說他了。只是芸兒這東西，他上回看家就鬧亂兒，如今我去了幾個月，便鬧到這樣。回太太的話，這種人攆了他不往來也使得。」王夫人道：「你大舅子爲什麼也是這樣？」賈璉道：「太太不用說，我自有道理。」正說著，彩雲等回道：「巧姐兒進來了。」見了王夫人，雖然別不多時，想起這樣逃難的景況，不免落下淚來。巧姐兒也便大哭。賈璉謝了劉姥姥。王夫人便拉他坐下，說起那日的話來。賈璉見平兒，外面不好說別的，心裏感激，眼中流淚。自此賈璉心裏愈敬平兒，打算等賈赦等回來要扶平兒爲正。此是後話，暫且不提。

邢夫人正恐賈璉不見了巧姐，必有一番的周折，又聽見賈璉在王夫人那裏，心下更是著急，便叫丫頭去打聽。回來說是巧姐兒同著劉姥姥在那裏說話，邢夫人才如夢初覺，知他們的鬼，還抱怨著王夫人「調唆我母子不和，到底是那個送信給平兒的？」正問著，只見巧姐同著劉姥姥帶了平兒，王夫人在後頭跟著進來，先把頭裏的話都說在賈芸王仁身上，說：「大太太原是聽見人說，爲的是好事，那裏知道外頭的鬼。」◎20邢夫人聽了，自覺羞慚。想起王夫人主意不差，心裏也服。於是邢王夫人彼此心下相安。

平兒回了王夫人，帶了巧姐到寶釵那裏來請安，各自提各自的苦處。又說到「皇上隆恩，咱們家該興旺起來了。想來寶二爺必回來的。」正說到這話，只見秋紋忽忙來說：「襲人不好了！」不知何事，且聽下回分解。

評點

◎20.安頓極妥，否則邢夫人何以相安？（王希廉）

# 第一百二十回

## 甄士隱詳說太虛情　賈雨村歸結紅樓夢

話說寶釵聽秋紋說襲人不好，連忙進去瞧看。巧姐兒同平兒也隨著走到襲人炕前。只見襲人心痛難禁，一時氣厥。寶釵等用開水灌了過來，仍舊扶他睡下，一面傳請大夫。巧姐兒問寶釵道：「襲人姐姐怎麼病到這個樣？」寶釵道：「大前兒晚上哭傷了心了，一時發暈栽倒了。太太叫人扶他回來，他就睡倒了。因外頭有事，沒有請大夫瞧他，所以致此。」說著，大夫來了，寶釵等略避。大夫看了脈，說是急怒所致，開了方子去了。

原來襲人模糊聽見說寶玉若不回來，便要打發屋裏的人都出去，一急越發不好了。到大夫瞧後，秋紋給他煎藥。他各自一人躺著，神魂未定，好像寶玉在他面前，恍惚又像是個和尚，手裏拿著一本冊子揭著看，還說道：「你別錯了主意，我是不認得你們的

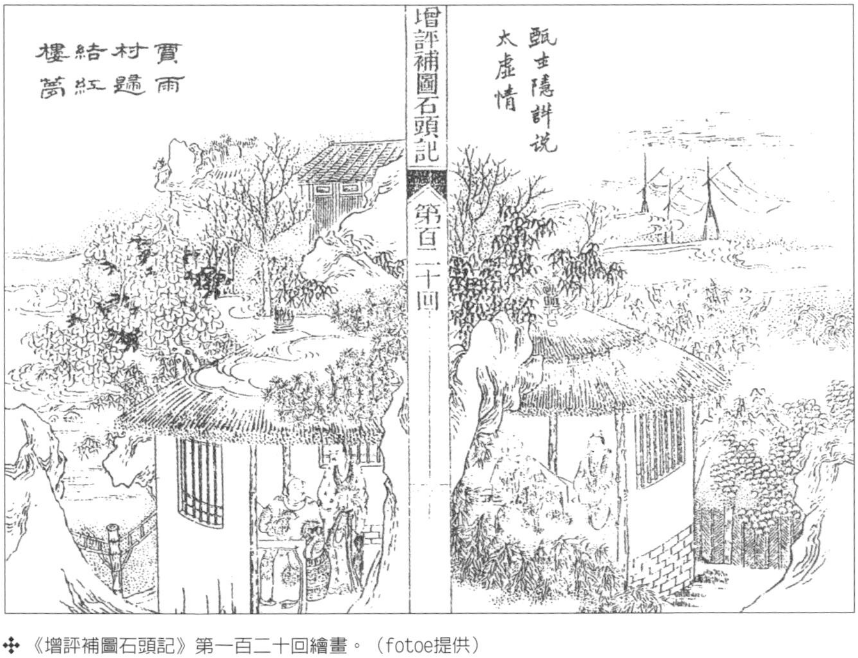


✣《增評補圖石頭記》第一百二十回繪畫。（fotoe提供）

了。」◎1襲人似要和他說話，秋紋走來說：「藥好了，姐姐吃罷。」襲人睜眼一瞧，知是個夢，◎2也不告訴人。吃了藥，便自己細細的想：「寶玉必是跟了和尚去。上回他要拿玉出去，便是要脫身的樣子，被我揪住，看他竟不像往常，把我混推混搡的，一點情意都沒有。後來待二奶奶更生厭煩。在別的姐妹跟前，也是沒有一點情意。這就是悟道的樣子。但是你悟了道，拋了二奶奶怎麼好！我是太太派我伏侍你，雖是月錢照著那樣的分例，其實我究竟沒有在老爺太太跟前回明就算了你的屋裏人。若是老爺太太打發我出去，我若死守著，又叫人笑話；若是我出去，心想寶玉待我的情分，實在不忍。」左思右想，實在難處。想到剛才的夢「好像和我無緣」的話，「倒不如死了乾淨」。豈知吃藥以後，心痛減了好些，也難躺著，只好勉強支持。過了幾日，起來伏侍寶釵。寶釵想念寶玉，暗中垂淚，自嘆命苦。又知他母親打算給哥哥贖罪，很費張羅，不能不幫著打算。暫且不表。

* * *

且說賈政扶賈母靈柩，賈蓉送了秦氏鳳姐鴛鴦的棺木，到了金陵，先安了葬。賈蓉自送黛玉的靈也去安葬。賈政料理墳基的事。接到家書，一行一行的看到寶玉賈蘭得中，心裏自是喜歡。後來看到寶玉走失，復又煩惱，只得趕忙回來。在道兒上又聞得有恩赦的旨意，又接家書，果然赦罪復職，更是喜歡，便日夜趲行。

評點

◎1.入襲人一夢，出《紅樓》全夢矣。（張新之）
◎2.斯時寶玉之夢已醒，襲人之夢方酣。（姚燮）

一日，行到毘陵※1驛地方，那天乍寒下雪，泊在一個清淨去處。賈政打發眾人上岸投帖辭謝朋友，總說即刻開船，都不敢勞動。船中只留一個小廝伺候，自己在船中寫家書，先要打發人起早到家。寫到寶玉的事，便停筆。抬頭忽見船頭上微微的雪影裏面一個人，光著頭，赤著腳，身上披著一領大紅猩猩毡的斗篷，向賈政倒身下拜。賈政尚未認清，急忙出船，欲待扶住問他是誰。那人已拜了四拜，站起來打了個問訊※2。賈政才要還揖，迎面一看，不是別人，卻是寶玉。◎3賈政吃一大驚，忙問道：「可是寶玉麼？」那人只不言語，似喜似悲。賈政又問道：「你若是寶玉，如何這樣打扮，跑到這裏？」寶玉未及回言，只見船頭上來了兩人，一僧一道，夾住寶玉說道：「俗緣已畢，還不快走。」◎4說著，三個人飄然登岸而去。賈政不顧地滑，疾忙來趕。見那三人在前，那裏趕得上。只聽見他們三人口中

✣「接家書得悉政返家」，描繪《紅樓夢》第一百二十回中的場景。父子情緣最後一面，從此活在兩個世界。清代孫溫繪《全本紅樓夢》圖冊第二十四冊之八。（清．孫溫繪）

不知是那個作歌曰：

我所居兮，青埂之峰。我所遊兮，鴻蒙太空。誰與我遊兮，吾誰與從，渺渺茫茫兮，歸彼大荒。◎5

賈政一面聽著，一面趕去，轉過一小坡，倏然不見。賈政已趕得心虛氣喘，驚疑不定，回過頭來，見自己的小廝也是隨後趕來。賈政問道：「你看見方才那三個人麼？」小廝道：「看見的。奴才為老爺追趕，故也趕來。後來只見老爺，不見那三個人了。」賈政還欲前走，只見白茫茫一片曠野，◎6並無一人。賈政知是古怪，只得回來。

眾家人回舡，見賈政不在艙中，問了舡夫，說是「老爺上岸追趕兩個和尚一個道士去了。」眾人也從雪地裏尋蹤迎去，遠遠見賈政來了，迎上去接著，一同回船。賈政坐下，喘息方定，將見寶玉的話說了一遍。眾人回稟，便要在這地方尋覓。賈政嘆道：「你們不知道，這是我親眼見的，並非鬼怪。況聽得歌聲大有元妙。那寶玉生下

✣ 寶玉當了和尚，和一僧一道飄然而去，賈政追趕不及。（朱寶榮繪）

註

※1：地名，在今江蘇省。

※2：僧尼向人合掌問安叫「問訊」。

評點

◎3.寶玉父子之恩，盡此一回。（東觀閣主人）

◎4.可謂父子團圓戲文作畢。（姚燮）

◎5.作者自說其書更為空空作轉語耳，別無深意，而望知音則甚切。（張新之）

◎6.即《紅樓夢曲》中所語：「落了片白茫茫大地真乾淨。」（黃小田）

時銜了玉來，便也古怪，我早知不祥之兆，爲的是老太太疼愛，所以養育到今。便是那和尚道士，我也見了三次：頭一次是那僧道來說玉的好處；第二次便是寶玉病重，他來了將那玉持誦了一番，寶玉便好了；第三次送那玉來，坐在前廳，我一轉眼就不見了。我心裏便有些詫異，只道寶玉果眞有造化，高僧仙道來護佑他的。豈知寶玉是下凡歷劫的，竟哄了老太太十九年！如今叫我才明白。」說到那裏，掉下淚來。衆人道：「寶二爺果然是下凡的和尚，就不該中舉人了。怎麼中了才去？」賈政道：「你們那裏知道，大凡天上星宿，山中老僧，洞裏的精靈，他自具一種性情。你看寶玉何嘗肯念書，他若略一經心，無有不能的。◎7他那一種脾氣也是各別另樣。」◎8說著，又嘆了幾聲。衆人便拿「蘭哥得中，家道復興」的話解了一番。賈政仍舊寫家書，便把這事寫上，勸諭合家不必想念了。寫完封好，即著家人回去。賈政隨後趕回。暫且不提。

* * *

且說薛姨媽得了赦罪的信，便命薛蝌去各處借貸，並自己湊齊了贖罪銀兩。刑部准了，收兌了銀子，一角文書將薛蟠放出。他們母子姐妹弟兄見面，不必細述，自然是悲喜交集了。薛蟠自己立誓說道：「若是再犯前病，必定犯殺犯剮！」薛姨媽見他這樣，便要握他嘴說：「只要自己拿定主意，必定還要妄口巴舌血淋淋的起這樣惡誓麼！只香菱跟了你受了多少的苦處，你媳婦已經自己治死自己了，如今雖說窮了，這

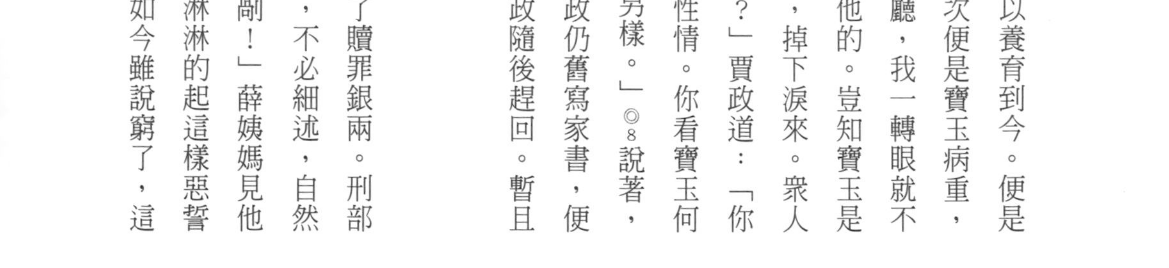

✣ 曹雪芹的曾祖父曹璽曾被任命為江寧織造，採辦江南一帶的絲綢。本圖「清明上河圖」（局部）描寫的北宋繁盛之景，亦足以和曹璽身處年代相比。（周沁軍提供）

碗飯還有得吃，據我的主意，我便算他是媳婦了，你心裏怎麼樣？」薛蟠點頭願意。寶釵等也說：「很該這樣。」倒把香菱急的臉脹通紅，說是：「伏侍大爺一樣的，何必如此。」眾人便稱起大奶奶來，無人不服。薛蟠便要去拜謝賈家，薛姨媽寶釵也都過來。見了眾人，彼此聚首，又說了一番的話。

正說著，恰好那日賈政的家人回家，呈上書子，說：「老爺不日到了。」王夫人叫賈蘭將書子念給聽。賈蘭念到賈政親見寶玉的一段，眾人聽了都痛哭起來，王夫人寶釵襲人等更甚。大家又將賈政書內叫家內「不必悲傷，原是借胎」的話解說了一番。◎9「與其作了官，倘或命運不好，犯了事壞家敗產，那時倒不好了。寧可咱們家出一位佛爺，倒是老爺太太的積德，所以才投到咱們家來。不是說句不顧前後的話，當初東府裏太爺倒是修煉了十幾年，也沒有成了仙。這佛是更難成的。太太這麼一想，心裏便開豁了。」王夫人哭著和薛姨媽道：「寶玉拋了我，我還恨他呢。我嘆的是媳婦的命苦，才成了一二年的親，怎麼他就硬著腸子都撂下了走了呢！」薛姨媽聽了也甚傷心。寶釵哭得人事不知。◎10所有爺們都在外頭，王夫人便說道：「我爲他擔了一輩子的驚，剛剛兒的娶了親，中了舉人，又知道媳婦作了胎，我才喜歡些，不想弄到這樣結局！早知這樣，就不該娶親害了人家的姑娘！」薛姨媽道：「這是自己一定的，咱們這樣人家，還有什麼別的說的嗎？幸喜有了胎，將來生個外孫子必定是有成立的，後來就有了結果了。你看大奶奶，如今蘭哥兒中了舉人，明年成了進士，可

評點

◎7.然則當時何必痛打？（黃小田）
◎8.知子莫若父。（陳其泰）
◎9.人是借胎，書是借胎也。（張新之）
◎10.書中尊黛玉而黜釵之意屢見，然恰到分際，並不直說，使讀者自悟。讀者莫不憐愛黛玉，而寶釵寡居，終亦甚苦。如此結束，極合情理，而作者抑揚之意，固已明矣。（吳宓）

不是就作了官了麼？他頭裏的苦也算吃盡的了，如今的甜來，也是他為人的好處。我們姑娘的心腸兒姐姐是知道的，並不是刻薄輕佻的人，姐姐倒不必耽憂。」王夫人被薛姨媽一番言語說得極有理，心想：「寶釵小時候更是廉靜寡欲極愛素淡的，他所以才有這個事。想人生在世眞有一定數的。看著寶釵雖是痛哭，他端莊樣兒一點不走，卻倒來勸我，這是眞眞難得的！不想寶玉這樣一個人，紅塵中福分竟沒有一點兒！」想了一回，也覺解了好些。又想到襲人身上：「若說別的丫頭呢，沒有什麼難處的，大的配了出去，小的伏侍二奶奶就是了。獨有襲人可怎麼處呢？」此時人多，也不好說，且等晚上和薛姨媽商量。

那日薛姨媽並未回家，因恐寶釵痛哭，所以在寶釵房中解勸。那寶釵卻是極明理，思前想後，「寶玉原是一種奇異的人。夙世前因，自有一定，原無可怨天尤人。」更將大道理的話告訴他母親了。薛姨媽心裏反倒安了，便到王夫人那裏先把寶釵的話說了。王夫人點頭嘆道：「若說我無德，不該有這樣好媳婦了。」說著，更又傷心起來。薛姨媽倒又勸了一會子，因又提起襲人來，說：「我見襲人近來瘦的了不得，他是一心想著寶哥兒。但是正配呢理應守的，屋裏人願守也是有的。惟有這襲人，雖說是算個屋裏人，到底他和寶哥兒並沒有過明路兒的。」王夫人道：「我才剛想著，正要等妹妹商量商量。若說放他出去，恐怕他不願意，又要尋死覓活的；若要留著他也罷，又恐老爺不依。所以難處。」薛姨媽道：「我看姨老爺是再不肯叫守著的。再者姨老爺並不知道襲人的事，想來不過是個丫頭，那有留的理呢？只要姐姐叫他本家的人來，狠狠的吩咐他，叫他配一門正經親事，再多多的賠送他些東西。那孩子心腸兒也好，年紀兒又輕，也不枉跟了姐姐會子，也算姐姐待他不薄了。襲人那裏還得我細細勸他。就是叫他家的人來也不用告訴他，只等他家裏果然說定了好人家兒，我們還打聽打聽，若果然足衣足食，女婿長的像個人兒，然後叫他出去。」王夫人聽了道：「這個主意很是。不然叫老爺冒冒失失的一辦，我可不是又害了一個人了麼！」薛姨媽聽了點頭道：「可不是麼！」又說了幾句，便辭了王夫人，仍到寶釵房中去了。

看見襲人滿面淚痕，薛姨媽便勸解譬喻了一會。襲人本來老實，不是伶牙俐齒的人，薛姨媽說一句，他應一句，回來說道：「我是作下人的人，姨太太瞧得起我，才和我說這些話，我是從不敢違拗太太的。」◎11薛姨媽聽他的話，「好一個柔順的孩子！」心裏更加喜歡。寶釵又將大義的話說了一遍，大家各自相安。

* * *

過了幾日，賈政回家，衆人迎接。賈政見賈赦賈珍已都回家，弟兄叔侄相見，大家歷敘別來的景況。然後內眷們見了，不免想起寶玉來，又大家傷了一會子心。賈政喝住道：「這是一定的道理。如今只要我們在外把持家事，你們在內相助，斷不可仍是從前這樣的散慢。別房的事，各有各家料理，也不用承總。我們本房的事，裏頭

評點

◎11.襲人病中一夢，已有出嫁之念，所以薛姨媽一勸，即肯聽從。（王希廉）

全歸於你，都要按理而行。」王夫人便將寶釵有孕的話也告訴了，將來丫頭們都放出去。賈政聽了，點頭無語。

次日賈政進內，請示大臣們，說是：「蒙恩感激，但未服闋※3，應該怎麼謝恩之處，望乞大人們指教。」眾朝臣說是代奏請旨。於是聖恩浩蕩，即命陛見。賈政進內謝了恩，聖上又降了好些旨意，又問起寶玉的事來。賈政據實回奏。聖上稱奇，旨意說，寶玉的文章固是清奇，想他必是過來人，所以如此。若在朝中，可以進用。他既不敢受聖朝的爵位，便賞了一個「文妙眞人」的道號。◎12賈政又叩頭謝恩而出。

回到家中，賈璉賈珍接著，賈政將朝內的話述了一遍，眾人喜歡。賈珍便回說：「寧國府第收拾齊全，回明了要搬過去。櫳翠庵圈在園內，給四妹妹靜養。」賈政並不言語，隔了半日，卻吩咐了一番仰報天恩的話。賈璉也趁便回說：「巧姐親事，父親太太都願意給周家爲媳。」賈政昨晚也知巧姐的始末，便說：「大老爺大太太作主就是了。莫說村居不好，只要人家清白，孩子肯念書，能夠上進。朝裏那些官兒難道都是城裏的人麼？」賈璉答應了「是」，又說：「父親有了年紀，況且又有痰症的根子，靜養幾年，諸事原仗二老爺爲主。」賈政道：「提起村居養靜，甚合我意。只是我受恩深重，尚未酬報耳。」賈政說畢進內。賈璉打發請了劉姥姥來，應了這件事。劉姥姥見了王夫人等，便說些將來怎樣升官，怎樣起家，怎樣子孫昌盛。

正說著，丫頭回道：「花自芳的女人進來請安。」王夫人問幾句話，花自芳的

位於北京西山黃葉村的曹雪芹紀念館外景。（攝於北京西山曹雪芹紀念館）

女人將親戚作媒，說的是城南蔣家的，現在有房有地，又有舖面。姑爺年紀略大了幾歲，並沒有娶過的，況且人物兒長的是百裏挑一的。王夫人聽了願意，說道：「你去應了，隔幾日進來再接你妹子罷。」王夫人又命人打聽，都說是好。王夫人便告訴了寶釵，仍請了薛姨媽細細的告訴了襲人。襲人悲傷不已，又不敢違命的，心裏想起寶玉那年到他家去，回來說的死也不回去的話，「如今太太硬作主張。若說我守著，又叫人說我不害臊；若是去了，實不是我的心願」，便哭得咽哽難鳴，又被薛姨媽寶釵等苦勸，回過念頭想道：「我若是死在這裏，倒把太太的好心弄壞了。我該死在家裏才是。」

於是，襲人含悲叩辭了衆人，那姐妹分手時自然更有一番不忍說。襲人懷著必死的心腸上車回去，◎13見了哥哥嫂子，也是哭泣，但只說不出來。那花自芳悉把蔣家的聘禮送給他看，又把自己所辦妝奩一一指給他瞧，說那是太太賞的，那是置辦的。襲人此時更難開口，住了兩天，細想起來：「哥哥辦事不錯，若是死在哥哥家裏，豈不又害了哥哥呢？」千思萬想，左右爲難，眞是一縷柔腸，幾乎牽斷，只得忍住。

那日已是迎娶吉期，襲人本不是那一種潑辣人，委委曲曲的上轎而去，心裏另想到那裏再作打算。◎14豈知過了門，見那蔣家辦事極其認眞，全都按著正配的規矩。一進了門，丫頭僕婦都稱奶奶。襲人此時欲要死在這裏，又恐害了人家，辜負了一番好

註

※3：指守制期滿除掉喪服。

評點

◎12.「文妙眞人」，作者自詡其文……文之所以妙，妙在眞。（張新之）

◎13.自古忠臣義士、俠客烈婦，俱一念已決，立時就義。若一有轉念，便不能死。作者說襲人懷必死之心，是憐愛襲人，故爲庇護。（王希廉）

◎14.紫鵑之心可動而不可移，襲人之心能痛而不能死，可見人心不同。（話石主人）

意。那夜原是哭著不肯俯就的，那姑爺卻極柔情曲意的承順。到了第二天開箱※4，這姑爺看見一條猩紅汗巾，方知是寶玉的丫頭。原來當初只知是賈母的侍兒，益想不到是襲人。此時蔣玉菡念著寶玉待他的舊情，倒覺滿心惶愧，更加周旋，又故意將寶玉所換那條松花綠的汗巾拿出來。襲人看了，方知這姓蔣的原來就是蔣玉菡，始信姻緣前定。襲人才將心事說出，蔣玉菡也深爲嘆息敬服，不敢勉強，並越發溫柔體貼，弄得個襲人眞無死所了。看官聽說：雖然事有前定，無可奈何。但孽子孤臣，義夫節婦，這「不得已」三字也不是一概推委得的。此襲人所以在又副冊也。◎15正是前人過那桃花廟的詩上說道：

千古艱難惟一死，傷心豈獨息夫人！

* * *

不言襲人從此又是一番天地。◎16且說那賈雨村犯了婪索的案件，審明定罪，今遇大赦，褫籍爲民※5。◎17雨村因叫家眷先行，自己帶了一個小廝，一車行李，來到急流津覺迷渡口。◎18只見一個道者從那渡頭草棚裏出來，執手相迎。雨村認得是甄士隱，也連忙打恭。士隱道：「賈老先生別來無恙？」雨村道：「老仙長到底是甄老先生！何前次相逢覿面不認？後知火焚草亭，下鄙深爲惶恐。今日幸得相逢，益嘆老仙翁道德高深。奈鄙人下愚不移，致有今日。」甄士隱道：「前者老大人高官顯爵，貧道怎敢相認！

✣ 也許是悟道太早，甄士隱的形象有幾分虛幻。（張羽琳繪）

原因故交，敢贈片言，不意老大人相棄之深。然而富貴窮通，亦非偶然，今日復得相逢，也是一樁奇事。這裏離草庵不遠，暫請膝談，未知可否？」

雨村欣然領命。兩人攜手而行，小廝驅車隨後，到了一座茅庵。士隱讓進雨村坐下，小童獻上茶來。雨村便請教仙長超塵的始末。士隱笑道：「一念之間，塵凡頓易。老先生從繁華境中來，豈不知溫柔富貴鄉中有一寶玉乎？」雨村道：「怎麼不知。近聞紛紛傳述，說他也遁入空門。下愚當時也曾與他往來過數次，再不想此人竟有如是之決絕。」士隱道：「非也。這一段奇緣，我先知之。昔年我與先生在仁清巷舊宅門口敘話之前，我已會過他一面。」雨村驚訝道：「京城離貴鄉甚遠，何以能見？」士隱道：「神交久矣。」雨村道：「既然如此，現今寶玉的下落，仙長定能知之。」士隱道：「寶玉，即寶玉也。那年榮寧查抄之前，釵黛分離之日，此玉早已離世。一為避禍，二為撮合，◎19從此夙緣一了，形質歸一。又復稍示神靈，高魁貴子，方顯得此玉那天奇地靈鍛鍊之寶，非凡間可比。前經茫茫大士、渺渺眞人攜帶下凡，如今塵緣已滿，仍是此二人攜歸本處，這便是寶玉的下落。」雨村聽了，雖不能全然明白，卻也十知四五，便點頭嘆道：「原來如此，下愚不知。但那寶玉既有如此的來歷，又何以情迷至此，復又豁悟如此？還要請教。」士隱笑道：「此事說來，老先生未必盡解。太虛幻境即是眞如福地。一番閱冊，原始要終之道，歷歷生平，如何不

註

※4：女子出嫁後第一次打開陪嫁的箱櫃。

※5：革去官職，貶為平民。

評點

◎15.襲人自是可兒，色色都佳，惟暗致晴雯、黛玉於死，乃其大罪。（姚燮）

◎16.一部書完，有「曲終人不見」之妙。（張新之）

◎17.賈雨村以貧民出身，而以罪官還鄉。原本為民，今又為民。當初以平民赴京之時，甄士隱曾以資遺。今以罪歸里，甄士隱又曾相迎。經宦海浮沉二十年，今後賈雨村將老死於鄉里，而甄士隱卻得道於人間。此乃天理迴圈，亦為各人之修為。（袁維冠）

◎18.以下即從雨村寫起，演說大意，與第一回對照成文，一線到底，完密無遺。（姚燮）

◎19.一百五回以後所敘賈寶玉之事，俱係空中樓閣。（劉履芬）

悟？仙草歸眞，焉有通靈不復原之理呢！」雨村聽著，卻不明白了。知仙機也不便更問，因又說道：「寶玉之事既得聞命，但是敝族閨秀如此之多，何元妃以下算來結局俱屬平常呢？」士隱嘆息道：「老先生莫怪拙言，貴族之女俱屬從情天孽海而來。大凡古今女子，那『淫』字固不可犯，只這『情』字也是沾染不得的。◎20所以崔鶯蘇小※6，無非仙子塵心；宋玉相如，大是文人口孽。凡是情思纏綿的，那結果就不可問了。」雨村聽到這裏，不覺扭鬚長嘆，因又問道：「請教老仙翁，那榮寧兩府，尚可如前否？」士隱道：「福善禍淫，古今定理。現今榮寧兩府，善者修緣，惡者悔禍，將來蘭桂齊芳，家道復初，也是自然的道理。」◎21雨村低了半日頭，忽然笑道：「是了，是了。現在他府中有一個名蘭的已中鄉榜，恰好應著『蘭』字。適間老仙翁說『蘭桂齊芳』，又道寶玉『高魁子貴』，莫非他有遺腹之子，可以飛黃騰達的麼？」士隱微微笑道：「此係後事，未便預說。」◎22雨村還要再問，士隱不答，便命人設俱盤飧，邀雨村共食。

食畢雨村還要問自己的終身，士隱便道：「老先生草庵暫歇，我還有一段俗緣未了，正當今日完結。」雨村驚訝道：「仙長純修若此，不知尚有何俗緣？」士隱道：「也不過是兒女私情罷了。」◎23雨村聽了益發驚異：「請問仙長，何出此言？」士隱道：「老先生有所不知，小女英蓮幼遭塵劫，老先生初任之時曾經判斷。今歸薛姓，產難完劫，遺一子於薛家以承宗祧※7。此時正是塵緣脫盡之時，只好接引接引。」

✣ 蘭有三種：木蘭、蘭花和澤蘭。「蘭桂齊芳」的蘭指的應該是澤蘭。澤蘭，鐘花類，菊科。多年生草本植物。（fotoe提供）

✣ 女媧補天，此圖中的巨石使用誇張手法表現。書末最終寶玉仍安放在女媧煉石補天之處。（朱士芳繪）

◎24士隱說著拂袖而起。雨村心中恍恍惚惚，就在這急流津覺迷渡口草庵中睡著了。

這士隱自去度脫了香菱，送到太虛幻境，交那警幻仙子對冊。剛過牌坊，見那一僧一道，縹緲而來，士隱接著說道：「大士、眞人，恭喜，賀喜！情緣完結，都交割清楚了麼？」◎25那僧道說：「情緣尚未全結，倒是那蠢物已經回來了。還得把他送還原所，將他的後事敘明，不枉他下世一回。」士隱聽了，便拱手而別。那僧道仍攜了玉到青埂峰下，將寶玉安放在女媧煉石補天之處，各自雲遊而去。從此後，「天外書傳天外事，兩番人作一番人。」

這一日空空道人又從青埂峰前經過，見那補天未用之石仍在那裏，上面

註

※6：蘇小即蘇小小，六朝南齊時錢塘名妓。

※7：宗祧：宗廟。

評點

◎20.情之爲害，更甚於淫。（姚燮）

◎21.是文後餘波，勸人爲善之意，不必認爲眞事。（王希廉）

◎22.甄士隱這一人物在《紅樓夢》中起到了「一石三鳥」的作用。在結構上作者用他來作全書的引子；在塑造人物時，用他來爲自己筆下的人物預言，爲這些人物制定命運的框架；又通過他來具體傳達作者表現在作品中的主旨。甄士隱在《紅樓夢》中雖是個不起眼的角色，但作者卻用他無形地操縱了《紅樓夢》的結構、人物、主題，令讀者不得不嘆服作者對這個人物獨具的匠心。（王春仙）

◎23.全部《石頭記》，脫不了「兒女私情」四字。（姚燮）

◎24.香菱結果於士隱口中敘出，筆墨無痕。（姚燮）

◎25.甄士隱還有另外一層重要身分。他是紅樓夢整個故事的見證人。換言之，曹雪芹在拍《紅樓夢》這部電影時，同時採用了兩部攝影機。第一部，也是主機，是那塊頑石……。甄士隱是第二部攝影機，被隱藏在影棚的陰暗角落中。（趙岡）

字跡依然如舊，又從頭的細細看了一遍，見後面偈文後又歷敘了多少收緣結果的話頭，便點頭嘆道：「我從前見石兄這段奇文，原說可以聞世傳奇，所以曾經抄錄，但未見返本還原。不知何時復有此一佳話，方知石兄下凡一次，磨出光明，修成圓覺，也可謂無復遺憾了。只怕年深日久，字跡模糊，反有舛錯，不如我再抄錄一番，尋個世上清閑無事的人，托他傳遍，知道奇而不奇，俗而不俗，眞而不眞，假而不假。或者塵夢勞人，聊倩鳥呼歸去；山靈好客，更從石化飛來，亦未可知。」想畢，便又抄了，仍袖至那繁華昌盛的地方，遍尋了一番，不是建功立業之人，即係饒口謀衣之輩，那有閑情更去和石頭饒舌。◎[26]直尋到急流津覺迷渡口，草庵中睡著一個人，因想他必是閑人，便要將這抄錄的《石頭記》給他看看。那知那人再叫不醒。空空道人復又使勁拉他，才慢慢的開眼坐起，便接來草草一看，仍舊擲下道：「這事我已親見盡知。你這抄錄的尚無舛錯，我只指與你一個人，托他傳去，便可歸結這一新鮮公案了。」◎[27]空空道人忙問何人，那人道：「你須待某年某月某日某時到一個悼紅軒中，有個曹雪芹先生，只說賈雨村言托他如此如此。」說畢，仍舊睡下了。◎[28]

✣ 賈雨村讓空空道人帶著《石頭記》去見曹雪芹，以便讓書問世流傳。（朱寶榮繪）

✣ 曹雪芹像。（王戡攝於北京西山曹雪芹紀念館）

那空空道人牢牢記著此言，又不知過了幾世幾劫，果然有個悼紅軒，見那曹雪芹先生正在那裏翻閱歷來的古史。空空道人便將賈雨村言了，方把這《石頭記》示看。那雪芹先生笑道：「果然是『賈雨村言』了！」空空道人便問：「先生何以認得此人，便肯替他傳述？」曹雪芹先生笑道：「說你空，原來你肚裏果然空空。既是假語村言，但無魯魚亥豕※8以及背謬矛盾之處，樂得與二三同志，酒餘飯飽，雨夕燈窗之下，同消寂寞，又不必大人先生品題傳世。似你這樣尋根究底，便是刻舟求劍、膠柱鼓瑟了。」那空空道人聽了，仰天大笑，擲下抄本，飄然而去。一面走著，口中說道：「果然是敷衍荒唐！不但作者不知，抄者不知，並閱者也不知。不過遊戲筆墨，陶情適性而已！」後人見了這本奇傳，亦曾題過四句，為作者緣起之言更轉一竿頭云：

說到辛酸處，荒唐愈可悲。
由來同一夢，休笑世人痴！◎29

**註**

※8：古代篆書中的「魯」和「魚」、「亥」和「豕」字形相近，抄寫易誤，後指因文字形近而傳寫或刊刻訛誤。

**評點**

◎26．調侃不小。（陳其泰）
◎27．甄、賈起，仍以甄、賈結，絕大章法。（陳其泰）
◎28．讀者提到賈雨村，都沒有什麼好印象。……然而《紅樓夢》並沒有把他寫成一個一無是處的「反面人物」，卻使這一段最大的議論出於他之口，寫出他是一個有識有才而無行的人。一部《紅樓夢》由賈雨村而起，仍至賈雨村歸結。這不僅是一個結構的問題，實際上也只有賈雨村的識力，才勉強夠得上聽甄士隱的妙道，這樣安排是符合前八十回的意圖的。（舒蕪）
◎29．《紅樓夢》一書，與一切喜劇相反，徹頭徹尾之悲劇也。（王國維）

# 參考書目


## 一、 原典

1.《紅樓夢》，曹雪芹、高鶚著，北京：人民文學出版社，1982年新校本，中國藝術研究院紅樓夢研究所校注。其底本為：前八十回採用庚辰本，後四十回採用程甲本。

2.《革新版彩畫本紅樓夢校注》，臺灣：里仁書局，實為與人民文學版對應的繁體本。

▲備註：

本書以庚辰本、程甲本為底本，凡底本可通之處，一般沿用，個別地方從他本擇優採用；明顯的錯誤則參照他本訂正，不出校記。

## 二、 注釋

1.《紅樓夢》，曹雪芹、高鶚著，北京：人民文學出版社，1982年新校本，中國藝術研究院紅樓夢研究所校注。

2.《紅樓夢鑑賞辭典》，孫遜主編，北京：漢語大詞典出版社，2005年5月。

## 三、 評點

1.《脂硯齋重評石頭記》，曹雪芹著，瀋陽：瀋陽出版社，2006年1月。

2.《脂硯齋全評石頭記》，曹雪芹著，霍國玲、柴軍校勘，上海：東方出版社。

3.《紅樓夢脂評輯校》，鄭紅楓、鄭慶山輯校，北京：北京圖書館出版社。

4.《紅樓夢資料彙編》，朱一玄編，南京：南京大學出版社。

5.《紅樓夢批語偏全》，〔美〕蒲安迪編釋，北京：北京大學出版社。

6.《瓜飯樓重校評批紅樓夢》，馮其庸主編，瀋陽：遼寧人民出版社，2005年1月。

7.《紅樓夢：百家匯評本》，曹雪芹著，陳文新、王煒輯評，武漢：長江文藝出版社。

8.《紅樓男性》，任明華編著，北京：中華書局，2006年2月。

9.《紅樓女性》（上、下），何紅梅編著，北京：中華書局，2006年2月。

10.《紅樓夢奧秘解讀》，馬瑞芳、左振坤主編，吉林文史出版社，2004年5月。

## 特別感謝本書內頁圖片授權人及單位（以首字筆劃排列順序）

1.王勘授權使用北京西山黃葉村曹雪芹紀念館內所拍攝共5張照片。

2.北方崑曲劇院（北京）授權使用《西廂記》、《琵琶記》、《牡丹亭》劇照共10張。

3.北京圖書館出版社授權使用杜春耕所編著《紅樓夢煙標精華》內頁圖片共128張。

⊙杜春耕，高級工程師。1964年南開大學物理系畢業。畢業後一直從事大型光學精密儀器的光學設計工作，設計成果獲得首屆科學大會獎及多次部委的獎勵。1994年起從事《紅樓夢》的成書過程及早期抄本及刻印本的版本研究，在報刊上發表有關論文五十餘篇。現任中國紅樓夢學會常務理事，農工民主黨紅樓夢研究小組組長等職。

⊙《紅樓夢煙標精華》，彙集民國年間流傳於上海等地的有關《紅樓夢》人物故事的煙標及香煙廣告共十餘套、三百餘幅，極富收藏及藝術鑑賞價值，更是研究民國時期社會經濟、商業文化、民俗時尚，特別是「紅樓文化」在當時發展情況的珍貴史料。

4.朱士芳授權使用內頁繪圖共130張。

⊙朱士芳，男，生於70年代，山東德州人，現居於北京。從事兒童繪本創作和中國傳統繪畫藝術的研究，曾與中華書局、上海少年兒童出版社、大雅文化、華東師範大學出版社、唐碼書業等多家出版機構合作。出版作品有：《道德經》、《論語》、《易經》、《中國古代四大名劇》等。

5.朱寶榮授權使用內頁繪圖共80張。

⊙朱寶榮，從小酷愛美術，因家庭情況無緣於高等學府深造，引為憾事，2004年與兩位志趣相投的好友組成心境插畫工作室至今，能夠從事自己喜愛的工作，覺得是一件很幸福的事！對《紅樓夢》一直有很多感觸，參與此書插畫創作，真的是很幸運的事。

6.財團法人雲門舞集文教基金會授權使用「紅樓夢」之舞作照片共2張。

7.國立國光劇團授權使用，林榮錄攝影，《劉姥姥》、《王熙鳳大鬧寧國府》劇照共7張。

8.崔君沛授權使用《崔君沛紅樓夢人物冊》內頁圖片共20張。

⊙崔君沛，1950年生於上海，廣東番禺人。畢業於上海大學美術學院和交通大學文藝系油畫班。上海人民美術出版社專職畫家，中國美術家協會上海分會會員，上海老城廂書畫會副會長。出版過個人畫集。作品連環畫《李自成·清兵入塞》曾獲全國美展二等獎。曾在上海、香港、澳門、臺灣等處舉辦過個人畫展和聯展。個人傳略已編入《國際現代書畫篆刻家大辭典》並獲世界銅獎藝術家稱號。

9.張羽琳授權使用內頁繪圖共90張。

⊙張羽琳，女，27歲，北京人。插圖畫家，在繪畫過程中深知創新的重要性與艱難，所以堅持獨立思考和創新。曾經合作：北大出版社、福瑞來文化交流有限公司、博士達力文化公司、漫客動漫遊有限公司，參與創作：《懸疑小說》、《新世紀童話》、《曾國藩》、《封神演義》等，雪亮眼鏡T恤圖案設計大賽優秀獎、火神網青銅展廳。

10.趙塑授權使用北京大觀園內所拍攝共22張照片。

11.臺灣郵政股份有限公司授權使用「中國古典小說郵票－紅樓夢」樣票1套。

12.廣州集成圖像有限公司「FOTOE」授權使用部分內頁圖片。

國家圖書館出版品預行編目資料

紅樓夢(六)——諸芳流散／高鶚原著；
侯桂新編撰-
-初版.—臺中市:好讀,2007[民96]
面：　公分，——（圖說經典：06）
ISBN 978-986-178-038-2（平裝）

857.49　　95025265

好讀出版

圖說經典 06

# 紅樓夢(六)
## 【諸芳流散】

原　　著／高　鶚
編　　撰／侯桂新
總 編 輯／鄧茵茵
責任編輯／朱慧蒨
執行編輯／林碧瑩、陳詩恬、莊銘桓
美術編輯／陳麗蕙
行銷企畫／陳昶文
封面設計／永真急制Workshop
發 行 所／好讀出版有限公司
http://howdo.morningstar.com.tw
台中市407西屯區何厝里19鄰大有街13號
TEL:04-23157795　FAX:04-23144188
（如對本書編輯或內容有意見，請來電或上網告訴我們）
法律顧問／陳思成律師

戶名：知己圖書股份有限公司
劃撥專線：15060393
服務專線：04-23595819 轉 230
傳真專線：04-23597123
E-mail：service@morningstar.com.tw
如需詳細出版書目、訂書、歡迎洽詢
晨星網路書店 http://www.morningstar.com.tw

印刷／上好印刷股份有限公司 TEL:04-23150280
初　　版／西元2007年7月15日
初版四刷／西元2016年8月20日
定　　價／299元
如有破損或裝訂錯誤，請寄回台中市407 工業區30 路1 號更換（好讀倉儲部收）

Published by How Do Publishing Co., Ltd.
2007 Printed in Taiwan
ISBN 978-986-178-038-2

# 讀者回函

只要寄回本回函，就能不定時收到晨星出版集團最新電子報及相關優惠活動訊息，並有機會參加抽獎，獲得贈書。因此有電子信箱的讀者，千萬別吝於寫上你的信箱地址

書名：紅樓夢（六）——諸芳流散

姓名：______________性別：□男 □女　生日：____年____月____日

教育程度：________________________

職業：□學生 □教師 □一般職員 □企業主管

□家庭主婦 □自由業 □醫護 □軍警 □其他______________________

電子郵件信箱（e-mail）：________________________電話：______________

聯絡地址：□□□______________________________________________________

你怎麼發現這本書的？

□書店 □網路書店（哪一個？）__________________□朋友推薦 □學校選書

□報章雜誌報導 □其他______________________________________________

買這本書的原因是：__________________________________________________

□內容題材深得我心 □價格便宜 □封面與內頁設計很優 □其他__________

你對這本書還有其他意見嗎？請通通告訴我們：

______________________________________________________________________

你買過幾本好讀的書？（不包括現在這一本）

□沒買過 □ 1 ～ 5 本 □ 6 ～ 10 本 □ 11 ～ 20 本 □太多了

你希望能如何得到更多好讀的出版訊息？

□常寄電子報 □網站常常更新 □常在報章雜誌上看到好讀新書消息

□我有更棒的想法______________________________________________________

最後請推薦五個閱讀同好的姓名與 E-mail ，讓他們也能收到好讀的近期書訊：

1. ____________________________________________________________________

2. ____________________________________________________________________

3. ____________________________________________________________________

4. ____________________________________________________________________

5. ____________________________________________________________________

我們確實接收到你對好讀的心意了，再次感謝你抽空填寫這份回函

請有空時上網或來信與我們交換意見，好讀出版有限公司編輯部同仁感謝你！

好讀的部落格： http://howdo.morningstar.com.tw/

請填妥後對折黏貼，直接投郵即可，無須貼郵票。

| |
|---|
| 廣告回函 |
| 臺灣中區郵政管理局 |
| 登記證第 3877 號 |
| 免貼郵票 |


## 好讀出版有限公司　編輯部收

407 台中市西屯區何厝里大有街 13 號

電話：04-23157795-6　傳眞：04-23144188

沿虛線對折

## 購買好讀出版書籍的方法：

一、先請你上晨星網路書店 http://www.morningstar.com.tw 檢索書目或直接在網上購買

二、以郵政劃撥購書：帳號 15060393 戶名：知己圖書股份有限公司並在通信欄中註明你想買的書名與數量

三、大量訂購者可直接以客服專線洽詢，有專人爲您服務：

客服專線：04-23595819 轉 230 傳眞：04-23597123

四、客服信箱：service@morningstar.com.tw